U0518245

高建群全集

# 胡马北风

高建群 著

陕西师范大学出版总社

图书代号：WX22N1916

**图书在版编目（CIP）数据**

胡马北风 / 高建群著. —西安：陕西师范大学出版总社
有限公司，2023.1
（高建群全集）
ISBN 978-7-5695-3383-5

Ⅰ. ①胡⋯　Ⅱ. ①高⋯　Ⅲ. ①散文集—中国—当代
Ⅳ. ①I267

中国版本图书馆CIP数据核字（2022）第247850号

# 胡 马 北 风
HUMA BEIFENG

高建群　著

| | | |
|---|---|---|
| 出 版 人 | 刘东风 | |
| 总 策 划 | 孙留伟 | |
| 责任编辑 | 王文翠 | |
| 责任校对 | 刘存龙 | |
| 出版发行 | 陕西师范大学出版总社 | |
| | （西安市长安南路199号　邮编710062） | |
| 网　　址 | http://www.snupg.com | |
| 印　　刷 | 北京天宇万达印刷有限公司 | |
| 开　　本 | 880 mm×1230 mm　1/32 | |
| 印　　张 | 10.75 | |
| 插　　页 | 2 | |
| 字　　数 | 258千 | |
| 版　　次 | 2023年1月第1版 | |
| 印　　次 | 2023年1月第1次印刷 | |
| 书　　号 | ISBN 978-7-5695-3383-5 | |
| 定　　价 | 69.00元 | |

读者购书、书店添货或发现印刷装订问题，请与本公司营销部联系、调换。
电话：（029）85307864　85303629　传真：（029）85303879

草原上有一句格言，不要和骑走马的人打交道。这话是不是说，那些骑走马的人，青春已经不再，激情已经消退。在平凡的生活的打磨下，在苦役般的人生岁月中，老于世故，一个一个业已变成了油腻的老男人了。

——作者自嘲

# 总　序

　　文稿一旦变成铅字，一旦成为一本装帧得或粗糙或精美的书本，那它就是一个独立的存在了。它将离你而去。它将行走于世间。它将开始它自己的宿命。它或被读者供之于殿堂，视为经典，视为对这个时代的一份备忘录；或被读者弃之于茅厕；或被垃圾处理厂重新化为纸浆，以期待新的人在上面书写新的东西。凡此种种，那就看这本书它自己的命运了。

　　这时，于作者本人来说，倒是没有太大的干系了。于是他成了一个旁观者。他和这本书唯一的联系是，那书本的额头上，还顶着他卑微的名字。知道《一千零一夜》中的《渔夫和魔鬼的故事》吗？渔夫打开铅封的所罗门王的瓶子，于是一缕青烟腾起，魔鬼从瓶子里走出来，开始在世界上游荡，开始在暗夜里敲打你的门扉。渔夫这时候唯一能做的事情，是一手拿着空瓶子，一手捏着瓶子盖儿，傻乎乎地看着他放出的魔鬼，横行于世界。

　　此一刻，在这二十五卷本的"高建群全集"即将付梓出版之际，我感到我的已日渐衰老的身躯，便宛如那个已经被掏空的——或者换言之——魔鬼已经离你而去的空瓶子一样。此一刻，我是多么虚弱而疲惫呀。

人生一场大梦，世事几度秋凉。一想到这个名叫高建群的写作者，在有限的人生岁月中，竟然写出这么多的文字，我就有些惊讶。一切都宛如一场梦魇！这是一笔一画写出来的呀！如果我不援笔写出，它们将胎死腹中。但是很好，我把它们写出来了，把它们落实到了纸上。

那每一本书的写作过程，都是作者的一部精神受难史。

建于西安航空学院的高建群文学艺术馆，要我给一进馆的墙壁上写一段话，于是我思忖了一个星期，最后选定帕乌斯托夫斯基《金蔷薇》中的一段话，写在那上面。那么请允许我，也将这一段话写在这里：

> 是什么东西迫使一个作家，从事这种庄严的但却又是异常艰辛的劳动呢？首先是心灵的震撼，是良心的声音。不允许一个写作者在这块土地上，像谎花一样虚度一生，而不把洋溢在他心中的，那种庞杂的感情，慷慨地献给人类。

谎花是一种虽然开放得十分艳丽，但是花落之后底部不会坐上果实的花。植物学上叫它"雄花"，民间则叫它"谎花"。

我们光荣的乡贤，以大半辈子的人生履历，驰骋于京华批评界，晚年则琴书卒岁，归老北方的阎纲老先生说：

> 相形于当代其他作家，高建群是一个马拉松式的长跑者，他以六十年为一个单元，在自己的斗室里，像小孩子玩积木一样，一砖一石地建筑着自己的艺术帝国。他有耐性，有定力。喧嚣的世界在他面前，徒唤其何。

当我听到阎老的这段话时，我在那一刻真的很感动。感动的原因是世界上还有人在关注着这个不善经营不懂交际的我。诗人殷夫说："我在无数人的心灵中摸索，摸索到的是一颗颗冷酷的心！"现在我知道了，长者们一直作为艺术良心站在那里，为当代中国文学保留着它最后的尊严。

"有些故事还没讲完那就算了吧！"这是一首流行歌曲里的话，如果这个名叫"总序"的文字，需要拿出来单独发表的话，建议用这句话作为标题。

我们这一代人行将老去，这场宴席将接待下一批饕餮客！人在吃完宴席后，要懂得把碗放下，是不是这样？！

2020年10月11日早晨6点

写于西安

# 序言　盛装马步

我站在帕米尔高原的慕士塔格峰下，头顶是一个高约百丈的石拱门，那是天然的大自然鬼斧神工的产物。石拱门往上，是终年披着冰雪盔甲的慕士塔格峰。往下，岩石拥拥挤挤，那些灰色的、松散的夹杂着鹅卵石的岩层，那些整齐排列的坚硬的青色花岗岩，那些一簇一簇像莲花一样的麻黄石，一直排向遥远的天边，直插吉尔吉斯草原。

路旁新修的高速公路，里程碑上写着"帕米尔古海"字样。这文字告诉我们，这里还是中国境内。而再往下走，深山里藏着一些白色房子的村庄。房屋的烟囱冒着炊烟，那里就是吉尔吉斯斯坦境内了。

公路从中国境内的克孜勒苏出发。出发地有条从山峦中穿越的名曰克孜勒河的河流，弯弯曲曲，跌宕流淌，最后冲出山口，抵达塔里木盆地，它是塔里木河的六大源头之一。

这条在帕米尔高原山腰间行走的道路，有三百多公里长。三百多公里走完以后，接着就是下山，从高高的山顶，一圈一圈地往下绕，有二百多公里，最后抵达吉尔吉斯斯坦的奥什市，或者说抵达费尔干纳盆地，抵达中国史书上屡屡提到的那个"河中地"。

张骞出使西域，大约就是从这里穿越的，或者不是，这还有待考证。而班超对河中地用兵，则明白无误地是从我上面叙述的那条道路完成穿越的。他当时任西域都护，经营费尔干纳盆地。

张骞把这块地面叫河中地，即两条河流包裹着的这块中间地带。这两条河流，张骞分别叫它们药杀水、乌浒河。我在中亚大穿越时，这两条河已经有了另外的名字，前者叫锡尔河，后者叫阿姆河。它们都发源于帕米尔高原，然后在草原上绕成一个大括弧，前者从西北方，后者从东南方，注入咸海。

河中这个地方还叫我们想起唐朝大将军高仙芝与黑衣大食波斯的那场血战。他当时也是从这条道路进入的。另外西行求经的玄奘高僧，自碎叶城重返内地的大诗人李白，都该是走的这一条凶险的帕米尔通道吧。

帕米尔高原是伟大造山运动的产物。在侏罗纪时代，非洲大陆的一个板块突然脱离，然后顺着大洋一路漂移过来，猛烈地冲撞欧亚大陆板块。冲撞的结果，是引起强烈地震。地震之后，是火山爆发。在火山爆发中，通红的岩石涌上地面，射向高空。岩石凝固后，形成这世界第三极。人们习惯把帕米尔高原称为除南极、北极之外的世界又一极。

它最早不叫帕米尔高原，而叫葱岭。张骞和玄奘都很负责地告诉我们它的这个称谓了。由于葱岭西南伸向塔里木盆地边沿，西北伸向费尔干纳盆地边缘，有一千三百多华里，且呈现出不规则状，所以便得到个别称——不周山。

那么，在世界第三极涌出地面之前，整个中亚高原是什么地貌呢？那时候，正如中国的东部有太平洋一样，在西部亦有一个浩瀚大洋，它的名字叫准噶尔大洋。

洋水退去，在距现在八千万年前的时候，一场新的造山运动又一次产生。一座年轻的山脉，高大、险峻、仪态万千，从干涸了的海底中央冲天而起，这就是天山山脉。而天山往西北方向的行走快要结束时，又一座名曰阿尔泰山的山脉，继续延续它向东的行程。

亚细亚高原的造山运动，至此完成。中亚地貌，至此基本上固定下来。它开始怀着久久的耐心，等待人物的登场，等待骑射者迈着盛装舞步，风一样地在这块地面奔走，令这块中亚高原成为人类世界的大斗兽场，让一拨一拨、一代一代的悲喜剧发生。

站在帕米尔高原上，我对我前面的行程充满了渴望：我要用脚步，向光荣的张骞致敬，向道路上的两千多年来行走过的每一个匆匆的背影致敬，向人类光荣的昨天致敬。我挥舞着手中的放大镜说：法国小说家大仲马说过，历史是一枚钉子，我要在上面挂我的小说。我说，我将要沿着道路，用放大镜寻找这道路两旁"历史的钉子"，并且在钉子上面兴风作浪，御风而舞。

我说：父母给了我们两只脚，为的就是有一天用它来丈量天下。——世界的尽头在哪里？山的那边是什么风景？且让我们去看看，起身！

雄浑的帕米尔高原，雄踞西面。天山山脉，它的青色的脊梁像鲸背一样，一直伸向东南，伸向中亚大陆的腹心。亚洲的地理中心，在乌鲁木齐市郊，我在担任中央电视台"中国大西北"摄制组总撰稿时，曾专程去过那里。

天山以南，是塔里木盆地。塔里木盆地中央包着的这块大沙漠，它叫塔克拉玛干大沙漠。一条发源于帕米尔高原的大河塔里木河，奔腾着、咆哮着，从盆地中央穿过。河流的流经处便是绿洲。而拐弯处，或河流的交汇处，便是城市。就我们的行走而言，我们是顺塔里木盆地南沿，即天山北沿行走，这叫丝绸之路北道。我们经历了嘉峪关、敦煌、哈密、吐鲁番、托克逊、和硕、库尔勒、且末、焉耆、库车、阿克苏、喀什、疏勒、克孜勒这些城市。

我们走的是北道。地理学家为我们划出的丝绸之路南道，则是绕塔里木南沿行走，在帕米尔高原与天山的夹角这一块，与北道汇合。

另外，还有一个新北道开辟的时间稍微晚一些，它穿越妖魔山下的乌鲁木齐，然后顺伊犁河，中亚名城阿拉木图，高加索下面的成吉思汗三千里"草原黄金道"，直抵莫斯科城下，至另一路进入地中海。

帕米尔高原之东北，天山之正北，像蝴蝶的翅膀一样，与塔里木盆地形成对称形状的另一盆地，它叫费尔干纳盆地。它比塔里木盆地更广袤、更干旱。空气干烈如火，仿佛要燃烧。空旷大地一望无垠，绝大部分的地面是荒芜的，只有几棵红柳、黑梭梭、芨芨草、骆驼刺充斥其间。小部分的地面上长着牧草。另一部分可以浇灌的可耕地生长着棉花，种植着甜瓜。

费尔干纳盆地中央包着的这块大沙漠，则叫卡拉库姆沙漠。

这块地面有着众多的河流和天然湖泊。热海（伊塞克湖）的来水地是楚河。咸海的来水地是锡尔河和阿姆河。更北一点，里海的来水地是伏尔加河，黑海的来水地是第聂伯河，而更东北的草原的另一头斋桑淖儿的来水地是额尔齐斯河，巴什喀尔湖的来水地是伊犁河，贝加尔湖的来水地是叶尼塞河。

从奥什出发，顺着高速公路往西北走，帕米尔高原东面，是一长溜的城市。先是塔什干，乌兹别克斯坦的首都。张骞出使西域的时候，曾在那里停歇，那时它叫石国。中亚枭雄跛子帖木儿的青铜塑像，竖立在塔什干帖木儿广场中央。

下一个城市就是那著名的撒马尔罕了，一个被称作"世界的

8

十字路口"的城市。撒马尔罕是张骞出使西域的目的地。而高僧玄奘，正是从这里翻越帕米尔高原进入北印度河的。这里是翻越帕米尔的最大、最平坦的垭口。

下来是布哈拉，是马雷，是老梅尔夫城，是土库曼斯坦首都阿什哈巴德。这里气候十分干燥，白天行走，热风吹着，像在地狱里行走（有意思的是，阿什哈巴德往东三百公里，有个向外冒火的地方就叫"地狱之门"）。

在夜晚，这块中亚草原则美丽极了，星星密密麻麻，缀满了天空，一直与四面的大地相接，像在人的头顶扣了一只璀璨的大锅一样。而月亮随后出来，星星隐去。那月亮大极了，夸张地立着，搁在远处的草原上，十分奇异。

在穿越中，高速路的左手是草原和戈壁，右手则是帕米尔高原，不远处就是巴基斯坦，是阿富汗的苍凉高原，而伊朗高原冷峻、凶险的山脉，绵延一千三百多公里，距我们行走的最近处只有三十公里。

这就是中亚细亚高原。如果再加上额尔齐斯河流经的西伯利亚，伊犁河流经的哈萨克草原，叶尼塞流经的俄罗斯外高加索草原，这就是中亚的全貌了。

曾经有三个亚洲高原过来的牧羊人，以这里为跳板，一直瞄着太阳落山的地方向西走。他们一个叫阿提拉，一个叫成吉思汗，一个叫帖木儿。

他们中第一个走得最远，在多瑙河畔建立了他的匈奴大汗国，他的马蹄几乎把欧罗巴整齐地耕耘了一遍。他率领他的三十万草原兄弟，曾经将罗马帝国的都城罗马城围困半年，差点重新改变世界历史进程。直到罗马红衣大主教圣·来奥星夜化装出城，与他签下一个城下之盟，即把罗马皇帝的妹妹嫁给他为妻，并将罗马帝国每年赋税的一半上供给匈奴汗国。这个被西方人称作"上帝之鞭"的匈奴人，马屁股后边驮着奥诺莉亚公主，悻悻而去。

第二个牧羊人也走得相当远，他在额尔齐斯河边，阿尔泰山山脚下，一个叫平顶山的地方，召开西征誓师大会。而后，他一路翻越阿尔泰山冰大坂，一路打通伊犁天山果子沟，直扑小亚细亚（今天的伊朗、土耳其一带），开始揭开他建立欧亚大帝国的序幕。当他的骑兵军团，在一个早晨，抵达莫斯科城下的时候，城里的人们惊慌地叫着，各自逃命。他们叫道：野蛮人来了！世界末日来了！上帝用他的鞭子来抽打我们这些罪孽深重的人们了。这个人占领了中亚，占领了俄罗斯草原，他把这些地面做了他的军马场。他将这里划成四块，建立了四个蒙古汗国，让他的四个儿子来当国王。这四个汗国分别是钦察汗国（金帐汗国）、伊尔汗国、察合台汗国、窝阔台汗国。这样，再加上蒙元帝国，蒙古人几乎占领了世界的一半。

第三个人物没有第一个和第二个走得那么远，他主要以中亚为跳板，以他的家乡撒马尔罕为圆心扩展，建立他的帖木儿帝国。他先后把成吉思汗分封给儿子们的这四个汗国打败、肢解、吞食。每一场战争都惨烈得令人不敢直视。最惨烈的战争也许是他灭掉金帐汗国的那一场。双方在高加索原野上，在伏尔加河下游，摆开战场，充满了程式感。大决战的结果，是跛子帖木儿胜了，金帐汗国从此衰落。而莫斯科大公国，在金帐汗国的原有属地上成长起来。帖木儿的马鞭还向当时还算强大的奥斯曼帝国挑战，吞食奥斯曼的国土。史学家们曾经感慨，正是由于奥斯曼大伤元气，才为后来沙皇俄国与奥斯曼开打，抢占入海口，吞并奥斯曼领土，提供了条件。这个跛子帖木儿从撒马尔罕翻越帕米尔高原，占领和血洗印度首都，继而穿越帕米尔高原进入塔里木，打出的口号是为蒙元帝国复仇。只是,当他的孙子率领的先头部队走到嘉峪关地面(具体地点是今天的昌吉回族自治州吉木萨尔县)时,帖木儿突然暴病而亡。这样,世界避免了一场大明朱棣与中亚枭雄跛子帖木儿的大决战。

这些人物,这些故事是真实存在过的。它们是游牧者历史的一部分,是中亚史的一部分,是世界史的一部分。

他们从来就不是别的什么,而是大地的产物,是严酷的自然法则的产物,是严酷的历史法则的产物,是宿命的产物。

如果说农耕定居者是大地的长子,那么那些游牧迁徙者亦是大地的儿子,只是他们是大地的早年走失的儿子。

农耕文明、定居文明、城市文明有一个几千年来困惑而不得其解的疑问,就是,为什么那些唐突的闯入者,不安安生生地定居在自己的栖息地,而是一次又一次地闯入那些和平的村庄,摧毁那些有着城墙和护城河的城市,杀戮那些善良的手无寸铁的原住民呢?是他们嗜血成性,以杀戮为乐,还是某种宿命的东西,宛如魔咒,在蛊惑着他们呢?

那么,下面我们再用世界大地理概念,来试图回答这个问题。而上面所谈,则可以概括为中亚大地理概念。

在这块辽阔无边的以隆起的中亚草原为依托的扇形两面,有史以来,活跃着两百多个古游牧民族。他们时而群聚,时而四散而居。他们没有定居这个概念,逐水草而居是他们天然的生存法则。他们全部的家当就是驮牛支架上那些堆积如山的行囊。驮牛夜里则卧成一个圆圈,圆圈的核心生着篝火。人们在圆圈中席地而坐。铁匠炉子生起来了,人们在大轱辘车上卸下铁毡,牛皮做的风箱吹着风,火苗一闪一闪,这是在锻造和捶打马蹄铁。

他们的服饰是左衽,前襟向左掩着,纽扣一直扣到左胳膊窝里。游牧民族以左为大，以左为上。那上衣，是煮熟过后，变绵软一些的羊皮做成的大袄，有时候皮毛放在外面，有时候则在里边，正穿反穿，要视主人的心情而定。不过大袄的腰间，永远都扎一根宽宽的皮带。下身则是用羊皮做成的皮裤，颜色是用动物血染成的赭红。脚上是一双马靴。夏天是皮靴，冬天则换成那种白羊毛或灰羊毛擀成的毡靴。那头上呢，游牧者的头上通常戴的是一顶三耳塔帽。这帽子有三个耳子，一个向前，遮住前额，另外两个则遮住耳朵及脑后。

游牧者就以这样一身装束，骑在一匹黑马，或一匹白马，或一匹红马的背上，在冰天雪地里，长久矗立。雪花飘飘，他则纹丝不动，像一尊雕像。或者他是行走着的，跟在一群马或一群羊的后面，面无表情地跟进。最多，他扬起系在马鞍上的套马绳，象征性地在头顶挥动两下，警告那些畜群：你们是驯化了的，被管束了的。

游牧人的吃食主要是奶茶和抓肉。奶是从或牛或羊或马或骆驼身上现挤下的，水则来自歇息地的小河。酥油是携带来的，炒米也是携带来的。一个单独的游牧者，他的大衣口袋里往往会装些奶疙瘩，奶疙瘩是提炼完酥油后的残渣。寂寥的行旅者在行走中会往嘴里塞一点奶疙瘩，咀嚼它。而一旦想喝奶茶时，便将这奶疙瘩放进水里，煮沸也可以凑合着当奶茶喝。队伍行军打仗的时候会带一种干粮，就是将马肉切成生片，装进袋里，挂在马鞍与马的身体接触的部分。行走中，漠风会把马肉吹干，而马与鞍子摩擦产生的热量会将它捂热。

酒是不能没有的。对于游牧者来说，酒也许就是一切。那酒壶通常是软牛皮做的，灌满了酒，行走起来咕咚直响。 匈奴大单于冒顿说，他用大月氏王的头颅做成了一件酒具，挂在马的脖子上，每有战事，先取下王的头颅，嘴对着嘴，喝两口酒，再高举独耳狼旗，开始冲锋。冒顿的话，大约是个夸口，因为那骷髅头挂在马鞍上，行动似乎很不方便，远不如挂一个牛皮酒袋贴身。

呜乎，舞台已经搭起，天高地阔，两百多个古游牧民族，便在这个天造地设的大舞台上一一闪过。

他们以八十年为一个周期，或者涌向东方首都长安，或者涌向西方首都罗马，向定居文明、农耕文明、城市文明索要生存空间。

那么，他们为什么不安安静静地待在他们的祖居地呢？

法国小说家《草原帝国》一书的作者勒鲁塞说，在这八十年的一个周期中，在地球这一块扇形的草原上，一定会有事情发生。或是干旱——令人绝望的干旱，令河流断流，令草木不生；或是蝗灾——遮天蔽日的蝗虫方阵掠过，吃光了每一片草叶和树叶；或是瘟疫——它令草原上横尸遍野，百里不闻人声；或是战争——一个军事集团将另一个军事集团从这块地域挤出来，鸠巢鹊占；或者雪灾；或者风灾；或者狼灾；等等。

于是，这些千百年以来的草原子民说，向远方走吧，向长城线内走吧，为嘴巴寻一口吃食，为马匹寻一夜牧草，为游牧部落开拓一个新的家园。

这就是严酷的大自然法则、历史法则和地理法则。这就是游牧者以八十年为一个周期，向定居文明索要生存空间的缘由所在。

当阿提拉大帝的马蹄，从喀尔巴阡山直下，进入多瑙河，整个欧罗巴大陆为之震撼。当成吉思汗的马蹄，直抵莫斯科城下，黑压压的像乌云一样的骑兵，令这座城市顷刻间土崩瓦解。当跛子帖木儿骑一匹驽马，忽东忽西，尽情地蹂躏着这一块亚欧非高地时，我们也许只能以这样的说法作为解释。

是的，他们是大地的另一个儿子，早年走失的儿子，被放逐到草原与荒漠。生存法则告诉他们必须不停地走，不停地寻找新的栖息地、新的水源地。

横亘在中亚大陆腹地的阿尔泰山，是一个神奇的所在。本书的作者，曾经有五年的时间，抱着一支半自动步枪，守卫着这额尔齐斯河的河口。中国境内的阿尔泰山叫小阿尔泰山。而进入哈萨克斯坦，进入俄罗斯境内的阿尔泰山，叫大阿尔泰山。它西边的起始点好像就在北塔山，在大汉王朝建立的吉木萨尔北庭都护府以南地面。

额尔齐斯河是一条国际河流，它发源于阿尔泰山，流经中国、哈萨克斯坦、俄罗斯、西伯利亚，最后注入北冰洋。已故的著名诗人白桦，在我站立的那个大河河口，沉吟许久——这是中国境内，唯一一条敢于向西流淌的河流。

阿尔泰山最高峰叫奎屯山，这名字是成吉思汗起的，意思是"多么寒冷的山岗啊！"奎屯山戴着白色铠甲，横亘在中亚腹地的半天云外。它的腋下生出六个湖泊，大半在蒙古境内。中国境内的这个湖泊就是著名的喀纳斯湖。

阿尔泰山北麓，额尔齐斯两岸河谷，以及高山与河流的远处的沙漠草原，有着许多的古墓群。它们是哪个年代的，哪个匆匆而过的游牧民族的？没有人能做出解释。

那些篮球场，甚至是足球场一样的乱石堆，一个一个散布在草原上。凭这些散布的石堆，人们知道这是坟墓。好多的坟墓在石头堆的核心。一堆大石前，则横搁着一块青石板，上面刻着鹿的图案。石板本身就是一个鹿的形状。

专家把这横搁在墓茔前的石板，叫鹿石。这些坟墓里是哪一个匆匆而过的中亚古族呢？我们不知道。在厚厚二十四大卷的《新疆文库》中，阿勒泰地区、塔城地区、伊犁地区、博尔塔拉蒙古族自治州地区，有许多这样的坟茔，前置鹿石崇拜物的条石。

而记得我在帕米尔高原下面，在土库曼斯坦首都阿什哈巴德，我歇息的宾馆的门口，作为装饰物，也放着这样的一块鹿石。好像在中亚，在俄罗斯和东欧斯拉夫民族居住地，也见过这样的鹿石，仿佛中国人喜欢给门前摆一对狮子一样，而他们则摆鹿石。

而在阿尔泰山深处的岩石上，有许多岩画。那里画着狩猎的场面、骑马的场面。有一幅岩画，刻着先民们踩着滑雪板，追赶野兽的场面。

专家们认定这是人类第一次踩上滑雪板。我在阿勒泰市的博物馆里，曾经见过最早的滑雪板。它是木板做的，板底为了增加摩擦力，绑着鹿皮。

而在那广阔无垠的草原上，则布满了草原石人。它们沧桑、斑驳、古老，半边身子隐在草中，肩一天风霜，举头望天。

记得某年，我在哈萨克斯坦讲学。该国朋友领我来到一块旅游地，某一位乌孙王的龙兴之地。在那深邃的湖泊，遮天蔽日的大森林，低矮的袖珍山岗中间，有一些草原石人。那天下着小雨，我撑着伞，手扶着一个草原石人，感慨道："这是草原石人。你在中亚草原上，会经常碰到它。专家认为，它可能是某一个匆匆而过的游牧民族留在这里的，很可能是突厥人。草原石人，一般认为有三种用途。第一，它是崇拜物。游牧者游牧到这里时，祭拜天地或草原神。第二，它是某一个有名人物坟墓前的站俑、守护者。第三，它是一个部落与另一个部落的游牧界线，或者是从平原牧场通向高山牧场的路标。"

行文至此，我想起了，俄罗斯小说家契诃夫在他的《白净草原》中也描绘过这样的草原石人。

以阿尔泰山绵长的山脉为依托，活跃在这块地域的世界三大古游牧民族，分别是古阿尔泰语系游牧民族、古雅利安游牧民族和古欧罗巴游牧民族。

英国人类学家阿诺德·汤因比说，假如让我重新出生一次，我愿意出生在中亚，出生在中国的新疆，出生在阿尔泰山山脉。阿尔泰山——那是一块多么迷人的地方呀，是世界的"人种博物馆"。古阿尔泰语系游牧民族、古雅利安游牧民族都永久地消失在那个地方了。而古欧罗巴游牧民族则迁徙到里海、黑海、波罗的海、北海、地中海、大西洋南岸，然后从马背上走下来，开始定居，开始以舟作马，进入人类的大航海时代。

也许，《新疆文库》记载的那些古墓群，在我的不羁的行走中见到的额尔齐斯河两岸；那些置有鹿石的乱石堆，正是那些消失了的古阿尔泰系游牧民族留在大地上的纪念物，是大地密码。

与中华文明板块接触最为频繁的正是这古阿尔泰语系游牧民族。几千年来，屡屡出现在中国志书中的塞人、斯泰基人、石人以及这以后的匈奴人、大月氏人、东胡人、乌孙人、高车人、粟特人、鲜卑人、乌桓人、突厥人等等，专家告诉我们，他们都属于古阿尔泰语系游牧民族。

当中国人站在皇城的角楼上，站在自家场院的土堆上，看见这些游牧者风一样地侵入时，他们纳闷，这些侵入者来自哪里？他们在生活中，从来没有听说过这些胡人的故事。汤因比说，他们来自中亚，来自一个叫阿尔泰山的地方。

古雅利安游牧民族最后也从历史进程中消失了。在土库曼斯坦有个老梅尔夫城，那里是中亚地面最早的城市，距今有两千八百年。专家告诉我们，老梅尔夫城是古雅利安民族的发生地。

古雅利安民族像历史的潜流河一样消失了。他们的血液如今在哪些当代人身上流淌呢？

记得二战时期的一个德国人，曾说那高贵的血液在日耳曼民族身上流淌着。但是，现代医学测试，日耳曼民族身上的雅利安基因只有百分之四。在老梅尔夫古城踏勘中，土库曼斯坦国家电视台的记者告诉我，经现代医学基因检测，帕米尔山那面的北印度地区，正北方向的伊朗、土耳其，当然也包括土库曼斯坦以及左近的中亚地区，这些地方的人们的雅利安基因，占到百分之四十。

　　波斯人20世纪30年代把他们的国名改成伊朗，伊朗就是"雅利安"的意思。而在这些中亚民族中，雅利安人基因最多的民族是塔吉克人。我们从楼兰古墓千棺之山小河墓地中挖出来的楼兰美女，深目高鼻，美艳如花，专家曾推断她为欧罗巴人，现在我们可以负责任地告诉大家，她是雅利安人。

　　行文即将结束，请允许我再啰嗦几句，尝试着谈一谈俄罗斯辽阔草原上的那几百个游牧民族。

　　公元453年，被称为"上帝之鞭"的北匈奴阿提拉大帝，神秘地死于布达佩斯。他的三十万由草原上的各民族兄弟组成的大军，顷刻间土崩瓦解。逃过一劫的罗马帝国，将阿提拉的二十几个儿子，各个击破。他们在退回俄罗斯草原以后，悉数被歼灭。

　　阿提拉最小的儿子叫腾吉齐克，他的头颅被砍下后悬挂在君士坦丁堡大斗技场的出入口，在过往的高贵的先生和太太们的指指点点下，日渐风干。"他叫腾吉齐克，自亚洲高原过来的牧羊人，他的远祖叫冒顿，他的曾祖叫郅支，他的父亲叫阿提拉。"

　　毋庸置疑，这一支匈奴人以及他的雇佣军，最后都退缩和融入俄罗斯草原了。他们像雨水一样渗入大地，最后成为这块草原的原住民。

　　成吉思汗的大儿子术赤在莫斯科城建立金帐汗国，他将已经归降于他的那个莫斯科公国保留了下来，使其成为这庞大帝国的附属国之一。后来中亚枭雄跛子帖木儿打败金帐汗国。于是，韬光养晦的莫斯科公国拔地而起，亮开旗帜，开始了一个全盛的俄罗斯帝国时代。

人们说，俄罗斯目下的版图，几乎就是当年金帐汗国的版图。

我在这次俄罗斯大地的穿越中，驱车从高加索要塞，穿越成吉思汗三千里"草原黄金道"，抵达莫斯科城。在莫斯科做了《亚细亚在东，欧罗巴在西，张骞一直在路上》的演讲后，我又驱车向西，穿越两千公里的苏联奥林匹克大道，直抵白俄罗斯首都明斯克。

在告别俄罗斯大地时，我在高速路边停下车，突然想到："我们万里行从外高加索入境，从斯摩棱斯克出境，这次穿越俄罗斯全境用了五天时间。（其间在莫斯科停留一天，召开发布会。）作为一名参加过当年边境武装冲突的士兵，我最深切的感觉是，苏联的解体，令全世界都松了一口气。这个硕大无朋，横跨欧亚的草原帝国，双头鹰般一个头窥视着东方，一个头窥视着西方。也许，只有我这个前中国边防军，能深切地感到这达摩克利斯之剑悬挂在头顶上的感觉。如今，十五个加盟共和国的剥离，等于双头鹰的羽翼被整整剪去了一圈。从地缘政治的角度讲，世界又基本恢复了平衡、均衡。"

我是第一个在凤凰世纪大讲堂演讲的中国内地作家，演讲的标题叫《游牧文化与中华文明》。本来，这标题最初使用的名字是《中华文明基因中的"胡羯之血"》。后来，在节目播出时，编辑觉得"胡羯之血"这个字眼不够通俗，影响收视，所以改成了前面说的那个题目。

记得演讲结束后有个答问环节，录制地点在北京大学校园内的凤凰会堂，听众基本上是北大的学生（包括研究生和博士生）。记得在答问环节中，有听众问：匈奴、突厥、蒙古有传承关系吗？是不是在不同时期的不同叫法？

我用已故的民族史专家、中国人民大学教授陈序经先生的结论来回答。陈老先生说，他们是不一样的民族，这是第一；而第二，他们身上确实有许多共同点，即以狼作为图腾，以萨满教作为原始宗教，等等，包括他们脚的小拇指趾甲盖是浑圆的一块。所以，他们一定有某种承继关系。

记得当时，我继续将这个话题往深入地说了说。我说，冒顿时期匈奴人的牙帐第一年有三万，第二年则猛增到十万，最初我看这段历史时，有些不解，人口的增殖得有一个过程。

后来看见《蒙古秘史》中的一段话，我恍然大悟。成吉思汗问他的宰相，怎么界定我们蒙古人？宰相回答：凡是世世代代居住在毡房和帐篷里的游牧人，都是我们蒙古人。

这样一个界定，使得蒙古帝国一夜间从大漠崛起。当它走出草原后，令世界震惊。

以此推论，那些古游牧民族，正是这样合合分分，分分合合，你中有我，我中有你。他们崛起时，每次攻陷一个游牧民族，这个游牧民族便成为它的部落，就这样滚雪球般一夜壮大。

末了，我向读者致意。感谢你们阅读这本书，由于有了你们的阅读，令我有了一点小小的成就感，令我觉得文化人活在这个世界上，还是有那么小小的一点价值的。

2019年5月1日

# 题记一

　　马运动起来，第一种姿势叫走。而那走，又分为小走和大走。小走马行走起来，它的四条腿是绷直了的，步幅也很小，后蹄抬起来，往往压到前蹄窝上。它的速度，是靠频繁地晃动着四条腿，迈着碎步来完成的。大走马的行走，则壮观多了，马的四条腿十分弯曲，蚂蚱一样弯曲。马的身体重心很低，几乎是矮下去了马高的三分之一。那马迈动起来。后蹄子落下去，往往要超过前蹄窝一拃长。在快速的行走中，马的整个身子向左右筛动，猛烈地摇晃。马背上的骑者，也随着那马的左右摇晃而摇晃。骑者甚至能感觉到胯下那马的脊梁骨一样在弯曲和抖动。

　　那第二种运动姿势则叫颠。马头是高高扬起的，下巴高傲地抬起，鬃毛像女人的长发一样在脖颈上分列左右，飘飘洒洒。马的四条腿膝盖弯起，甚至蹄腕弯起，不停交替的马蹄潇洒地碾出着路程。草原上的人们赞叹那马的行走说："翻飞的四蹄像银碗"，这赞美词说的就是这种颠马。在那快速的移动、交替中，马的四个蹄子落地后，迅速翻起，远远看去，只能看到那银碗上下翻飞，下饺子一般落地。马在大颠的时候，尾巴则拖在身后，很长，很舒展，飘在马的身后。大颠马颠起来十分稳，骑手骑在马背上，眼见得天高地阔，道路迢遥，甚至会有一种想唱歌的感觉。这个时候你最好唱长调，那是谁在说了：你知道一曲长调有多长，它和一个人的一生一样长。

那第三种运动姿势叫作挖蹦子。当然，书面语言叫它奔驰，或叫驰骋。那是一种怎样的景象呀！马头尽量往前伸着，达到尽可能远的地方。马的两只前蹄从马头间高高扬起，蚂蚱一样向前一剪，那一刻它的两条后腿，往下一坐，给前蹄尽可能的跨越提供着力量。当前蹄从尽可能远的地方落到地面上可以着力了，这时轮到两只后蹄高高地扬起。后蹄也尽量高高地达到远处，甚至会碰到前面的蹄子。马的身子，在这一刻弓成了一张弓，骑手感到自己像坐在山巅上一样。这是一匹马所能达到的最快速度、最高境界。在那风驰电掣般的奔驰中，马身上那高贵的血液达到沸点，血从毛孔进出。而它那蜷曲的鬃毛，仿佛藏着风，藏着魔鬼一样。

哦，每一个不曾起舞的日子，都是对生命的辜负，都会令这种为奔驰而生的精灵热泪汪汪。一匹奔驰的马，就这样马蹄落地，溅起火星，从戈壁滩掠过，从五花草原掠过，从历史进程中掠过，从人类的编年史中掠过。

2019年5月8日于西安

# 题记二

　　我不知道这近十年来，我为什么痴迷于这一类题材和这一种思考。我常常觉得自己像一个女巫或者法师一样，从远处的旷野上捡来许多的历史残片，然后在我的斗室里像拼魔方一样将它们拼出许多式样。我每有心得便大声疾呼，激动不已。那一刻我感到历史在深处笑我。

　　我把我的这种痴迷觉悟为两个原因：一个是这些年随着我在西部地面上风一样的行走，我取得了历史的信任，它要我肩负起一个使命，即把那些历史的每一个断章中惊世骇俗的一面展现给现代人看；另一个则是，随着渐入老境，我变成了一个世界主义者，我有一种大人类情绪，我把途经的道路上的每一个人都当作我最亲的兄弟，我把道路上遇到的每一座坟墓，无论是拱北、玛扎，还是敖包，都当作我祖先的坟墓。

# 目录

CONTENTS

**引言：人类文明的种子**

Ⅰ   第三种历史观 / 003

Ⅱ   中亚大地理概念 / 006

Ⅲ   世界大地理概念 / 012

Ⅳ   从历史的深处奔来 / 016

**第一章   你看！那高贵的马**

1   最后一个骑兵 / 019

2   最后一支骑兵的泯灭 / 021

3   我的四次掉马经历 / 027

4   手的大拇指和脚的小拇指 / 038

5   刘彻在未央宫 / 043

6   南柯一梦 / 049

7   汗血马战争 / 052

**第二章　梦幻楼兰**

8　人类跃上马背那一幕 / 063

9　遥远年代的迁徙者 / 066

10　西域的王中之王 / 072

11　大月氏王的头颅 / 075

12　张骞眼中的楼兰 / 082

13　英雄美人 / 088

14　李陵碑 / 090

15　火烧匈奴使团 / 099

**第三章　大刺客傅介子**

16　尉屠耆与尝归 / 107

17　英雄的登场 / 111

18　二十死囚 / 115

19　脱脱女发髻里的秘密 / 121

20　八百里流沙 / 126

21　楼兰王的危机 / 130

22　刺杀进行曲 / 133

23　胜者为王 / 140

24　魂归千棺之山 / 146

**第四章　冒顿大帝猜想**

25　换一个视角说话 / 153

26  历史的地理法则 / 156

27  猎猎狼旗 / 160

28  走失在历史迷宫中的背影 / 167


**第五章  在鄂尔多斯台地上**

29  秦直道 / 175

30  赫连和他的大夏国 / 181

31  白城子凭吊 / 188

32  圣人布道处 / 193

33  历史的命运之手 / 199


**第六章  披着神秘面纱的西夏王朝**

34  无言的冢疙瘩 / 203

35  古羌族之西羌党项部落 / 207

36  一个为战争而生的王国 / 214

37  他们后来去了哪里？/ 218


**第七章  成吉思汗和他的帝国**

38  历史的十字路口 / 225

39  草原献给这个世界的伟大儿子 / 228

40  天似穹庐，地似衾枕 / 235

41  六道轮回图与成吉思汗秘葬之地 / 240

42  中亚枭雄跛子帖木儿 / 251


**第八章　沧海桑田罗布泊**

43  谜语一样的楼兰国 / 257

44  千棺之山 / 264

45  罗布泊的十三天 / 270

46  最后一滴眼泪 / 274

47  不周山的一声惊叹 / 276

48  黄河重源说 / 279

49  众水来汇 / 282

50  过往，过往，过往 / 286


**尾声：大地的密码** / 290

**后记** / 295


高建群小传 / 300

高建群履历 / 301

高建群创作年表 / 302

社会评价 / 308

# 引言：人类文明的种子

# I  第三种历史观

我把最重要的话，放在最前面来说。

这句话就是：一部中国历史，除了二十四史的正史观点以外，除了阶级斗争的学说观点之外，它也许还应当有第三种历史观。

这第三种历史观就是：一部中华民族的文明史，也许是农耕文化与游牧文化相互冲突相互交融从而推动中华文明向前发展的历史。

而这第三种历史观，也许距离真实更近，距离真理更近。

这第三种历史观的说法，不是我的，而是一位叫孟驰北的蒙古族大学者的说法。孟先生是蒙古皇族后裔，后来流落新疆。他已作古，前些年客死于广州。

虽然在漫长的历史岁月中，在面对纷纭万状的生活本身所提供给我们的种种昭示中，许多文化人都曾经走近这个观点，但是，将它概括而出的是孟老先生。

比如两千年前的某位汉代诗人，曾在他的不朽诗作中，不经意地说出了这样两句话："越鸟巢南枝，胡马依北风。"

吴越地面的鸟儿哟，选择向阳的枝头做窝，五胡地面的马儿哟，驾驭着北风奔驰。诗人在他的诗句中，已经不经意地说出了支撑起中华文明大厦的这两种形态。

当代诗人周涛，他在一本叫《游牧长城》的书中，面对长城内和长城外，也说出了"中华文明是由农耕文化和游牧文化这两部分组成的"这判断之语。

还有我在《最后一个匈奴》这本书中，也表达了相同的观点。掉队的匈奴士兵永远地滞留在陕北高原上了。在高高的山顶，麦场旁边，他与吴儿堡的姑娘野合，于是乎，一个生机勃勃的高原种族诞生了：婴儿的第一声啼哭便带着高原的粗犷和草原的辽阔。

又比如我，这些年来在西域地面像风一样的行走中，当偶尔驻足，面对中国地图时，我突然发现我的行动轨迹，其实是有踪可寻的，尽管我自己茫然不知。这个行动轨迹就是：我其实一直是沿着农耕线和游牧线，或曰定居文明与游牧文明的交汇线行走的。那么我在寻找什么呢？

但是，将人类行进到今天的历史做总结，从而得出这一个重要思考的概括者和权威诠释者是孟驰北先生。

在2002年秋天乌鲁木齐那个有着梦幻般阳光的午后，天山下的牧场，我见到了孟驰北老先生。那天饭局上的酒是"黑骏马"。在酒力的作用下，我们谈了很多。正是在这个难忘的场合中，孟老将他用了一生的时间思考出的这个学术成果告诉我的。

他是蒙古族王公贵族的后裔，后来流落新疆，1957年的时候曾被打成右派。

在中国广袤的地面上，每一块地域通常都会有两三个这样的人物。他们和那地方的名胜，那地方的美食，那地方的名贵花木一样，成为一种地方性标志。在中国的古语中，将这种人、这现象叫"地望"。

我是从新疆作家周涛、朱又可嘴里，知道孟驰北这个人的。他们一再提醒我一定要见见他，就像见见哈纳斯湖，见见赛里木湖，见见罗布泊，见见克孜尔千佛洞，见见尼雅精绝女尸一样。

那天我终于见到了孟驰北老先生。我把与他的晤面当作我一生最重要的事件之一来记忆。我此生注定将会遇到一些重要人物，此次算是一次。那天，酒兴所至，我即席为孟老先生写了"高山仰止"一幅字。

我对孟驰北说，年纪不饶人了，趁还有几天活头，将你头脑中这些重要的思想列成干条条，一节一节地写出，权当是留给人类的遗嘱。我还说，不要去试图追求体系的完整，应当学学萨特，学学加缪，学学乌纳穆诺，把你的独立思考写出来，哪怕互相抵牾，这都并不重要，只要能为后来的人们提供一条思路，这就够了。

我还对在座的新疆青年作家们说，面对孟驰北的侃侃而谈，你们手中应当有一支笔，信手将这些只言片字记下来，辑录成册，就是一本好书了。你们整天沉湎于文坛那些稍纵即逝的时髦的思想里，却忽视了最重要的思想是从你们的身边产生的，从最贴近大地的部分产生的。

我为什么这样说，因为孟驰北已是年逾古稀之人。还因为在座的青年作家丁燕女士告诉我，孟老患有癌症。

孟老是蒙古族人，是一代天骄成吉思汗的后人。所以他提供给我们的这一个历史观的视角是另一种视角，一个站在长城外向中原瞭望的视角。所谓的睁开眼看中国，所谓的跳出来看世界，这个第三种历史观也许正该由这样的人物提出。哦，一个多么阳光灿烂的午后。

上面是支撑本书的第一个支点。

# Ⅱ　中亚大地理概念

　　我的面前放着一张中国地图。

　　这地图的三分之一面积为一种焦黄的颜色所填满。

　　这焦黄的颜色是沙漠，是戈壁滩，是大碱滩，是干草原，是黄土地，是凝固了的海和干涸了的河。与此同时，它还是胡杨，是红柳，是黑梭梭，是芨芨草，是麻黄草，是骆驼刺，是铃铛刺，是沙枣树。与此同时，它还是戈壁滩那壮美的落日景象和长城垛口那凄美的冷月，是夺了焉支又失了焉支的一声历史的叹喟，是罗布泊那历史的想象和楼兰古城那肩一天风霜兀立千年的佛塔，是细君公主、解忧公主、昭君美人、文成公主那香风阵阵胡笳声声马蹄得得。

　　塔克拉玛干大沙漠。

　　古尔班通古特大沙漠。

　　巴丹吉林大沙漠。

　　腾格里大沙漠。

　　毛乌素大沙漠。

　　等等等等。

　　当它们出现在地图上的时候，它们是死物，是一种地域符号，是小学地理课本上的一道考题，是那些不安生的旅游者和探险家渴望某一天抵达的地方。

但是对笔者来说，那是历史岁月，是踏踏而起自远而近的马蹄声，是幽怨的胡笳曲和飞旋的胡旋舞（胡旋舞第一高手是那体态臃肿的安史之乱的主角安禄山。史书上说，安禄山的体重是三百六十市斤，我们真的无法想象这样的体重是怎么腾空而起，原地十八旋的，又怎么诱惑了杨贵妃的），是匈奴辽阔草原的三十万牙帐，是乌孙王宫倚阿尔泰山而立的美丽的解忧公主，是梦幻楼兰，是竖立在疏勒河谷的李陵碑，是中国的一半历史，是走失在历史迷宫中的服饰各异面目各异的匆匆背影，是过去的一部分，是中华五千年文明的一部分。

一亿五千万年至三亿五千万年前的侏罗纪时代，对我们这个小小的星球来说，是一个重要的年代。

我们这个星球的基本地貌特征，就是在那个时代形成的。

那时候在我们这个蓝色的星球上，洪水滔天，一片汪洋。——一位18世纪的极端利己主义者说过："在我死后，哪怕洪水滔天！"其实，在人类产生之前的很久很久，地球就曾经洪水滔天过！——这是插言，略过不提。洪水后来是退去了，于是陆地浮现出来了。海洋里的生物，有的永远地留在岩石上了，成为化石标本，例如贝壳，例如三叶虫。有的则爬上岸，开始在陆地上横行，例如电影《侏罗纪公园》向我们所展示的那样。而在陆地上，树木和青草开始茂盛地生长起来。《圣经·创世记》写道："神说，让大地发生青草，于是大地发生了青草。这是第三日的事！"

中国大西北的地理格局，或者说整个中亚细亚地面的大地理格局，亦是在那个时代形成的。

那时候，整个中亚细亚地面，为一片宁静的蔚蓝色的海水所覆盖。

正像我们现在中国的东面有一个太平洋一样，那时候中国的西面也有一个大洋，地理学家把它叫作准噶尔大洋。

1998年秋天，作者站在罗布泊古湖盆一个名曰白龙堆的著名雅丹上，仰望星空。凿空西域第一人张骞、广游五印西行求法第一人法显、大唐高僧玄奘、意大利旅行家马可·波罗这些历史人物，在穿越丝绸之路时，都曾在这个雅丹中歇息过。大唐高僧玄奘的白马据说就是在雅丹丢失的。此一刻，新疆地质三大队的总工程师陈明勇先生，身着一身土红色的野外工作服，一手将着额前被漠风吹乱的头发，一手伸向地平线的远方。他对我说：

"如今的新疆，如今的青海，如今的西藏，如今的宁夏，如今的甘肃的一部分，如今的内蒙古的一部分，如今的陕西的一部分，那时正是这座浩瀚大洋的洋底。当然，还不仅仅只有这些，国境线以外，如今的中亚五国，如今的蒙古，如今的土耳其，如今的俄罗斯的亚洲部分，如今的阿拉伯世界的一部分，那时也在这座大洋的囊括之中。"

对于严重干旱缺水的中亚大陆腹地，历史上的某个时期曾经有过一个大洋，这真像天方夜谭。但这不是在说梦，而是真实存在过的东西。想到我们的家门口曾有一座大洋，我们都曾经是海边的孩子，这是一件叫人多么感动的事情呀！这是真的，地质学严谨地告诉了我们这一点。

后来地壳凸起，洪水四溢，藏在蔚蓝色海水下面的洋底显露了出来。中国古代有一本奇书，名叫《山海经》，相传成书于春秋时期。"西北海之外，大荒之隅，有山而不合，名曰不周。"这是《山海经》里面的一段话。

《列子·汤问》中则这样记载："共工氏与颛顼争为帝，怒而触不周之山，折天柱，绝地维，故天倾西北，日月星辰就焉；地不满东南，故百川水潦归焉。"

过去人们一直认为这些只是荒诞不经的神话传说，不足为凭，不足为信。今天人们随着大地理知识的认知，突然一拍桌子，明白了这一段话正是对当年那段伟大的造山运动的记录。

不周山是哪一座山呢？就是今天说的帕米尔高原，它古称葱岭。不周山则是它的别称。玄奘在《大唐西域记》中说，葱岭伸向塔里木盆地和费尔干纳盆地外沿，共一千三百多华里，呈不规则的形状，也就是不周正的形状，所以它得了个名字，叫不周山。

在遥远的侏罗纪时代，在地球上还是一片汪洋的时候，非洲大陆的一个板块突然脱离本土，向东南漂移，继而猛烈地冲撞欧亚大陆板块，从而引起强烈的地震。地震过后是火山爆发，岩浆冲上天空，岩浆凝固后形成今天的帕米尔高原，也就是今天的世界第三极。

岩浆继续喷发着，凝固着，它向东南方向而流，从而形成昆仑山，喀喇昆仑山，冈底斯山，阿尔金山，祁连山，巴颜喀拉山，终南山。昆仑山的别称叫南山，喀喇昆仑山的别称叫美丽的南山，美丽的南山在陕西境内终止，所以这一块的山脉叫终南山。

准噶尔大洋的海水退去了，海底显露了出来。海底大约堆积着许多的泥沙，这时候有东南风刮来，一个类似于今天被称作是沙尘暴的老黄风，呜呜地刮了两千年，来了一个黄土搬家，从而形成今天的西北黄土高原地貌。

这洋底就是今天的塔里木盆地和准噶尔盆地。

这两块盆地最初是连在一起的。

后来，距现在八千万年前，又一场伟大的造山运动开始了，陡峭的天山山脉像传说中的巨人一样，横空出世，一天天隆起，成为这块地面的最壮美的风景。正是这横亘在中亚细亚腹地的天山山脉，将塔里木盆地和准噶尔盆地一分为二。

至此，中亚地面的地理大格局形成。

"山岳峨峨寿者相，品类秩秩造化功。"这是泰山封禅碑上的话。天山是大自然一件伟大的造化，它的横空出世给这块地面的人类生存以重要的影响。

天山由四部分组成，它们是东天山、中天山、西天山和祁连山。西天山一直伸向遥远的西亚地面。祁连山则越过天山峡口星星峡，绵延千余公里，横贯甘肃境内的整个河西走廊一千二百公里。祁连山亦是"天山"的意思。

在天山南侧的塔里木盆地，它的中央包着一个大漠。这就是仅次于撒哈拉大沙漠的世界第二大流动沙漠——塔克拉玛干大沙漠。它被人们称为"死亡之海"。"塔克拉玛干"是维吾尔语"进去出不来"的意思。

在天山北侧的准噶尔盆地中央，亦包着一个大漠，叫古尔班通古特大沙漠。

世界上最高的山珠穆朗玛峰，亦是在侏罗纪时代成长起来的。群山壁立才是瑰丽的景象。一个个拥拥挤挤、神态各异的大山，同样拱出地面，簇拥着它。人们将这里叫"世界屋脊"。

这些巍峨冰峰叫帕米尔高原，叫喀喇昆仑山，叫昆仑山。

而在张骞出使西域的年代，它们被叫作葱岭。

与雄伟山峰、浩瀚大漠相毗邻、相衬托的是另一个重要的西部地貌特征。这就是西北黄土高原。它亦是在沧海桑田、山谷为陵的侏罗纪时代诞生的。

在那场堪称伟大的造山运动中，地球上曾经刮过一场暗无天日的大风。

这场大风像一个具有神力的搬运工一样，将昆仑山上的黄土来了个大搬家。

昆仑山上为什么有那么多的黄土呢？是不是如今这最高的昆仑山，当年曾经是最低的地方，在准噶尔大洋的洋底？所以在这座星球的形成时期，这一块最低海底曾沉淀和淤积了厚厚的一层黄泥？

那时刮的风大约是西北风，因此这黄土纷纷扬扬地，洒满了北中国地面。

于是乎，甘肃全境，陕西的关中平原和陕北高原，宁夏全境，山西的晋西北、晋东南地区，河南的西北部，内蒙古的居延海地区和鄂尔多斯台地，地表完全为这厚厚的黄土层所遮掩。黄土最厚的地方在甘肃的兰州近郊，那里有一块黄土断崖，用米尺测量有整整六百多米的厚度。陕北黄土高原最厚的一块黄土断崖在洛川县城以南，有五百多米的厚度，那里已被建成黄土地貌博物馆。

人们把这些地方统一叫作黄土高原。

但是在每一个单个的地区，这些黄土高原还有着自己单独的名称。例如著名的陕北高原，贫瘠甲天下的甘肃定西高原，还有那著名的宁夏的西（吉）海（原）固（原）地区。

腾格里大沙漠、巴丹吉林大沙漠、毛乌素大沙漠，它们则相杂在这些黄土地中间，相杂在中华民族的母亲河黄河的左右岸。

既然这里说到了黄河，那么，一个关于"黄河重源说"的命题，张骞出使西域回来带给我们的命题，后面找一个缝隙来说。

舞台搭好了。人类该登场了。一场又一场的人类悲喜剧，该上演了。

我把"中亚大地理概念"一节作为本书的第二个支撑点，即地理的支撑点。

# Ⅲ　世界大地理概念

在人类历史上，西域地面是东方文化与西方文化交汇的一个地方，是曾经在人类进程中闪现过匆匆身影的许多游牧民族最后消失的地方，是世界的"人种博物馆"（英国历史学家汤因比语），是世界上各类文明板块曾经大碰撞的地方，是世界三大宗教（佛教、基督教、伊斯兰教）交汇的地方。

因了伟大的丝绸之路，东方和西方才有了来往。丝绸之路给东方的中国曾经带来极度的政治繁荣、经济繁荣和文化繁荣。中国历史上最强盛的两个王朝，汉与唐，某种程度上就是丝绸之路的产物，或者换言之，就是风迎八方的丝绸之路带来的东西方文明交汇的产物。

东方文化与西方文化的交汇，历来都是通过西域地面在进行着的。丝绸之路其实是世界文明的一条中轴线。张骞出使西域是一个划时代的事件，中国第一次睁开眼睛看世界。由于张骞的凿空之行，各文明板块的边缘被打破，得到沟通，世界从此可以说是成了一个统一体。只是由于宋以后，丝绸之路堵塞，欧亚大陆桥不畅，这种交汇才逐渐移到了海上。

而因了欧罗巴游牧民族走下马背，开始用船只作马，驰骋在这比草原更广阔的蔚蓝色海面之后，西域地面随之寂寥，路断人稀。但是，那交流还是在进行着的，只是规模变小了而已。

丝绸之路最辉煌的时期，大约是隋炀帝杨广在丝绸之路的河西走廊段，一个那时候叫凉州现在叫武威的城市，召开的世界万国博览会，它应当是现在的广交会的前身。丝绸之路沿线国家，商贾行旅趋之若鹜，湍湍而来，成为一时之盛。

我在这里说的是交汇。而在谈"交汇"这个词的时候，得先强调一个前提。

这个前提就是东、西方之间的两个大不同。

第一个大不同是东方文明和西方文明，基本上都是在各自封闭的空间里孕育和发展起来的。

按照通常的说法，人类的历史以三百万年计。那么，在这三百万年的绝大多数的时间流程中，东方和西方，其实一直处于隔绝状态中。这位于地球东、西两翼的两拨人类群体，都各自在自己封闭的空间里，在黑暗和混沌中，孕育和发展着自己的文明。那情形，就像两只鸡蛋分别在各自的壳里孵化成鸡一样。

东方和西方开始来往，是因为有了马。人类第一次跃上马背，大约是三千八百年前的事情。一种说法是第一个跃上马背的是东方的匈奴人（中国蒙古族学者孟驰北持此说），一种说法是人类最先在爱琴海地区跃上马背的（英国历史学家汤因比持此说）。然而不管怎么说，接触史自此才开始，靠马作为脚力，东方和西方才开始零星地来往起来。而张骞"凿空西域"、丝绸之路开始热闹之后，东方和西方才开始大量来往。而后来随着海上丝绸之路的开通，靠了舟船之便，东方和西方才逐渐地融为一个世界大家庭。

三百万年是如此之久，而三千八百年是如此之短。较之几乎三百万年的隔绝，人类的沟通史可以简短到忽略不计。

这就是说，东方和西方有很大的不同。这也是东方学不来西方的一个重要原因。因为这文明本身就是在各自的土壤中生长起来的，是各自的土壤中生长起来的庄稼。还因为三百万年时间形成的东西、沉淀的东西，也许注定了双方都永远无法改变自己，能够改变的只是皮毛。

下面再说第二个大不同。

在世界历史中，曾经存在过三大游牧民族。它们是欧罗巴游牧民族、雅利安游牧民族、阿尔泰语系游牧民族。其中后两个游牧民族，都在漫长的历史岁月中，像潜流河一样消失，茫茫然而不知其所终。只有欧罗巴游牧民族生存了下来，形成现在的欧美人种。

因此，欧美人种是游牧民族的后裔。

而中华民族，则是农耕文化的后裔。

尽管在漫长的历史岁月中，中华文明是以农耕文化与游牧文化相互冲突相互交融，从而推动文明向前发展的产物，但是它的根基和主体是农耕文化。

因此东方文明和西方文明，它从来就是两种东西，是两种文化背景下的产物。

明白了上面的两个大不同，我们就明白了，为什么自1840年中国现代史开始以来，中国人在政治制度、经济运作体制、文化和文学等等方面，老是学书学剑两不成，老是学出来一些非驴非马的东西。

虽然不成功，但是理智告诉我们：必须学习！因为任何地域所产生的文明成果，都是人类共有的财富。

只是需要时时告诫自己和提醒自己，在学习中，不要迷失自己，不要失去自己的东方主体。因为对于一个民族来说，它的文化消失了，它存在于世界民族之林的理由也就消失了。

那么如何学习呢?

其实西域地面从人类跃上马背那一刻起，几千年了，一直都在进行着这种东方文明与西方文明的交汇、农耕文化与游牧文化的交汇。它们提供了实践和经验。我们现在唯一要做的事是，只要让这块地面重新热起来就行了。

这就是为什么我说出"太阳将从西部升起"的道理所在。

我是在2002年秋天"奎屯之夏"笔会讲课时，说出这话的。这些年在西域地面的游历，这些年与新疆文学界朋友的频频接触，这些年随着各种游历而走向历史深处，促使我顺理成章地得出这一思考心得。

而有意思的是，这个思考的成熟，却是在中国版图的另一端深圳，在那里得出结论的。西北望山，东南行水，站在海岸线上，眼望茫茫深处，我突然明白了，东西方文化的接触还得靠陆上完成。深圳地域太小，广州根基太浅，香港殖民文化色彩太浓，台湾孤岛则闭目塞听，因此它们都无力承担。

这是支撑这本书的第三个支点。

# Ⅳ　从历史的深处奔来

　　理论总是灰色的。将纷纭万状各呈其态的生活纳入理论思考时，它总要伤及其中一部分。

　　为了能让这本书带有一点理论的色彩，所以我在第一章中，勉力地完成了上面那些理论部分。在我这是一个小小的野心。我想让这本书成为中国人在21世纪伊始时，一本像拐杖一样支撑其前行的重要的书，一本可以被称为人类文化宝库中那种不动产部分的书，一本尼采曾豪迈地称道"我用一句话来说出别人用一本书所表达的内容，和一本书所没有表达出的内容"那样的精粹之作。

　　但是行文至此，我的写作想法改变了。

　　我将轻松起来。我已经不耐烦了这理论的管束，就像一匹脾气暴烈的马不耐烦了那马嚼子的管束一样。

　　我从根子上讲是一位散漫无度的行吟歌者，一个酒力不逮但是崇尚酒神精神的人。此刻，我分明感到，那哒哒的马蹄声溅着胡尘，已经从历史的深处向我奔来。马儿那长长的嘶鸣搅动着我的不羁的心。我的岸在哪里？哦，让我向它奔去。

　　下面你读到的，将是一些华美的乐章。因为这本该是个轻松一些、抒情一些，并且有着应接不暇的惊奇的话题。

第一章　你看！那高贵的马

# 1  最后一个骑兵

在我的人生履历表上，有"最后一个骑兵"这几个字。

是的，如今，当躲在城市的一个角落，安静地走向晚年的时候，没有人知道我是谁。但是我自己知道我是谁！走在熙熙攘攘的大街上，踽踽而行时，我当骑兵的罗圈腿告诉我，我曾经是谁。在那一刻我惆怅地念叨出一部电影中的著名台词："我们是昨日的牛仔，过时的品种，偶尔流落在地球上的外星人！"

还有，每当咀嚼食物，或者张口大笑时，我会在咀嚼的途中突然停止了嘴巴的抽动，我会在开口大笑时突然用抽烟的那只手掩住自己的嘴巴。这时我想起自己失落在草原上的那颗大门牙。这时候我记起我曾经是谁。

还有那两条老寒腿，以及这从腿关节开始业已抵达坐骨神经、抵达腰脊并在未来的日子将不可避免地抵达心脏的风湿病。尽管在离开草原的时候，营部的许兽医说，一到内地无须治疗它就会痊愈的，而后来它果然痊愈了。但现在，随着老境渐来，它又找到我，并且在雨雪天的前夕，或者初冬和开春的日子，如期而至，决不放过我。这爬冰卧雪岁月中得下的老寒腿告诉我曾经是谁。

还有腰间那根马镫革，还有埋藏在柜子的衣物底下的那根蝇刷子，它们也在时时告诉我。不久前，当电视台采访我的途中，我突然想起了这些物什。我掀开衣服，从腰间抽下这根马镫革来。我说，这是中国人民解放军最后一支骑兵作战部队泯灭时，作为纪念我专门从自己的马鞍上取下的。我说，这些年了，我的腰间曾经换过几根皮带，最后，我明白了，最适合我的还是这根马镫革，于是把它重新捡起来又箍在腰上。在说话的时候，我还打开柜子，拿出一把蝇刷子，我说这蝇刷子白色的鬃毛，是从连队那匹老白马的尾巴上剪下的，而这蝇刷子的把儿，是一节野苹果树的树干。这棵野苹果树曾经出现在我的一本叫《白房子》的小说中。野苹果树后来死了，死的原因是树根的底下是一个地道，而这死亡了的野苹果树，它的一节树干做了我的蝇刷子的把儿。

在说这些话时我陷入了一种深深的忧郁。在那一刻我强烈地感觉到了我曾经是谁。普希金把这种忧郁叫"北方忧郁"。

是的，我是最后一个骑兵，我是骑兵这个辉煌了三千年的兵种，在中国的阿勒泰草原上泯灭时，最后的见证者之一。

那么，在这个名曰"你看那高贵的马"的一章中，让我先以一己的经验，来谈一谈马，然后再去进入历史的纵深。马是这本书的主角，而那激越的马蹄声将从书的第一页响起直到最后一页。

## 2　最后一支骑兵的泯灭

部队驻扎在阿勒泰草原上一个叫盐池的地方。选择这样一个地名作为这最后一滴水干涸的地方，大约是一种天意。盐池草原还有另外一个名字，叫富蕴草原。

部队的番号是7打头的，建制和序列则叫新疆军区骑兵二团。

它曾是一支著名的部队，原来的名称叫西北野战军骑一军。在诗人闻捷《复仇的火焰》中，那个穿过嘉峪关穿过星星峡的豪迈序列中，就有它的身影。它后来被缩编为两个团，骑一团驻扎在伊犁草原上，骑二团驻扎在阿勒泰草原上。

阿勒泰草原属于古尔班通古特大沙漠北缘。

这是一块由草块、草场、草原、干草原和戈壁滩、盐碱滩、湖泊、河流、雄伟的山峰组成的风景。境内有两座美丽的湖泊，这就是位于阿尔泰山深处的哈纳斯湖和袒露在草原深处的乌伦古湖。雄伟的阿尔泰山，横贯草原的南北，并且将它绵延的山脉，一直通向遥远的北方。境内除了乌伦古湖、布尔津河、哈巴河、比利斯河以外，最著名的河流是额尔齐斯河。这是一条国际河流，它发源于奎屯山，在穿越了整个阿勒泰草原以后，流入哈萨克斯坦，后来又流入俄罗斯，然后与鄂毕河交汇，注入北冰洋。

这是一块在历史上，和平年代以游牧为耕作，战乱年代以杀戮为耕作的游牧地。生活在这块地域的游牧民族是生性温和高贵善良的哈萨克族。按照通常的说法，哈萨克族是西域古族乌孙人、塞人的后裔。哈萨克是迁徙者、避难者、游牧者之意。

如果这个说法成立的话，那么在那遥远的年代里，飘往西域远嫁乌孙王的那一缕香魂，这里该是她落脚的地方。她叫细君公主，是江都王刘建的女儿。她出嫁的年代是公元前115年，十八岁，去世时是公元前110年，活了二十三岁。

乌孙国王派出使节，前往汉王室求婚。汉武帝在皇族中选来选去，最后选定细君公主承担这和亲联姻的任务。于是这个婀娜多姿、多愁善感的小美人，便踏上了博望侯张骞新踩出的西域通途，她在短暂的五年婚姻生活中，曾先后嫁给两个男人。一个就是上面提到的乌孙王猎骄靡，一个则是猎骄靡的孙子岑陬。

猎骄靡感到自己已经老了，骑不稳马，拉不开弓，嚼不动肉了，他把目光对准自己的孙子，然后将昆莫的位子和年轻的王后一起传给他。然后自己就死了。

我们无法想象，在这个北方之北、西域之西的辽阔草原上，在那走马灯一样交替变化的西域古族大移位时期，在这荒凉的、空旷的、寂寞的、凶险的、陌生的天之涯，那位柔弱的汉家王室女子是如何度过她的五年岁月的。历史在经过两千多年的向下筛选后，唯一留给我们的一点信息是这位美人当年用一张羊皮，蘸着红胭脂，写给汉王室的一封书信：

吾家嫁我兮天一方，

远托异国兮乌孙王。

穹庐为室兮旃为墙，

以肉为食兮酪为浆。

居常土思兮心内伤，

愿为黄鹄兮归故乡。


除了留下这首诗以外，细君公主还为小昆莫岑陬生了一个儿子。如果那儿子能够健康地长大成人，并且绵延香火的话，不知道那血脉，在两千余年后的今天的哪一些草原子民的身上流淌着和澎湃着。

这样的草原啊！

我们不知道这位弱不禁风的汉家公主从遥远的长安城来到阿尔泰山脚下时，用了多长时间，在我，是乘坐了四天五夜的火车，又坐了整整四天的汽车，才到达的。而在细君之后，在我之前，清朝的林则徐被发配新疆，他乘的是囚车，用了整整一年的时间；另一位清廷的戍边大将左宗棠，他是骑马打仗，则用了八个月的时间。在我从军的年代里，我还在额尔齐斯河上的一个著名渡口锡伯渡，见过一位艄公，他说他的父亲是山东人，是在不通火车、不通汽车的年代里，步行走了三年的时间，才走到这里，入赘到一家哈萨克毡房的。在细君公主的年代里，人类已经早早地跃上马背了，因此我们推断这位公主是骑马来到这里的，弱不禁风的她，这个行程，起码得一年的时间吧！

剽悍的迎亲使者扎个马步，伸出双手，卡住公主的小蛮腰，轻轻一提，于是公主像一只鸟儿一样，便轻轻地敛落在马背上了。她便这样开始了她的命运。

她就这样给混沌莫辨的西域史划定了一个年代。她就这样给大漠蛮荒涂上一层哀婉的玫瑰色。她就这样在西域史上深深地刻下了自己的名字。她就这样开了胡汉和亲的先河。

她比后来远嫁内蒙古包头九原郡的呼韩邪单于的昭君美人，远嫁后世的另一个乌孙王的解忧公主都要早。

这是插言。

部队是在1975年邓小平复出之后的第一次大裁军中撤销的。

撤销的原因很简单。骑兵这个兵种，已经不适宜于现代化战争的需要了。在冷兵器的年代里，它是战争之神。当骑兵成一个列阵，倒拖着马刀，从草原上急风骤雨般掠过时，它的冲锋陷阵、攻城掠寨、克敌制胜的巨大力量足以使任何对方胆寒。从这个意义上来说，一部冷兵器年代的战争史，甚至就是骑兵的历史。甚至，在步枪作为主要的单兵武器的年代里，骑兵还是有它一些用场的，夏伯阳式的短途奔袭，曾使骑兵这个兵种有过它最后的辉煌。而马步芳的马家军，骑手的两只脚分别踏在两匹马背上，那双手平端着机枪、呼啸而来的场面，也足以令这个兵种完成它最后的自豪。但是，在新的兵种和新的连发火器纷纷出现的今天，这个兵种终于该退出历史舞台了。新的战争不是每一颗子弹消灭一个敌人，而是以平均数计算，每十万颗子弹消灭一个敌人。这样，当敌人的连发火器喷射着子弹，像飓风像蝗虫一样从地面上掠过的时候，无论是夏伯阳式的短途奔袭，或是马步芳式的两马一枪，就变成了一件滑稽可笑的事情了。

这是骑兵退出战争序列的第一个原因。

第二个原因更简单一些，是军费方面的。

一匹服现役的军马，一年下拨的军费，相当于三名服现役的普通士兵的军费。

我在中篇小说《马镫革》中，曾经描写了最后一支骑兵作战部队覆灭时的情景。我说，那一刻整个盐池草原笼罩在一层沮丧的、悲哀的气氛中，马儿在马厩里似乎已经有所预感，它们躁动不安、长一声短一声地发出阵阵嘶鸣，散落在草原上的那些低矮的白房子里，士兵们像被开水浇了窝的蚂蚁一样，进进出出，哭丧着脸。

连长说："最后一次骑上我们的无言战友，再来一次李向阳过草滩吧！"

于是我们从马厩里牵出自己的马，戴了钗子，配上鞍子，上好马后鞯，翻身上马。

积雪的草原像一张白色的裹尸单。骑兵像决堤的水一样在草原上狂奔，马蹄扬起的积雪把大地搅得灰蒙蒙的。平日，我们是爱惜自己的马的，轻易不让它这样亡命般地在草原上狂奔。因为马是一种高贵的动物，在奔驰中它从来不知道自行停止，如果骑手不勒住马钗子，它会奔跑到口吐白沫，每一根毛孔里向外喷血，然后倒地而死。

"呜号！呜号！"我们呐喊着。马刀在空中做着各种劈杀的姿势，或者倒拖着马刀从地面上一路扫过。在我们的身后，那些草原的植物刺棵子、芨芨草纷纷仆倒。而在刺棵子里做窝的云雀，惊惶地飞向天空。天空中，阿尔泰山的鹰隼，吃惊地长嗥着，注视着这一幕。

最后，我们回到了营区，翻身下马，湿漉漉的人和湿漉漉的马，站成一排。

队列前，指导员说，平日我不要你们贪公家的小便宜，将这马镫革系在腰上做腰带，现在，反正这马具要上缴的，为了纪念你们的马背生涯，我同意你们从自己的马鞍上，卸下一条镫带。

这样，队列中的我也从自己的马鞍上卸下来一条，系在腰里，然后一直将这马镫革襟到今天。

这些马具将被上缴。这些马将结束它们的服役，尔后被装上火车，运往内地，然后在某一个农村驾车或拉犁。

团史馆也将要被撤销了。瘦瘦的团参谋怀里抱着一面面记载着昨日光荣的锦旗，不知道该把它们带到哪里去。

而胖胖的许兽医呆呆地站在院子里，一手扶着一棵树，一手扶着眼镜，正在思考自己的改行问题。

一股奔涌了几千年的洪水，就这样戛然而止。

也许，我们这些最后的骑兵当时并没有意识到，这股奔涌了几千年的洪水，它是不会说停止就停止的，它有一种惯性，这种叫作"历史情绪"的惯性将会在我们每一个人身上延续。不管你愿意不愿意，你都无法摆脱它，正如我在"最后一个骑兵"一节所描述的我的情形一样。

记得，我在一部叫《伊犁马》的中篇小说中，曾经描写过这样一个故事。

在城市的一个落雪的黎明，我被一阵马的嘶鸣声惊醒了。那是我的坐骑的声音。我披衣下床，来到街道上。果然是它，静静地停在雪地上，身后拖着一辆郊区菜农的拉粪车。它悲哀的高贵的眼神中充满了无辜和凄楚。我用一辆旧自行车的价钱将它从菜农手中买到，然后骑上它，重返草原。

"啊，草原，在没有我的日子里，你好吗？"我骑着一匹老马，像堂吉诃德一样在草原上游荡，并且轻轻发出这样的叩问。

这支部队后来经过改编，成为一个步兵团，开往距盐池草原不远的更为边界的一个县城驻防。

它后来的番号是3打头的，建制序列则叫新疆军区边防四团。2000年的时候，我这个老兵曾经重返那里。这支部队认为当年那撤销了的骑二团是他们的前身。年轻的团长正是我离开来的新兵，他要我为团史馆写一个馆名。这样，当我走进团史馆的时候，便看到了当年参谋手中那些不知如何处理的锦旗。在那一刻我双目潮湿继而热泪涟涟。

## 3　我的四次掉马经历

第一次掉马是我刚到边防站的事。在此之前我从来没有骑过马。教官只把我们这些新兵领到马号里，指着一匹马对我说："这是你的马，为它涮一涮，挠挠痒，拉出去遛一遛，培养培养感情！让它知道你是它的主人。"这话说完，第二日，我就得像一名真正的士兵那样，跨上它巡逻了。

这匹马和我一年入伍，一岁半的口。它来自伊犁军马场。它全身是鼠灰色的，骨骼很大，后臀高高地翘起，行走起来后胯一撩一撩的。在此之前，它的背上大约还没有驮过人。马的三种运动姿势——走（小走和大走）、颠、挖蹦子，它一样也不会。当我掰着鞍桥，上得马儿，颤巍巍地行走两步时，哈萨克族翻译老白在一旁眯着眼睛说："压上几年，会压成一匹好走马的！"

巡逻队从额尔齐斯河的冰层上走过，然后，沿中苏边界巡逻。雪地上有以前巡逻时留下来的马蹄窝，我的马就踩着这些蹄窝，往前走着。速度也不算快，一个人和一个人之间，拉开十米的距离。

走了二十多公里后，来到一个大沙丘上面。这大沙丘在军事地图上叫422高地。我们在这里勒住马钗子，停了片刻，用望远镜向边境外的邻国纵深瞭望了一阵，就返身折回。

回来时不必走原来的巡逻路了，可以绕到边界线里面走。下了422高地后，是一片平展展的雪原，带队的副连长说："咱们来个李向阳过草滩。"说罢，一叩马刺，他的马先奔驰了起来。他的马一跑，别的马见了，起了性子，也都咴咴地叫着，跟着跑。雪原上霎时腾起一股股雪雾。我这是第一次骑马，马走时，我的身子还能在鞍桥上坐稳，马这一跑，我的身子便摇晃了起来。想要勒住马，根本勒不住，只能双手掰着鞍子，左右摇晃。后来，在一个急速转弯时，马将我甩了下来。

甩下马背，这事并不可怕，因为雪很深，受不了伤的。但可怕的是，我的身子虽然从马背上栽了下来，一只脚却还挂在马镫上。这叫拖镫，是骑兵的大忌，性命攸关的事情。这样，我一条腿挂在马身上，身子被飞驰的马拖着，后脑勺像犁一样在雪地里犁出一条雪浪沟。

年轻的马不知道身后发生了什么事情，受到惊吓的它跑得更快了，眼看着，就要跑到额尔齐斯河边了。大河两岸生长着茂密的树林，这些树木一部分在被牧民砍伐以后，雪地上留下一个一个的树墩。如果马一旦跑进林子，我的头将不可避免地要碰到树墩上，那时我的脑袋非开花不可。

巡逻队所有的人都被这一幕吓坏了。他们开始试图拦住我的马，但是，受惊的马根本拦不住。这一举措失败以后，副连长于是策着他的马，赶过来和我的马齐头并进，并且掏出手枪，瞄准我的马头。事后他说，如果马跑进树林里了，他将毫不犹豫地朝着马头开枪。

但是，没容副连长开枪，奇迹在这一刻出现了。那天我脚上穿的是毡筒，此刻，那毡筒还在马镫上晃荡着，而我的脚，却从毡筒里滑脱出来了。

马继续向前跑着，那毡筒巴嗒巴嗒地打着马的胯骨。我则平展展地躺在雪地上，有些神志不清。

树林子里有一个窝棚，那是进驻这块争议地区的哈巴河县武装部军民联防指挥部。我在一张床上躺了一阵，巡逻队又在这里吃过一顿饭以后，我们就动身返回了。

我是骑在副连长的马屁股上，回到边防站的。巡逻队回来不久，我的那匹惹了祸的马，才孤零零地独自一个回来了。马镫上是空的，我那毡筒不知道掉到哪里去了。

后来在马号里，四个当兵的，围成一圈，将那匹闯祸的马饱打了一顿。马躲向哪个方向，都有白柳条打来，马终于支持不了，于是流着眼泪，四蹄一软，跪下来。

副连长要我骑上我的马，到马号外边溜达一圈去。他说你现在再不骑它，以后它再也不让你跨上它的背了，马认人。

这样，我壮着胆子又骑上了那匹马。我就这样学会了骑马。

我的拖镫的故事，迅速地传到毗邻边防站去，探亲的老乡又将这消息带回我那遥远的渭河边上的家乡。后来我复员回到我那小村时，还不断地有村里人问起这事。

我的第二次掉马，是当兵第三年时的事。那时我已经是一个不错的骑手了。可是骑术不错也不行，该掉马时你还得掉马。

这天凌晨，我顶替马倌放马，让马倌休礼拜天。满圈的马可以由我随便挑，这样，我挑了副连长那匹全身像黑缎子一样又光滑又漂亮的纯种伊犁马，作为我的坐骑。

放马很辛苦，通常要凌晨四五点钟起来，这样才能保证白天的使役。即便白天不用马，也得那时候放出来，因为马要从积雪中刨草吃，光靠白天这短暂的时间根本吃不饱。

风雪满天，我穿着蒙古大衣，头戴哈萨克式的三耳皮帽，脚蹬毡筒，一边看着马吃草，一边伏在马鞍上，双手搂着马脖子打瞌睡。牧民的马群可以不要人跟，它们也不越界，因为牧民的马没有钉掌，走到界河的冰上，没有钉掌的马一走翻一个大跟头。军马则一定要跟紧它，因为军马不但钉马掌，马掌上还拧着四颗防滑螺钉，它们走在冰上一点事儿也没有。

我顺着风势往内地的方向走，走了大约有十公里。这地方叫比利斯河。风雪中，我胯下的马像闻到什么气味似的，突然两只前蹄腾空，仰着头打个立桩，欢快地叫起来。

原来，它是嗅到母马的气息了。这时候天色已经有些蒙蒙亮了，我往四周一看，只见戈壁滩上游荡过来一群又一群哈萨克牧民的马。这些马排成一队，后一匹顶着前一匹的尾巴，一边走着一边低头用嘴拱开雪地吃草。

突然，我的马载着我，欢快地叫着，向就近的一个马群跑去。我使劲勒钗子，将马缰都拽断了，马还是不停。我的马很快蹿到了马群的跟前，它朝一匹母马的屁股上嗅了一阵后，就两只前蹄像袋鼠一样扬起，一个立桩，跨在了那匹母马的背上。它的下部开始抽动起来，而丝毫不顾忌这时候骑在它背上的骑手的感觉。

每个游荡的马群都是由一匹头马和一群母马组成的，这群也一样。那头马又兼作种马，负责给这一群母马配种。此刻，当我的马跨上这匹母马的马背时，那头马立即冲了过来。它先是咬我的马，咬了几口，看不奏效，于是转过身子，扬起后蹄来踢。它一蹄子踢在了我的小腿上，幸亏我穿着毡筒，腿才没有被踢断。

这马背上我是不能再待了。钗子从马口上脱开以后，现在被我提在手里，而没有钗子制约，你对马一点办法也没有。于是我决定掉马。在掉马时，我吸取了上次拖镫的教训，两只脚先从马镫上脱出，然后双腿一缩，身子一仰，从马屁股上一个后仰翻了下来。

我的大门牙就是在那次掉马中摔断的。

掉下马背的我，立在雪地上，呆呆地看着我的马将它要干的事情干完。完事以后，这无耻的家伙，仍然对这群母马依依不舍。它用嘴咬，用蹄子踢，开始我不明白它的用意，后来我明白了，它想将这群母马赶回边防站的马号去，长期霸占。

那头种马当然不情愿。每当我的马费了很大的劲，将这群母马赶了一段路程后，那头马站在远处的沙包子上一叫，这群母马立即炸群了，向它奔去，拦也拦不住。于是，我的马又几次将那公马撺远，回来再赶马群。

我担心我的马走失了，于是也就跟在马群后边，提着钎子乱抡，帮助我的马驱赶，中午时候，才回到边防站。回到站上，我将马群轰进了马号，抓住我的那匹惹是生非的马以后，再打开栏杆，将牧民的马群放出。

这是我的一次奇遇。按说，服役的军马都是阉过了的，不知道为什么副连长的这匹马还能干这事。后来，我们请营部的许兽医来检查，兽医摸了摸马的睾丸说，没阉净，还有一个蛋，大约八一军马场的姑娘不忍心让这匹漂亮的马成为阉马。

不久以后，住在比利斯河边的牧民到边防站来，用胯下的黄走马换走了这匹漂亮的黑马。牧民说，他要用它来改良自己的马群。

这次掉马我付出的代价是我的大门牙。后来我曾为这掉了的大门牙写过文章。我说，如今，它大约已经化作一颗沙砾，在草原的某一处闪烁，当游人以手加额，盛赞这一片辽阔美景时，它也成为被盛赞的一部分。

去年我重返白房子，到那掉马的比利斯河草原去看了看。长期以来，我一直认为，我落地时牙齿是磕在了戈壁滩的一块石头上，站在那里，我突然明白了，牙齿不是磕在石头上，而是磕在我手里的马钗子上的；再则，我是从两匹马的高度上掉下来的，这也是原因。

当时是前昭苏八一军马场的场长陪我去的。我给他讲了这个故事，并且用手指着草原上云彩一样的马群说，做一匹种马是多么幸福啊，你看草原上布满了它的子孙。场长告诉我说，朋友，一匹公马成为种马的概率只有百分之一，而你假如真有这个想法，那么被骗掉的概率是百分之九十九。这个场长后来转业，成为自治区国税局的局长。

我的第三次掉马，是掉在苏联的土地上。那地方现在属哈萨克斯坦。去年重返白房子，我专门来到额尔齐斯河河口，站在界河这边，向那掉马的地方张望。三十年物是人非，一切都已经改变了。

那是我当兵第四年的事，仍是替马倌放马。瞭望台打回来电话说，边防站的牛群，钻到河口的树林子里去了，已经有两个小时不见出来，要马倌去看一看。

边防站的马，专门有一个战士放，这叫马倌。边防站的羊，专门雇佣了一名哈萨克牧工放，因为汉人放不了羊。至于边防站那六十多头牛，它是没有专人放的。牛早上出圈，晚上归圈，不必人管。但是有两件事要照应，一是防止越界，二是晚上要关圈门，防止狼伤害小牛。这事由马倌和牧工捎带着管。

我赶到河口以后，发现这条叫阿拉克别克的界河在流入大河的那一刻分成两岔，中间圈了足球场那么大一块绿茵。边防站的牛群，正在那片绿茵上吃草。

从理论上讲，这块绿茵属于中国领土还是苏联领土，很难说清。通航的界河，以主航道为边界；不通航的界河，以河流中心线为边界。现在，这阿拉克别克河分成了两条，那么怎么确定边界呢？

我还是决定去赶它们。越过那浅浅的水流时，我的心惊悸了一下。到了绿茵草地，我飞马绕了个大圈子，截住前面的牛，吆喝着往回赶。但是牛很顽固，不听我的吆喝。原来，还有另外一部分牛，穿过绿茵，越过那另外的二分之一界河，顺着额尔齐斯河，已经跑到下游约三公里远的地方去了。

我犹豫了一下，遂决定斗胆越一回界，去赶它们。

我之所以胆大，是因为那天我胯下是一匹好马。这匹好马也许是千百年来传说中的那种汗血马。

我骑着快马，顺额尔齐斯河东岸奔驰而下，来到牛群跟前。这是一群大驮牛。我绕了个圈，将最前面的牛拦住。牛是聪明的牲畜，它们自己也知道来到了不该来的地方了，如今见有人赶，于是调转头，朝来路跑回。

我的头顶，苏军的黄土山上的雷达咔咔咔咔地响着，这些雷达据说可以监控到我国的兰州机场。而在四周的树林子里不时地露出明堡暗堡的枪眼，这些枪眼随时都有理由射出子弹。

我因为自己愚蠢的做法，突然产生一阵后怕，于是弃了牛群，一个人在前头跑起来。这样，在穿过一片树林子时，突然与林中空地上的五名打马草的苏军士兵相遇。

他们都剃着光头，穿着托尔斯泰式的俄式开领衫，手里挥舞着大镰刀。我那天也没有穿军装，也剃着光头，因此，在我突然出现的那一瞬间，他们把我当成了前来送饭的本国士兵。直到我的马头已经快挨到他们身上时，他们才发现这是中国士兵，于是五个人齐刷刷卧倒，然后，去摸不远处那支在草地上的枪。

我的汗血马这次救了我。它像风一样快，飞快地从五个士兵的中间穿过去，然后，在光秃秃的河滩上，一阵迅跑。马上的我，只觉得两耳生风。

我把头埋进马脖子，生怕后边射来子弹。子弹倒是没有射来，但是，在前面遇到一个障碍物，马呈九十度转弯时，我被重重地摔了下来。

惊了我的马的是一个胡杨树根，它是大河某一次春潮过后摊在河滩上的。树根十分庞大，十分丑陋，像史前怪物。在骤然与它相逢时，马的惊乍应当说是必然的。

我被摔下来以后，马跑了。而我身后，牛群像洪水决口一样，也轰轰隆隆地从我身边跑过去。我向后看了看，打草的士兵没有追来。这时离绿茵草地已经不太远了，于是我徒步穿过两个二分之一界河，回到边防站，向值班的指导员汇报了这件事。

那次掉马给我的创作生涯以重要的影响。我写过一个叫《惊厥》的中篇，说长期以来这个退伍老兵时时会在睡梦中被一种怪物打搅，陷入梦魇状态。一位心理学家说这是受过一次惊吓的原因。这个怪物就是那个胡杨树根。

这是我的第三次掉马。那匹马真快，骑在上面像飞一样，此前和此后，我都再没有骑过那样快的马了。

我的第四次掉马，是在复员命令已经宣布，临离开边防站的前一天。

边防站的马，我几乎全都骑过了，甚至包括平日只用来拉车的大辕马。但是，还有最后一匹马，我始终不敢跨上它的马背。现在就要复员了，我总觉得，不骑它一次，会是我一生的遗憾，于是我要马倌将这匹马给我留下，我要骑一骑。

这匹马的全身像火一样红，只在额头和鼻梁的地方，有一道白色，所以它的名字叫"白鼻梁子"。那白色的形状，像电线杆旁边竖的那个"高压危险"的标志一样。这匹马的特点之一是性格暴烈，特点之二是跑起来飞快，特点之三是跑起来有马失前蹄的毛病。

所以连队里没有人要它，它属于公用的马，偶尔有人骑一骑它。记得有一次，哈萨克举行"姑娘追"，来边防站借马，结果满圈中挑上了这匹马。在那次活动中，这匹马得了第一，因此它在这块草原上，也算一匹好马。

我让马倌为我把马鞍配上，这是摆摆老兵的架子。在配马鞍的时候，我要马倌将后肚带尽量往后勒一点。这是我从哈萨克牧工那里取得的经验，他说，骑这种容易失蹄的马，骑在背上时身子朝后仰，减轻前蹄的压力，后肚带向后勒一点，防止马失蹄时，骑手从马头上连鞍子带人翻过去。

马号外边，马倌捉住马钗子，扶我上马。

我刚接过马钗子，还没坐稳，白鼻梁子就一个立桩，像袋鼠一样直直地站起来。我赶紧双腿将马肚子夹紧，双脚用力蹬牢马镫，身子向前一仰，用两手抱住马脖子。马摔了两摔，见摔不下我来，于是两只后蹄往前一蹬，屁股一掀，又倒立起来，而我则身子后仰，像贴在马背上一样。白鼻梁子见摔不下我来，于是一声怪叫，双蹄腾空，向戈壁滩上跑去。

我明白要制服它，必须放开马钗子，让它尽情地跑，跑乏了，身上那一股邪火消了，它才会服帖。于是，我抖着马钗子，双脚磕着马刺，将马引到一片大戈壁上，让它尽情奔跑。

这块戈壁滩有几十公里，平展展的。现在正是暮春时节，积雪已经化了，草还没长出来。消融的雪水滋润着戈壁滩，马跑在上面，会很舒服的。我骑在马上，风呼呼地吹着，也很舒服。

整个戈壁滩上只有两个人在欣赏着我的骑术表演，一个是中方瞭望台上的哨兵，一个是邻国瞭望台上的哨兵。那邻国的士兵，趴在瞭望台的栏杆上，目不转睛端着望远镜在望，距离只有二百米远近，我甚至能听见他嘴里发出"乌拉乌拉"的叫声。

风太大，奔驰中，把我头上的皮帽子刮掉了，露出一个剃光的光头。那位邻国哨兵，在瞭望台上嘲笑起来。奔驰中的我，朝那哨兵威胁般地扬了扬手，这哨兵赶紧躲进哨楼里去了。

白鼻梁子急速奔驰的目的，是想把我摔下来。但是在奔驰一阵后，它明白了这个人骑术还不错，不是轻易能甩下来的。于是它奔驰的速度减慢了，开始打别的坏主意。

戈壁滩尽头，中方瞭望台的下边，有一大片沼泽地。白鼻梁子现在开始实施它的坏主意了。它穿过沼泽地边缘的芦苇丛，一个蚂蚱式的跃步，蹿进了沼泽地里。

沼泽地里的泥，有的地方深及马腿，有的地方甚至深及马肚。马扑通一声，陷进沼泽地里，又扑通一声跳出来，然后再陷进去。这样折腾了一阵，我仍然像膏药一样贴在马背上。见状，马只好跑出沼泽地。继而，它钻进了旁边的一片沙枣林。

有沼泽地的地方，旁边通常会有沙枣林，起码也会有孤零零的一棵。钻进沙枣林以后，我的眼前像过电影，无数横的、竖的、有刺的沙枣枝扑面而来。没有办法，我只好身子完全地贴在马背上，双手搂住马的脖子，头则深深地埋入马的鬃毛。

一阵哗哗啪啪的响声过后，我终于钻出了沙枣林。我的脖子上、手臂上，划了很多血口子。

在经过这一切以后，我仍然骑在马背上，这叫我自豪。

但是还没容我自豪尽兴，白鼻梁子使出了马匹对付骑手的最后一招。只见白鼻梁子四膝一蜷，卧了下来，然后，就地就是一个打滚。这是一种痞子的做法，任你再高明的骑手，到了这时候，也得赶快从马背上逃离。据说前些年有个老兵，就是遇上了这样一匹痞子马，没来得及逃脱，结果在马打滚时，把他的交裆掰了，骨盆也压了。

我很荣幸，在马的身子就要压住我时，我一个就地十八滚，逃离了危险区域。

溅满黑色沼泽、渗着滴滴血珠的马，跑回马号找别的马去。我最后一次骑马的事情也就结束了。

后来马倌告诉我，并不是白鼻梁子执意要将我甩下来，而是马的后肚带上得太靠后了，在奔驰中又一直向后溜，勒住了马的生殖器部分，马感到很别扭，很难受，很疼，所以它执意要把骑手摔下来。

这就是一个骑手四次掉马的经历。

对一个单个的人来说，这些经历也许是重要的和值得一提的。但是在这个关于马的恢宏的大话题中，它是如此微不足道。因此在写上"我的四次掉马经历"这一节的标题后，我立即就有些悔意，后悔自己用这种微不足道的事情来打搅读者的耳根清净。不过既然它已落实到纸上，那么我也就不打算删去了。

下面我将谈汗血马，谈汉武帝因为梦见汗血马从而发动的那场西域战争，谈在三千八百年以前，人类第一步跨上马背时的那历史一幕。

而在进入沉重的历史空间之前，请允许我聒噪几句，将我在日内瓦的一篇演讲稿先放在这里。放在这里的原因是它们与马有关，与游牧文化有关。讲完这些，再进入历史空间吧。

# 4　手的大拇指和脚的小拇指

这里是日内瓦。这里是联合国世贸组织总部。地中海的阳光多么灿烂呀！如梦如幻。日内瓦湖和阿尔卑斯山，拥抱着这座十九万人口的袖珍小城。

这是我新出的一部长篇小说，名字叫《大刈镰》，刚刚在2018年中国书博会上亮相，并接受了喜马拉雅长达一个多小时的视频直播访谈。这次欧亚大穿越、丝路万里行的礼品是它。现在这本新作，赠送给这座城市，赠送给这个世界组织。

这是一本向草原致敬，向我胯下的那匹马致敬的一本书，是对我青春和激情岁月的祭奠。我是中国的最后一代骑兵，或者换言之，骑兵这个辉煌了三千年的兵种，在我和我的战友们的手中得到了完结。

我当兵的地方在中亚。那里有一块草原，叫阿勒泰草原。那里有一座东西走向的大山，叫阿尔泰山。那里有一条经过四千多公里流程，穿越西伯利亚，注入北冰洋的河流，中国段和哈萨克斯坦段叫额尔齐斯河，进入俄罗斯境内后易名鄂毕河。

阿尔泰山山脉，是世界三大古游牧民族最后消失的地方。这三大古游牧民族是古阿尔泰语系游牧民族、古雅利安游牧民族、古欧罗巴游牧民族。

已故的英国人类学家，英国皇家科学院的前院长阿诺德·汤因比先生，在接受日本摄影家池田大作的访问时，当池田问道，假如让你重新出生一次，你愿意出生在哪里时，汤因比回答，我愿意出生在中亚，出生在中国的新疆，出生在阿尔泰山山脉，那是一块多么迷人的地方呀，是世界的人种博物馆，世界三大古游牧民族，前两个都消失在那里了，古欧罗巴游牧民族，则迁徙到地中海沿岸定居，并且从马背上跳下来，以舟作马，开始人类的大航海时代。

　　和中华文明板块接触频繁的塞人、石人、匈奴人、大月氏、乌孙人、丁零人、粟特人、鲜卑人、乌桓人、突厥人，等等，他们当属古阿尔泰语系游牧民族。在那被称为中亚古族大飘移年代，大约有二百个古阿尔泰语系游牧民族，风一样地在这块土地上驰骋。这是一个大题目，容我以后找机会专门来谈。

　　古雅利安游牧民族的消失，也是一个大题目。最新的基因测试，德国人的雅利安基因，只占百分之四。倒是北印度人、伊朗人、中亚五国人，雅利安基因占到百分之四十，他们被称作印欧人种，又称亚洲白种人。

　　我们在欧亚大穿越、丝路万里行中，曾经踏访了卡拉库姆沙漠中一座被遗弃的中亚古城。它叫老梅尔夫城。专家告诉我们，这里被认为是雅利安人的起源地。我不能判断这个说法有多少把握。古城荒凉空旷，大而无当，一片残败，向西北是土库曼斯坦首都阿什哈巴德，向东南是撒马尔罕，这翻越帕米尔高原进入五印大地的通道，而正北方是横亘在头顶的苍凉的伊朗高原。

　　这座名叫老梅尔夫的古城，据称已经有两千八百年的历史。它在五百年前毁于中亚枭雄跛子帖木儿之手。古城中有最后一位土库曼斯坦王（苏丹）的陵墓，有中亚地面第一座清真寺遗址。距这里五百公里外的土库曼斯坦首都阿什哈巴德，曾是安息王朝最初建都的地方。有一部印度电影叫《流浪者》，那里面谈到一位贵夫人在阿什哈巴德被强盗抢去了，被送回来以后生下了一个流浪者儿子。我们知道，丝绸之路鼎盛的那个时期，曾经在路面上载着四个帝国，它们是东端的中华帝国，西端的罗马帝国，居于中段的安息王朝和贵霜王朝。

旧事不提，容以后再细说。

这本书《大刈镰》。大刈镰是中亚地面牧民们收割马草时用的大镰刀。前面有一个两尺长的刃子，斜安在一个一身高的木柄上。木柄中段还有一个把手。打草时，人们排成一行，半直着身子，一路刈。大刈镰沙沙响，牧草一行一行倒下了。

中亚细亚地面的阳光，炽烈而又透亮。摊在地面上的牧草，要晾晒一阵，去掉水汽，然后缓缓等到黄昏的时候，用铁叉将它卷起，垛成一个个印象派画家莫奈式的草垛。

吉尔吉斯斯坦籍苏联作家艾特玛托夫，在他的小说《查密莉雅》《我的包着红头巾的小白杨》里，描绘过打马草的情景。那是比什凯克，伊塞克湖的附近，也是大诗人李白的出生地，中国人叫它碎叶城。在苦艾草原上，草被割倒了，太阳一晒，整个草原都散着一种又香又臭的苦艾气味。

艾特玛托夫晚年写过一本书，叫《待到冰山融化时》。书中说："世界是一个整体，大家都在一条船上。假如有海难发生，谁也不能幸免！"比什凯克正在召开一个纪念艾特玛托夫诞辰九十周年、去世十周年的国际笔会。本来，我受该国总统之邀，此刻应当出现在那个会场，但是，丝绸之路万里行这件事似乎更重要一些，于是我出现在这里——日内瓦。

请看，这是我右手的大拇指，大拇指的指头蛋上，有一道长长的深深的刀痕。这刀痕就是大刈镰锋利的刀刃削的，是草原留给我的刻骨铭心的记忆。

打马草的地方在额尔齐斯河南湾。一群精壮的哈萨克男人，挥舞大刈镰在打草，我也混在他们中间。休息的时候，这磨镰刀有两个程序。第一个程序是，给地面垫一个小铁砧，将镰刀搁在铁砧上，然后用一个小锤子叮叮咚咚地敲。第二个程序则是，将镰刀刃儿平放到脸前，齐眉高，木柄拄地，然后从戈壁滩上拣个小鹅卵石石蛋儿，右手的大拇指和食指握住石头蛋儿，这样挥动着在镰刃上擦，擦的时候还不停地"呸呸呸"向镰刀上吐唾沫。

我是农民，农民磨镰刀，是将镰刀往磨石上磨，而这牧民磨镰刀，是将石头往镰刀上磨。旁边站着的我，好奇心驱使，于是也弯腰捡起一块小石头，竖起镰刀，沙沙地磨起来，并且在磨的同时，也学着样子，不时地朝镰刃上喷两口唾沫。

突然的事情发生了，在一次挥动中，我的大拇指的半个指头被大刈镰锋利的镰刃割下来，只连了一层皮，鲜血直流。我大叫了一声，用另一只手捂住这根指头。后来边防站的医生给我缝了三针。指头蛋保住了，但是却留下了这道深深的伤痕。

这就是大拇指的故事。

说完手的大拇指，那么下来说说脚的小拇指的故事，或者准确一点讲，叫脚的小拇指趾甲盖的故事。

它出自我整整二十五前出版的一部长篇小说《最后一个匈奴》。这部小说被誉为陕北高原史诗，是对这块土地一百年沧桑史的一次庄严巡礼，因此它又被称为中国版的《百年孤独》。它带来的另一项巨大荣誉是，"陕军东征"这个代表中国当代长篇小说创作的高度的历史事件在《最后一个匈奴》北京研讨会上被提出来。

匈奴民族是震撼了东方世界和西方世界的古游牧民族，中亚地面是他们的主要游牧场。北匈奴穿越辽阔的欧亚大平原，穿越热海

（伊塞克湖）、咸海、里海、黑海、波罗的海、地中海，在布达佩斯建立强大的匈奴汉国，阿提拉大帝的马蹄踏遍了欧罗巴大陆，罗马帝国差点毁在他的手中。

留在原居住地的匈奴人，则掀起长达二百八十六年之久的魏晋南北朝、五胡十六国之乱。在这个历史阶段的中期，匈奴王赫连勃勃，在陕北建统万城，完成了匈奴民族在行将退出历史舞台前最后一声绝唱。

《最后一个匈奴》就是写他们的故事，而故事的着重点不在凭吊历史，而是描写当下。那掉队的匈奴士兵走入一户陕北窑洞，于是在高原上，一个生机勃勃的人类族群诞生了，婴儿的第一声啼哭，便带着高原的粗犷和草原的辽阔。

"请注意孩子脚的小拇指趾甲盖，那是浑圆的完整的一块，而汉民族的脚的小拇指趾甲盖往往分岔，不规则地分成两半！"这是小说中的描写。

这个细节一时节引起许多的热闹话题，而我也无数次予以解释。直至二十五年后的今天，还常常有人提起它。

我曾经请教过一位中国社科院民族史专家，他告诉我，我的描述是正确的和准确的，并且不独匈奴民族，那些活跃在中亚高原的二百多个古游牧民族，脚的小拇指趾甲盖都是浑圆的一块。

当我将我的这些所得告诉亲爱的朋友们时，我在这一刻感到十分愉快！我一直想告诉大家，现在是在这欧洲中心，在日内瓦。

一想到是在这陆止于此、海始于斯的遥远地方，谈这些话题，我就有一种异样的感觉。

我们的行程还要继续，也许进入意大利境内后，我会讲述阿提拉大帝围攻罗马城的故事，而在这次行程结束，回到西安家中后，我会详尽地将撒马尔罕之子、跛子帖木儿大帝的故事写出来，因为不了解他，你就根本无法进入中亚的过去时和现在时。

## 5　刘彻在未央宫

一张光板羊皮上面写满了字，经由丝绸之路上过来的波斯商人之手，费尽周折，终于在这个长安城未央宫之夜，递到了汉武帝刘彻的手里。

这张羊皮我们见过。它来自乌孙草原的细君公主。

这经过辗转而来的羊皮，质地依然雪白，只是羊皮上那用胭脂笔写出的字迹，桃红色已经变成了凝重的赭色，像血风干了以后的颜色。连同这张羊皮一起，细君公主还捎来一句话，她说乌孙王又将她嫁给他的孙子了，这种荒唐的事她无法面对。她恳求汉武帝干预这件事，或者，鉴于老乌孙王已经年迈力衰，干脆将她召回汉宫算了。

未央宫的长明灯爆出一个大大的灯花，接着有一滴蜡烛泪滴下来，落到羊皮上。

想起细君公主那弱不禁风的模样，汉武帝的心中突然一阵酸楚。

不过他接着又笑了。他为自己刚才那一瞬间的儿女私情感到羞愧。接着，他伏案修了一封书，准备让不日返程的波斯商人带回去给细君。书的大致内容是说，你是个知书达理的女子，应该明白以社稷为重、以天下为重的道理。至于下嫁给乌孙王的孙子，如果这是当地的习俗，那么，入乡随俗，顺其自然，最好！须知，世界上所有的事情都没有道理，它的发生就是它的道理，所有的那些惯常的道理，都是聪明人制定下来，来约束老实人的。你是大家子弟，帝王家的女儿，应该明白这个。

汉武帝在信的最后，还提醒细君公主要注意匈奴派往乌孙王宫和亲的那位右夫人，因为匈奴是大汉的敌人。

书修好后，汉武帝用封泥将它封好。这时候他还不知道，当他的书信到达那遥远的边陲的时候，美丽而短命的细君公主已经香消玉殒。

该怎么处理这张羊皮呢？汉武帝沉吟了半晌。最初，他想让人把它交给司马迁，让这个史官在他的《史记》中，为细君公主重重地写上一笔。接着他的想法又改变了，他担心这个不识时务、恃才傲物的年轻人，会在记述这个故事时，对自己有所微词。于是脑子一转，他决定将这张羊皮交给正在修《汉书》的班彪。那班彪老成持重一点。

细君公主的事情给汉武帝以启发。他觉得和亲还是可以用一用的。由于细君公主的出塞，西域的格局已经发生了变化，匈奴与乌孙的联盟已经被打破，至少，乌孙人可以在匈汉战争中，保持一个中立的态度了。而随着汉室在西域的用兵，楼兰也已归顺。随着楼兰的归顺，丝绸之路以楼兰为中枢站空前地繁荣起来了。继而，塔里木盆地的经营，已在他的筹谋之中了。

他想他下面还该做三件事情。

第一件，和匈奴的另一个部落联姻。这个部称南匈奴，它的大单于叫呼韩邪，大单于的牙帐设在河套以北鄂尔多斯高原上的九原郡。这支南匈奴部落历来与冒顿的北匈奴部落有隙。如果能从宫中选一位美女，前往呼韩邪的牙帐，那么，北匈奴将腹背受敌，敕勒川、阴山下将从此安定了。

汉武帝刚从那一块地方征伐回来。班固在《汉书》中说：汉武帝勒兵十八万，至北方大漠，恫喝三声，天下无人敢应；汉武帝遂感到没有对手的悲哀，于是班师回朝。班彪的这些张扬的话语叫汉武帝听了顺耳，所以他喜欢班彪。而"遂感到没有对手的悲哀"这句话，甚至是汉武帝自己给加上去的。汉武帝有一种浓重的帝王情结，而只有这句话才能让他感到说得到位。

但汉武帝同时是一个清醒的战略家。他明白光靠自己的亲征，光靠一条穿越子午岭、直达九原郡的秦直道，还远远不够。有些事情是男人无法完成的，得把它们交给女人去做。

这是第一件事情。

第二件事情则是要把楼兰王的小儿子尉屠耆，请到未央宫来做人质，按照古代的叫法，这叫质子。

这件事还得抓紧办。老楼兰王有两个儿子。据说他的大儿子尝归，已经被匈奴冒顿掳去，作为人质。因此这件事是个急事。匈奴人以人质尝归王子为要挟，已经使楼兰国与汉室有疏远的迹象，这是其一。其二，一旦老楼兰王百年之后，倘若在匈奴牙帐里长大的尝归王子回来即位，楼兰就会重新成为匈奴人的附属国了。

这是第二件事情。

第三件是有关汗血马的事。

据说在遥远的西域之西，阿姆河流域，有一个大宛国。这个地方盛产一种宝马，叫汗血马。它身材颀长、俊美、高大，走起路来日行千里，夜行八百。它的毛色纯净，血统高贵，或是纯粹的雪白，或是纯粹的血红，或是纯粹的炭黑，或是纯粹的鼠灰。

除了通常的好马所具有的这些特征以外，汗血马还有一个重要的特征。那就是它的毛孔里，不时地向外渗血。它的毛孔通常是在两种情况下向外渗血的。第一种情况就是草肥结籽时节，汗血马那油光闪闪的臀部，长鬃飘飘的脖项，不时地会有血珠从毛孔里渗出来，将毛色染红。第二种情况是在长期不使役、马肥上膘的情形下，毛孔向外渗血。

这两种渗血的原因，均出于汗血马的一种自然调节身体状况的习性。它不至于使自己过肥，过于臃肿，从而不能在突然的情况下投入使用。

而在平时不流血的情况下，那毛孔外面会结成一个血痂。马一旦稍有肥胖，那血痂会迸破，血液流出，起到减肥的作用。

但是它获得汗血马的美誉，大约主要还是由于下面第三种情况。

汗血马的奔驰，那是一种多么壮美的事情啊。脖子拱起，伸到尽可能达到的前方，头使劲往下勾着，脖子上的鬃毛则像乌云一样夸张地散开。它的腰身柔软，脊梁骨在骑手的胯下，像龙一样游动。它的肚皮紧贴着五花草原。它的四蹄，从远处望去只能看见四个蹄窝像四个银碗翻动。它的尾巴，那是一条怎样的尾巴啊！在骏马的风驰电掣般的游动中，它的尾巴像一把芨芨草扫把，平直地拖在身后，给这壮美的奔驰再增加一点飘逸感。

这时候，热血沸腾的马，它的每一个平日封闭着毛孔的血痂都突然迸破，于是鲜红的血液从毛孔中喷薄而出。这时毛孔里流出的一半是血，一半是汗。而流血最多的地方是马的前颊部分。那地方湿漉漉的，像刚从水里捞出来一样。马平日那光泽竖起的毛，则一绺一绺地，贴在马的皮上。这时候你伸手往前颊子上一摸，你的手掌会是一片血红。

所以它叫汗血马。

早在张骞第一次出使西域归来之后，就给汉武帝绘声绘色地描绘了这汗血马的情形。当时汉武帝半信半疑，但是他的祖母告诉他，西域地面确实有这种宝马，它快如闪电，疾如旋风，当年汉高祖刘邦，就见过这种马。

汉高祖曾遇过一次危险。那就是史书上所说的"白登山之围"。那一次，初登九五之尊的汉高祖御驾亲征，准备在嘉峪关地面与匈奴人决一死战，功成毕于一役，结果大败而回。那一次，匈奴的铁蹄一直将刘邦赶到长安附近的大散关。匈奴王狼旗所指，有一位白马将军，风驰电掣，差点在岐山地面生擒刘邦。

匈奴将军胯下的那匹白马，就是汗血马。

前面说了，刘彻是一位清醒的战略家，他一生的文韬武略，几乎都是针对匈奴。包括我们前面谈到的细君公主的出塞，还有以后汉元帝时代那昭君美人的出塞，以及楼兰国耆公子的典作人质，它的战略目的都是针对匈奴。

刘彻明白在西域的匈奴草原上，出现了一位天之骄子，这就是一统匈奴部落，继而一统西域的冒顿。英雄从来是成双成对地出生的，既然老天生了他刘彻，它必须给他找一个对手，这样英雄的这短短几十年生涯才不至于寂寞。冒顿就是刘彻的对手。

正是由于一封冒顿文书，汉王室才知道了嘉峪关外面，尚有那么辽阔的一片西域。那是汉文帝时候的事了。

冒顿单于在给汉文帝的文书中，称他已将西域荡平，西域一十六国尽属他的麾下。他还说，楼兰王已经俯首称臣，从而楼兰国成为他的附属国和被保护国。而不愿臣服的大月氏则被他举国举族全部消灭，并且用大月氏王的头颅做了自己的酒具。

这样才有了后来汉武帝派张骞出使西域，去探虚实。

汉文帝大约是念叨着"冒顿"这个名字驾崩的，他把他的这一块心病留给了他的继任者。

抗击匈奴不仅仅是出于凿边和建功的需要，它还出于对长安城安全的考虑。因为如前所说，匈奴的铁蹄已经踩到长安城的大散关，还有一次曾经从萧关直到咸阳城的渭河边，因为对于这个强悍的今日东海明日南山的游牧民族来说，它没有疆界的概念。对于匈奴人来说，马吃草到哪儿，它的疆界就到哪儿。后面这句话是冒顿大帝的话。

在这个未央宫不眠之夜，清醒的战略家刘彻明白，怀柔政策只是军事实力的辅助手段。他要完成征伐匈奴的大业，要把匈奴赶往更远的西方，还得加强他的军事实力。

他这时候想到了汗血马。

像那些所有冷兵器年代的统治者那样，他明白这个号称战争之神的骑兵的重要性，而在当前，这种重要性更为迫切。

"我要拥有汗血马！我要用汗血马组成一支可以在西域地面与匈奴抗衡的铁骑兵！"汉武帝说。

该怎么将汗血马这件事提到大汉帝国的议事日程上来呢？帝王有他自己的思维，他想借助于传说。而在此时，民间传说中那居住在昆仑山上的西王母的面孔浮现了出来。"冒犯了，借你一用！"汉武帝说。

未央宫里，更点已经打到三更。

# 6 南柯一梦

　　第二日汉武帝临朝，眼见得百官分列在侧，汉武帝揉揉有些浮肿的眼睛，卖了个关子说，朕昨天晚上做了一个怪梦，不知道是祥瑞之兆还是凶险之兆，说出来，请百官们帮朕圆圆梦。

　　汉武帝说，昨晚上朕正在案牍处理公文，突然一阵迷糊，假寐了片刻，恍惚中，只见得西方昆仑之巅，西王母站在瑶池边上，约我共沐鸳鸯浴。我说我是肉体凡胎，西方路途遥远，那瑶池更是在高高的天上，如何能去得。西王母见说，笑道，我借你一副脚力，如何！说罢，将手一招，从那大宛草原，招来一匹天马，高八尺，长丈二，一身雪白。朕骑上它，感到仿佛游龙一般，腾云驾雾，直奔昆仑而去。如若不是良辰苦短，昨晚南柯一梦，朕已经到了瑶池了。

　　汉武帝说到这里，"啧啧"两声，表示憾意。

　　众百官听了，都纷纷击掌祝贺。这件事本身给大家以许多的想象余地。百官们说，能和西王母有一场瑶池会，不但是武皇帝的艳福，也是大汉王朝的光荣，亦是臣子们的荣幸，等等。内中有那博学一点的人，还适当其时地在这里提到前朝的周穆王。

　　实际上，汉武帝所说的这段荒唐经历，并非信口胡言，而是帝王家一个从上古年代流传下来的浪漫传说。它最初的主角是周穆王。武皇帝只不过是给这个蓝本中，加了"天马"这一细节。在遥远的古代，据说周穆王受西王母在瑶池边的召唤，西上昆仑，并且与这西王母缠绵过一回。缠绵毕了，勒石纪事，雁过留名，拔出腰间剑来，在瑶池边的一块大石头上，刻下"瑶池"二字。中原人对西域的猜想，对千山之祖万水之源昆仑山的膜拜，大约从那时候就已经开始。

见他的话引起了大臣们极大的兴趣，尤其是大家将他的梦游瑶池与周穆王当年的事联系起来，这叫汉武帝高兴。帝王虽然贵为九五之尊，不过有时候还需要耍些手段，靠加强神秘感来威慑众人的。

汉武帝这时候的目的才达到了一半。

重要的事情是下文，那就是关于"天马"的事。它才是这个帝王之梦的落脚点。

汉武帝击了两下掌，要大家静下来。他说："朕个人的儿女私情实在是件小事，而社稷的安危才是大事。因此我想，西王母的托梦于朕，她其实是给大汉王朝一个昭示，这昭示就是那匹天马，汉王朝想要平定西域，安定边疆，打败匈奴，非得这天马的助力不可。想我大汉，这些年来将士辛劳，每每出征讨伐匈奴，都不得其果，正是因为缺少一支铁骑兵的缘故啊！"

说到这里，汉武帝勃然立起，从腰间拔出剑来，边舞边唱。那歌曰：

> 天马来，从西极，涉流沙，九夷服。
> 天马来，出泉水，虎脊两，化若鬼。
> 天马来，历无草，经千里，循东道。

天马来，执徐时，将摇举，谁与期？

天马来，开远门，竦予身，逝昆仑。

天马来，龙之媒，游阊阖，观玉台。


汉武帝执剑长吟，如鹤鸣九皋一般，台下一片肃然。吟毕，停歇片刻，汉武帝突然大声喝道："谁为我分忧，谁为社稷担纲，远去西域不毛之地，或取或夺，牵回那大宛天马来？"

汉武帝话音未落，只见列班中有一人应声作答，愿意请缨前去。

这人叫李广利，也是一位历史人物。他是汉武帝宠爱的李妃的哥哥，虽然身无寸功，但是李妃受到武皇帝的宠爱，他也就混入朝中，成为排列在后面的一名普通将领。李将军明白自己要谋取功名，封侯晋爵，得有一点战功才行，于是时时应心，等待机会。这一刻，时机到了。

汉武帝大喜。

鉴于大宛国那出产汗血马的地方，名曰贰师城，当下，汉武帝金口一开，就取这城池的名字，将李广利封为贰师将军，限他率领兵马，不日启程，开往西域，去讨天马。

这样，一场大汉帝国与大宛国的汗血马战争，自此开始。

让李广利这样一个小人物来担当这一场历史重责，显然是不胜任的。不光他本人难受，就连今天的我们，站在历史之岸，也觉得让长安城中温柔富贵里长大的这个资禀平平的低级军官，承担这场汗血马战争的主角，实在是太难为他了。

按照正史的说法、野史的说法，以及不见于经传但是流传在民间的说法，这场汗血马之战打了好多年，其规模之宏大，情形之惨烈，成为汉武帝一生对西域用兵的重要组成部分之一。

# 7 汗血马战争

汉武帝从他的王者之师中，选出数万精兵，交贰师将军李广利指挥，限他第二日启程。

那天夜里天空意外地降了一场大雪。清晨起来，长安城的青砖红瓦，一律罩上了一层素白。这些给这场战事蒙上了一层不祥的悲壮的气氛。王命在身，况且又是自己请缨的，所以李广利将军不敢怠慢，率着数万人踏上征途。

大宛国在哪里？贰师城在哪里？大家仅仅知道它在茫茫的西域之西，一条汹涌大河的旁边。甚至它是好事者的传说，还是一个真实的存在，大家心中都没有数。

好在有一条丝绸之路，顺着这条商贾蹚出的道路，只管往前走就行了，哪里天黑哪里歇。只要确实有这么一个国家，有这么一座城池，那么，它有一天终究会碰到士兵们的马蹄下的。

还有另外一个参照物是落日。西域地面干旱少雨，因此天空常是清朗的，而落日也总是忠实地停驻在那里。它像一个勒勒车的大轮子，泛着橘黄色的光芒，硕大无朋，停驻在西地平线上。瞄着它走，就行了。

在咸阳古渡，李妃早早地迎候在那里，为他的哥哥送行。

李妃骑着一匹小马，她的身后有两个兵丁打扮的人，一左一右。李妃执着哥哥的手，怅然说："我真有一丝悔意，不该让你去那虎狼之地。我担心，天马不曾取回，人的一把尸骨，早就埋在那大漠黄沙中了！"

这时候的李广利，其实心中也早有悔意，只是事至于此，身不由己。只见他咬了咬牙，正色说："男儿何不带吴钩！为刘官家分忧，是咱们的本分。好妹妹，你就不要多言，让哥哥轻松一点上路吧！"

李妃点点头，称"是"。

临分手时，李妃指着身后这两个兵丁模样的随从，悄声说："这是我的两个做粗活的使唤丫头，我让她俩扮了男装，随你前去。西域苦寒之地，有了她俩伺候你安歇，或许可解除路途上的许多寂寞。这两个女孩的家人，我已付了重金。"

说罢，李妃一声吆喝，两个男丁模样的随从，滚鞍下马，认过新主子。

李广利心头一阵酸楚，正想拒绝，只见李妃调转马头，已经匆匆走了。

李广利长长地叹息了一声，收下妹妹的这一份大礼，继续登程赶路。

数万甲兵迅速地淹没在漫天飞雪之中。

今天的人们认为，当年的大宛国即今天的土库曼斯坦。如果我们翻开世界地图，会发现从古长安到达那里，要经过迢遥的一段路程！

今天的人们还认为，汗血马的毛孔里之所以不时向外渗血，是因为毛孔里有一种草原寄生虫的缘故。2002年的秋天，也就是我与孟驰北先生晤面后的第二天，乌鲁木齐召开了一次国际汗血马研讨会，世界范围内的研究者们在会上发表了自己的论文。其中，由俄罗斯学者和土库曼斯坦学者发表的这个"寄生虫"观点，得到与会者的普遍认同。

我没有参加这个会。我是从《乌鲁木齐晚报》上看到了专家的文章，才知道有这个会的。汗血马这个话题勾起了我对自己年轻时马背生涯的记忆，而那天我恰好从南山黑森林旅游回来。在那里，烈日炙烤那干马粪的味道，令我找到了当年的感觉，于是我不揣冒昧，在这行旅途中，用宾馆的稿纸为晚报写了一篇稿件。我离开乌市以后，这篇稿件后来作为讨论的压轴稿发出。

文章的题目叫《我骑过汗血马》，我认为自己在第三次掉马时，所骑的那匹好马，即是比较纯的汗血马。在文章中，我还认为，其实在漫长的历史空间中，汗血马的特质后来又溶入中亚地面别的种类的马身上了，比如说伊犁马。我服役时连队主要使役的是伊犁马，这些马很多身上都有毛孔往外渗血珠的现象。

汉王室发动的西域汗血马战争，正史中、野史中，以及民间口口相传的历史中，都有大量的记载，其中，新疆兵团农七师有一位青年小说家、西域史研究者郭地红，在他的《昆仑英雄传》中，对此的描写更加翔尽和更为令人信服一些。

小郭认为，这场战争共经历了三次，第一次是先礼后兵，汉武帝派一位叫车令的使臣，领五百人轻装简从，手执汉武帝专门制造的一匹小金马，去以货易货，谁知大宛国并不买汉武帝的账，车令非但没有换来天马，连他在内的五百名随从，也被大宛国一个不剩地杀了。

愤怒的汉武帝于是派贰师将军李广利出征大宛。这次是去夺。李广利大败而回。动了雷霆之怒的汉武帝要杀李广利，吓得李广利躲在嘉峪关，不敢入关。后来幸亏有李妃在旁边吹枕边风，才使汉武帝息了恼火。接着就是贰师将军李广利，又一次西征大宛。

这次，汉武帝倾一国之兵，从中选出十八万精锐，仍由李广利率领。队伍在嘉峪关集结，尔后以楼兰为跳板，直扑大宛。

这次是得胜而归，掠得大宛良马雌雄各一百五十匹归朝。

如果我们翻开古代地图，会看到从古长安到大宛国，要经过兰州、张掖、酒泉、玉门、敦煌、楼兰、车师、焉耆、龟兹、疏勒等等这些城市，而后要翻越帕米尔高原，再穿越奥什、塔什干、撒马尔罕、老梅尔古城，然后才能抵达大宛国都城贰师城，这里已经越过咸海，抵达今天的伊朗边境，路途之遥令人咋舌。这也就是战事如此艰难的缘故。不服水土的汉朝军队，大半的死伤，不是死在战场上，而是被大漠黄沙夺去了生命。

那弹丸之国大宛，为什么要拒绝将天马送几匹给汉武帝呢？

这原因还在匈奴。匈奴冒顿大单于的"匈奴已尽收西域一十六国入麾下"这句话并非夸口，而当时的西域小国在冒顿强大的军事力量面前，确实已经成为其附属国和被保护国。因此，大宛贵族们畏惧匈奴，不愿意冒开罪匈奴的危险来讨好大汉。毕竟匈奴就在他们身边的草原上，而大汉则在遥远的东方。

这就是这场战事爆发的原因。

郭地红先生在《昆仑英雄传》中，以传神之笔描写了李广利将军夺得天马、班师回京时的盛况。小郭的描写够好的了，因此，原谅我在这里偷个懒，摘录几段，而让自己疲惫的大脑暂时休息会儿。


　　未央官门外宽阔的广场上，搭起了五彩斑斓的高台，
高台上排列着庞大的宫廷乐队，和由五百童男五百童女组
成的乐府歌队。

武帝率文武百、妃嫔和羽林军，站在朱雀门外，等候天马归来。

这一天，各城门一律打开，街市上处处张灯结彩。街道两旁，一大早就挤满了迎接西征大军凯旋的人们。谁都想亲眼领略一下天马的风采。

到了午时，太阳悬挂中天，快马信使来报：西征大军已过咸阳桥。

远远地，已可听到军队行进的鼓声传来。等待的人们耐不住兴奋，骚动起来，翘首向西方眺望，不知谁喊了一声：来了，西征军来了。

武帝心中一阵激动，不由得从御辇上站起身，向西方遥望。为了夺取天马，他力排众议，成了孤家寡人。为了夺取天马，连他最钟爱的大臣将军也远离了他。他的脑海里勾勒出天马的一副英俊潇洒的图画。它身上长着巨大的双翼，两脚踩着朵祥云，嘴里喷吐着火焰。那一定是朕的天马！

西征大军的一面大旗，已出现了。这是一面残破的汉字军旗！后面紧跟着西征大军的将士们。

所有的人们一齐欢呼起来。高台上，鼓乐齐鸣，童男童女在乐师的指挥下，唱起了武帝所作的《天马歌》。

大军走近了，武帝终于看到了自己的军队。他吃惊地睁大眼睛，几乎不敢相信自己的眼睛。映入眼帘的，是一群面容枯槁，衣衫褴褛，缺胳膊断腿，刀剑残缺，勉强踩着鼓点节奏的将士，朝自己蹒跚走来……这和周围的衣锦华服，绫罗伞盖相比，是多么不相称啊。他们脸上看不见一点胜利者的笑容，像是从恐怖的牢狱中逃出来的囚徒。

武帝完全惊愕了。乐曲停止了，欢呼的人们也寂静下来。他的脸上浮现出一丝哀伤。

一名面色黝黑，须发过长的将军，穿着破旧的战袍，走向武帝，双手捧着长剑，跪在武帝面前："微臣李广利，仰赖汉室神威，终于打败大宛国，杀死郁成王、大宛王，为陛下夺回天马，送给汉皇陛下……"话没说完，大汉已泣不成声。

啊，望着这支残破的远征大军，武帝泪如雨下。

三百匹天马，经过沙漠、盐泽长途跋涉和饥渴磨难，大部分倒毙在沙海里，只剩下十几匹天马带回了长安。两位随军的驯马师，牵来十几匹大宛马。武帝定睛一看，这是什么天马，与自己想象的距离差远了。这些马经过长途跋涉，历经风风雨雨，有的马已蜕光了身上的毛，有的马瘦骨嶙峋，无精打采，有的瘸腿，走路一跛一跛的。它们既没有巨大的翅膀，也没有随身飘来的云霞，只不过比普通的马高大一些罢了。这哪里是他想象中的天马！武帝大失所望。身旁的大臣提醒汉武帝：陛下，大军不远万里西征，凯旋归来，给大军封赏啊！

武帝这才变过脸来，宣布："汉军西征大宛大获全胜，天马来归，万国咸服。这是全体将士用生命换来的。朕封贰师将军李广利为海西侯食邑千七百户。凡西征将士，一律晋升三级。凡因罪被征发者，皆赦免原罪。"

武帝有气无力地宣布完毕，两眼仍直勾勾地盯着天马。这时，走来一位驯马师，对武帝说道，大宛天马，需用大宛的苜蓿草调养。三个月后，再请武帝陛下看马！

三个月后，武帝在文武百官的簇拥下，来到皇宫上

林苑。他看见了梦寐以求的天马，不禁惊异于它那天生的
王者风姿和气派。它高贵的眼中迸射出旭日东升的光芒，
通体如瀑布般洁净光滑。刹那，武帝与天马心灵相通了。
武帝抚着天马心中道："啊，我的天马！为了你，我成了
孤家寡人；为了你，四年远征大宛两次，十万白骨换来了
你……"

武帝心潮澎湃，热血激荡，轻轻地吟诵出一首新作的
《天马歌》：

天马来兮从西极，
经万里兮归有德。
承灵威兮降外国，
涉流沙兮四夷服。


这就是西域史上著名的汗血马战争的故事。

我们对它用了太多的笔墨，是因为它是关于那高贵的马的故
事。但同时我们必须在描写中省去许多的历史细节，这是因为这部
"大漠传"涉及的事情是如此之多，我们不敢在一件事情上做过多
的延搁。

不过这里有一个细节需要做下交代。

李广利回到将军府以后，李妃来访。在谈了许多话题之后，
话题终于谈到那两个女扮男装的使女头上。见李妃问起，李将军嘴
中支吾了半天，最后长叹一声说：十八万大军，待穿过大漠盐泽，
抵达大宛城下之后，伤亡已经过半。剩下的疲兵们攻城十日，无法
破城。他摇动帅旗督战，可是六军弃戈，裹足不前。这时候军中有
传言说，元帅帐中有两名女人，带来阵阵阴气霉气腌臜之气，需杀
了她们来祭旗，将士们才肯继续攻城。没奈何，他只得将两位使女

杀了。

李妃见说，嗟哦良久。

关于李妃，这里再啰嗦几句，汉武帝一生中钟爱过三个女人，一个是卫子夫，一个就是我们上面说的李夫人，还有一个叫赵婕妤，钩弋夫人。

知道那首著名的《李延年歌》诗吧。汉武帝有个乐师叫李延年，李延年为汉武帝弹奏道：

> 北方有佳人，绝世而独立。
> 一顾倾人城，再顾倾人国。
> 宁不知倾城与倾国，佳人难再得！

听完乐师演唱，汉武帝笑了，他言道：你这段唱词是文学杜撰的，还是真有这样的北国佳人！李延年回答：实有其人！汉武帝起了好奇心，问这个美人是谁，在哪里。李延年回答说这是我妹妹。这样这位北国佳人入宫被封为李贵妃。汉武帝对李贵妃钟爱有加，问贵妃有什么事情需要他办，李妃说，我还有个哥哥叫李广利，你给他一个封王封侯、立功报国的机会吧。这是李广利被拜为贰师将军去大宛国寻找天马的另一个隐情。

如果这个话头还要继续往下说的话，隐情后面还有另外一个隐情。李陵兵败投降匈奴后被封为驸马，李广利畏敌如虎，见死不救，汉武帝要诛李陵九族，不要命的司马迁为李陵辩护，被汉武帝施以宫刑。以我们今天的眼光来看，汉武帝是手下有私，他怕这个话题三扯两扯，被扯到自己身上。

话说到这里了，关于钩弋夫人再说两句。

哒哒的马蹄声是美丽的错误，我不是归人，只是过客。一位美丽的江南女子站在水边，这女子一出生就不会笑，她的拳头也总是紧握着的。这时有马蹄声传来，汉武帝打马从江南走过。美人是为英雄而生的，这女子见到汉武帝突然粲然一笑，笑成了一朵花，那从来没有张开过的拳头也突然张开了。汉武帝将女子驮到马背上驮回长安城，安置在秦直道旁边的甘泉宫，封为钩弋夫人。

汉武帝要死了，他把钩弋夫人叫到床前，他说，他想叫咱们的孩子继承皇位，但是又有一个担心，举棋不定，孩子刘弗陵六岁，而你二十六岁，子幼母健，我担心四十年前吕后篡朝的故事会再次重演。钩弋夫人听明白了圣上的意思，走到甘泉宫的走廊，卸下腰间的三尺白绫，自缢而亡。后来刘弗陵继位，是为汉昭帝。

咸阳原又叫五陵原，是因为汉初的五位帝王：汉高祖刘邦、汉文帝、汉景帝、汉武帝、汉昭帝，葬埋于此。"不见五陵豪杰墓，无花无酒锄作田。"后世有个风流才子唐伯虎这样说。啥叫"锄作田"？农人犁地、锄田，每年犁头走到这里了，往坟头剜上两犁。锄头锄到这里了，往坟头掏上两锄，天长日久，这坟头就变成田野了。

第二章　梦幻楼兰

# 8 人类跃上马背那一幕

这一节也许应该放在前面来说，甚至应该放在本书的最前面来说。

因为正是人类跃上马背的那一刻，处于地球两翼的东方和西方，才开始有了零星的交流，而在这之前，各自就像鸡娃尚留在各自的蛋壳里一样。因此我们把人类跃上马背的那一刻，作为人类沟通史的一个划时代的开始。

也正是因为跃上马背，靠马作为脚力，人类才有可能完成那些跨越洲际的大迁徙。因此，此刻亦是人类迁徙史的开始。

它还是人类进行集团式战争的开始。在此之前，靠了高山、大河、广漠的阻隔，人类即便有战争发生，那也是部族之间的零星的战争。正是因为有了马，它才为人类提供了大规模集结和长途奔袭的能力。

而在这本书中，那高贵的马，被法国散文家布封称为"人类最高贵的一次征服，那是对马的征服"的马，更是主角。西域地面的所有战争、所有人类活动，都是以马作为脚力来进行的。此其一。其二，穿越西域的世界史上绝无仅有的奇迹——丝绸之路，亦是以马和马以外别的脚力作为工具的。

那么笔者为什么迟迟地将这一节放到这里来说呢？

这是因为，在设局谋篇中，这一节还承担着另外一个任务。

也许是一个首先跃上马背且手里又挥舞着铁器的民族，在一个早晨，将楼兰人赶离了爱琴海地区，从而迫使这个欧洲高贵的种族，开始了他们（也许是）人类历史上的第一次大迁徙。

因此我想让这一节，承担一个承前启后的任务。

所谓"承前"，就是为上面那些高贵的马的故事做一小结；所谓"启后"，就是为我们进入梦幻楼兰找一个契入点。

这是我的想法。

人类开始饲养马，将这草原上狂放不羁的族类关入马厩，大约有七千年的历史了。在西安半坡村的原始部落里，笔者从遗址的鸿沟边捧起一堆白骨，专家告诉我这是马的骨头。这说明人类那时候就开始吃马肉了。而据此推测，人类那时候就开始饲养马了——吃不完的马，猎人就将它圈起来，久而久之它们就变成了家畜。

法国散文家布封，曾经赞叹说：人类文明史上最高贵的一次征服，乃是对马的征服。

不过最初豢养的马，体型还很小，大约像今天的狗差不多。它在人类漫长的豢养史中，品种逐步得到改良，优胜劣汰，才得以长到后来那么大的体型的。

接着是用马拉车。在中国的历史中，公孙轩辕驾着指南车冒着漫天大雾，在河北平原上与蚩尤展开涿鹿大战，那拉车的就该是一匹马。

那么人类第一次跃上马背，是在什么时间、什么地点呢？

也许是在三千八百年前，也许是在爱琴海地区！这是我为马史所下的断语。——如果在未来的年代里，有人能提出更有力的证据，来推翻这个判断的话，那么听他的。而在眼下，在还没有找出新的证据之前，且先听我的!

　　也许，一只乌鸦站在牛背上，一边用嘴寻找牛身上的寄生虫，一边扬起头来呱呱地聒噪，不住自夸，这情景给人类以想象。也许，一只猴子从树上下来，骑到在森林边吃草的一匹马身上，嬉戏玩耍。当然这也许不是猴子，而是狗。这是我的经验。边防站有一条狗，夏天我们巡逻时，穿过烫脚的戈壁滩，这时狗往往一跃，骑在了马背上，又把两个前爪搭在骑手的肩膀上。

　　不管是受了何种启示，人骑上了马应当是件大事。

# 9　遥远年代的迁徙者

　　人类第一次跃上马背，是三千八百年以前的事情。那一刻，在地中海北岸，一个被称作爱琴海的地方，来了一群骑在马上的武装者。这些人从山的那边来，从云遮雾罩的草原深处来，或者是从更北的海，那个叫北海的地方来，他们穿过一个又一个隘口，呐喊着冲向平原和滩涂地区，冲向定居者的和平村庄。

　　那时在爱琴海地区，生活着一个古老、高贵的欧洲种族。因为年代过于久远，我们无从知道他们的国名是什么，这个民族又是如何称谓的。我们只知道，后来，当他们举国举族完成一次人类历史上堪称伟大的迁徙，从欧洲横跨亚洲，来到中亚细亚的罗布泊岸边的时候，他们将自己新建立的国家叫楼兰。那么这里，请允许我们也就以楼兰来称呼他们。

　　楼兰国高贵的臣民们，在看到这人加马的奇怪组合，呐喊着从农田、农庄、城郭和波涛汹涌的爱琴海岸边像长腿蚂蚱一样飞跃而过时，他们感到很惊奇。他们不知道这是一种什么动物。因为在此之前，马自从被驯化以后，一直是被塞进辕里，用来拉车的，或者拉农用车，或者拉帝王高贵的车辇，或者拉士兵们的战车。楼兰人从来没有见过人与马原来可以这样组合。

于是，便有哲学家站起来发表感慨。这种感慨，大约会像中国的古典哲学家看到一只黑乌鸦站在牛背上，当牛正在低头安闲地吃草，而乌鸦张着嘴巴仰头聒噪时，于是说出"仰头者小，低头者大"的道理一样。或者他们什么也没有说，只是在欣赏，仅仅把这种人马组合当作一种游戏，就像我们不时看到的那些走城串乡的游动马戏团表演的滑稽群戏一样。

楼兰国的哲学家们说了些什么呢？我们不知道。

我只知道，这块地面在当时和后来都出过不少哲学家。也许是因为这一块地面既受到欧洲文明的浸润，又相对独立且气候寒冷。气候寒冷的地方出哲学家，这种情形，就像气候炎热的地方的男人女人们性早熟一样，是大自然的馈赠。至少，英国大诗人拜伦勋爵是这样认为的。他说热带的少女们早在十四岁以前就完成了性成熟，那么我们如此类推，是不是可以说，寒带的男人们在十四岁以前脑袋瓜里就开始有了哲思。

但是没容这脑袋细想，或者说没容这脑袋将它的思考用嘴说出来，飞快的马刀就风一样呼啸着过来了。眼见得地面上"嘣噔"两下，一颗带血的头颅滚落到了地上。

这个从远方草原上冲过来的无名民族，就是这样在一夜间改变了爱琴海地区的归属，迫使原来居住在这里的楼兰民族开始大迁徙的。这也许是人类历史上第一次这么大规模的举国举族的长途迁徙。

马队从爱琴海地区掠过，村庄、田舍、城郭陷入血泊之中。血流进海里，浸红了爱琴海那深蓝色的神秘海洋。这一块地域的和平与安宁被打破了。和平年间豢养的这些慵懒的军队和慵懒的官员，哪里是那些凶悍的人马组合的对手。

这是人类历史上的第一支骑兵，亦是骑兵第一次战胜步兵和战车。自那以后，车辚辚，马萧萧，行人弓箭各在腰，骑兵这个人马组合的怪物便开始出现，并且在冷兵器年代里，辉煌和喧嚣了几千年，对战争的胜负起了决定性的作用。

因此史学家在解释楼兰人大迁徙的最初动因时，都无一例外地提到了马。马被驯化，被培育成可以载人的高头大马。骁勇的士兵在某一天像猴子一样攀上了马背，正是这人马组合，令步兵和战车相形见绌，令风一样往来无定的这骑兵的洪流能轻而易举地进入定居地区。

史学家们在说到"骑兵"这个字眼时，往往不会忘记说出另一字眼，那就是"铁"。

铁正是在那个时候被冶炼出来的。

携铁而来的仍然是那些骑在马上的草原来客。

这之前还没有铁。在爱琴海地区，高贵的王公贵族们使用的是青铜器。那时还是人类的青铜时代。青铜用来铸成战士的头盔、甲胄和刀具，青铜成为皇室建筑的装饰物，青铜还被用来铸造成艺术品。后世的人们从爱琴海地区挖掘出来的那些半裸的美丽男人女人的雕像，那被认为是古希腊时代的东西，其实它们的出现也许更早。

但是铁器制造出来了。

我们无法知道这黑色的铁是如何被从岩石中冶炼出来的。也许，牧民们在转场途中，在那黑色的岩石上生起火露营，熊熊篝火将脚下的石烧化了，有一股红色的液汁流出来。这液汁在冷却后坚硬异常，于是好奇的牧人将这不规则的冷铁片从岩石上撬下来。它最初的用途也许是在磨利以后用来切生肉，或用来捆在木棍上，做割草的大刈镰，后来呢，才用到军事上，成为骑士手中的马刀。

其实铁这种平民的物质，早在骑士们风一样入侵爱琴海地区之前，它就先期地渗透到这一地区了。但是楼兰国的王公贵族们，对这种平凡的物质不屑一顾。他们觉得它太普通了，激不起人的一点点想象力。他们更喜欢青铜，因为他们拥有当时世界上最好的青铜和最好的青铜冶炼技术，他们以此为骄傲。那被称为贵族的物质的东西，富丽、高贵、熠熠有光，握在手里，它的手感是如此之好。

对铁的忽视或者蔑视成了这个爱琴海古国灭亡的第二个原因。

铁坚硬、锐利、冷酷。当铁质的马刀从爱琴海地区一路横扫，再配上风一样的马蹄为之助力的时候，那真是势不可挡。古国的铜质的兵器，在铁器面前，笨拙、沉重、迟钝，根本不是对手。

所以楼兰人的失败就是不可避免的了。

爱琴海那深蓝色的海水，因为血的缘故而变成了橙色。海风中也夹杂着血腥味。随着季候变化如期而至的爱琴海的白天鹅，御着海风，在空中盘旋，尖利地鸣啾着。

于是他们开始迁徙。最初的迁徙也许应该叫且战且退。高车拉着妇女和儿童，勇士们开路和殿后，他们向不可知的远方行去。而那战胜者，在追赶了他们一阵之后，也就放弃了追赶。血沃的土地是如此肥沃，干戈销后五谷生，土地易主，战胜者开始他们的寻常生活了。

楼兰人不知道该往哪里走，而哪里会是他们最终的归宿。白天鹅列成方阵，在他们的头顶缓缓地飞翔着，这给他们一种启示，他们明白该往那白天鹅飞翔的地方走了。

这一走，走了一千三百年，也就是说，从公元前1800年，一直走到公元前500年。他们穿过的道路正是后来的丝绸之路，或者说，是被叫作"欧亚大陆桥"的道路。详细一点说，他们是从爱琴海港湾出发，穿过一半的欧洲，穿过小亚细亚，穿过黑海、里海、咸海地区，穿过君士坦丁堡，继而又穿过土库曼大草原，最后，在亚洲的中心，一个被今人叫作罗布泊的地方，停住了马蹄。

一个深蓝色的谜一样的海洋展现在他们面前。

这海洋那时候还叫蒲昌海，后世才被叫作罗布泊。一千三百年的行程是太远了一点。疲惫的队伍现在停驻在了这里。马匹和骆驼，以及随他们一起前行的畜群都不愿意迈步，迁徙者的双脚也已经拖不动了。而那像云彩一样飘浮在他们头顶的白天鹅方阵，此刻则鸣啾着，落入芦苇丛中去了。

"权且把这里当作故乡吧！孩子们，你们瞅，这深蓝色的谜一样的海水，这铺天盖地的芦苇丛，这一派鱼跃鸥飞的景象，和我们的爱琴海故乡何其相似乃尔！"楼兰王一边说着，一边跪了下来。

于是不久，在罗布泊波涛汹涌的东南岸，出现了一个神秘的白种人的国家。他们建起城郭，又引来罗布泊的水，从城郭中横穿而过。他们在城里居中的位置，修起一座寺庙，寺庙的墙壁上依照那白天鹅形象，描绘上带翼天使。他们在湖中渔猎，在田野上农耕。罗布淖尔荒原上广袤的田野，被他们改造成阡陌纵横的绿洲。道路和渠道两旁栽上胡杨和沙枣树，田里则长出庄稼。

他们把自己建立起来的这个沙漠绿洲国家叫楼兰。在此之前，迁徙者的国度叫什么我们不知道。我们为了叙述的方便，把他们以前建立的国度也叫作了楼兰。

迁徙者队伍中最骁勇的那一部分是骑兵。这些人不愿意从马背上走下来，不屑于从事那平凡的农耕和渔猎的生活，马背生涯培养了他们追求光荣和耽于梦想的气质。补充一句，在这长达一千三百年光荣而悲壮的迁徙中，楼兰人也学会了骑马和冶炼钢铁，也许，骑术和冶铁术就是沿着他们迁徙的道路，而一路传播开了的。

这些骑士没有在罗布泊岸边停住脚步，而是继续向东走，直到有一天，在祁连山下，为另一支凶悍的骑兵队伍所阻挡，于是在此停住脚步。

这些骑士在今天的敦煌、玉门、嘉峪关、武威、张掖建立起一个新的游牧国家，他们将自己的国名叫大月氏。

楼兰氏和大月氏，各成为历史上的西域三十六国之一。

自从20世纪开始的第一年，一个名叫斯文·赫定的瑞典探险家，在罗布人奥尔得克的帮助下，寻找到已成废墟的楼兰古城遗址，那以后几十年，纷纷攘攘，不断有中外探险家造访那个地方。

其中，有一个法国探险家斯坦因在楼兰城附近一座被认为是楼兰皇室公墓的千棺之山上，挖掘出一具躺在棺木中的楼兰美女的木乃伊。美女躺在一个船形棺木中，白色皮肤，深目高鼻，头戴高顶尖帽。越过几千年的岁月，她的嘴角仍挂着高贵神秘的微笑，她的笑容令探险者惊骇。

高高的千棺之山上竖立着一千个白色的树干，举手向天，每一根树干地下都葬着一位楼兰先民。罗布泊潮水拍击下的这座闻名遐迩的西域名城，大约经历了三个断代期。第一个断代期，正是依据这位楼兰美女木乃伊，人们推断出那些来自欧罗巴的迁徙者的。他们为什么来，又为什么突然消失，只给这里留下一座空城。我们至今还不能做出解释。

第二个断代期就是我们下边要开始的故事。而第三个断代期，则是古楼兰城重新被黄沙遮掩，又重新被斯文·赫定发现的时期。他们叫罗布人，他们建立的村庄叫阿不旦。这些我们在后面谈到塔里木绿洲文明的时候，将要详细谈到。

## 10  西域的王中之王

当楼兰国在完成了一场旷日持久的跨洲际大迁徙，最后尘埃落定，在塔克拉玛干大沙漠以南罗布泊岸边，建立起他们的楼兰绿洲时，亚洲的一支重要的游牧民族匈奴人部落，他们的重心已经开始向西移动。

而他们迁徙的路线恰好是楼兰人曾经踩出的路线。不同的是恰好是反方向。即一股潮水是自西而东，一股潮水是自东而西。

那是怎样壮观的人类跨洲际大迁徙的景象啊！

这两股潮水注定会相遇的，那相遇的地点就是著名的罗布泊。

匈奴王冒顿大单于，在那个寂静的有些异样的早晨，登上一座高高的沙丘。在他的面前，马鞭指处，是一汪蔚蓝色的谜一样的海洋，湿漉漉的潮气呛得他的马，打了几个喷嚏。而在那海洋的东南岸，海市蜃楼一般，隐现着一座金碧辉煌的城郭。匈奴大单于明白，这就是那传说中的楼兰了。

匈奴大单于站脚的那个陡峭的小山，以及他左近那茫茫苍苍的土丘，后世叫它白龙堆雅丹。那里将会发生许多事情。但是现在，在匈奴大单于的所有心思中，却只有一件，那就是占领楼兰，为这支长途跋涉中的疲惫之师，寻找一个喘息的地方。

他们遇到的是一个和平善良的国家，一个不设防的国家。罗布泊的水被引到了荒原上，大渠小渠支渠毛渠灌溉条田。道路和渠道两旁栽种着绿树。当冒顿大单于率领着他的虎狼之师，兵临楼兰城下，稍稍整理一下队伍，就要下令攻城时，楼兰城的城门"吱哑"一声开了，飘飘长髯的楼兰王手托一个盘子，盘子上盖着块红布，双手举过头顶缓缓地走出城来。楼兰王的背后，是他的大臣们。

"尊贵的草原王，西域地面的王中之王，请接受楼兰国国王和全体臣民的祝福！世界是属于狮子和老虎的，别的动物只是它的陪衬，这道理我们的先王早就告诉我们了！你瞧，红布揭开处，这个金盘盛着的是楼兰城城门的钥匙，这钥匙现在就交给你——尊贵的大单于。在你接受这钥匙的同时，楼兰国就是你的附属国了。能得到你的保护是我们楼兰国的荣幸。作为我———个一无所能被错误地放到这个位置上的人，在交出钥匙的同时，我只恳求一件事：你们可以拿走楼兰城里所有的东西，但是不要杀害我们的男人，奸淫我们的女人，还要善待我们的儿童。因为我们现在是被保护者，是被强大的匈奴冒顿大单于保护的国家，对我们的不恭就是对冒顿大单于的不恭！"

说完这些，年迈的楼兰王在左右的搀扶下，跪在了楼兰城外的沙地上。他把头深深地埋在胸前，只把那只托着金钥匙的盘子吃力地举起。

而在他的身后，楼兰国的臣民也都齐刷刷地跪了下来。

冒顿大单于是一个粗人，一个嗜血成性的人，一个从小就被王室教育和培养成的冷酷和凶残的人，一个在艰难的生存斗争中磨炼得心硬如铁的人，因此，此刻面对楼兰王的这一番措辞得体、出言谨慎的话，倒叫他手足无措。

"我承认，我是伟大的保护者，这楼兰城也在我的保护之列！"

冒顿思忖了半天，终于收起杀心，说了上面的话。

继而，他从盘中拿起金钥匙，另一只手扶起楼兰王，然后昂首入城。

这样匈奴人不费一兵一卒，就占领了西域的一个重要国家楼兰。而楼兰的丰足的国库为匈奴收服西域三十六国提供了保障。匈奴摇摇欲坠的国力得到了短期的苟延残喘，从而能在这西域地区又勾连了一二百年，直到强大的汉王朝最后将它从这一块地面逐出。

# 11 大月氏王的头颅

　　得到楼兰城的冒顿大单于，开始攻击别的西域国家。眼看西域这一块地面将得到一统，这时有人站起来说话了。说话的这人是匈奴的一个宿敌大月氏王。

　　大月氏拥有与匈奴一样强悍的骑兵，大月氏人又曾是楼兰的同宗兄弟。楼兰国不战而降，这事激怒了大月氏人。当冒顿大单于在他的附属国楼兰暂居时，大月氏开始调集它在敦煌、嘉峪关、玉门、张掖、武威一带的各路兵马，来找匈奴人寻仇。

　　那该是中亚细亚地面的一场著名大战。大战的结果是大月氏举国举族灭亡。匈奴人以杀戮为耕作，这话没有说错。冒顿大单于痛恨每个试图与他为敌的人。

　　他得胜不饶人，将大月氏的主力消灭后，又纵马西域，直至将大月氏人全部杀光。尔后，他重新回到楼兰城，然后号令西域各国，来吃人肉宴。

　　这人肉就是大月氏王的尸首。冒顿大单于要楼兰王叫来全国最好的厨师，来做这一场人肉宴，然后在席间，强迫各西域国家的为王者，一起品尝。他的这一做法自然是为了震慑西域各国，尤其是楼兰国。

席间，大月氏王的人头也被卤熟了，端了上来，就摆在宴席的中间。这完全是煮全羊的做法。那被卤熟的大月氏王的头颅，端搁在桌上，仍然圆睁着眼，眼神中似有无限怨恨。瞅着这大月氏王的头颅，席间的人们更为惧怕，但是又不得不动筷子。

"这头颅先不要动！按照匈奴人的吃法，这头颅是给席间最尊贵的人吃的！那么，席间最尊贵的人是谁呢？"

冒顿大单于卖了个关子，这样说。

"当然是你，冒顿大单于——王中之王了！"西域各国的为王者，都争先恐后地说。

"不对！"冒顿打断了大家的嘈嘈，他把眼睛瞅向楼兰王，说道："最尊贵的人应当是……"

眼见得冒顿将目光瞅向了楼兰王，众人也就跟着将目光瞅向他。楼兰王表面上不动声色，可是摸着胡子的手颤抖起来，额角上也有虚汗冒出。

见状，冒顿大笑起来。

"你不用害怕！"冒顿说道，"你是个不久于人世的棺材瓤子，如何担当得起这'尊贵'二字。最尊贵的人现在在后宫，他们就是你的两个王子，好像说一个叫尝归，一个叫尉屠耆，按照匈奴人吃羊的吃法，这一颗大月氏王的好头颅，该是给他们两个留着的。"

楼兰王听了，这回才真正地惊恐起来："他们还小，刚刚断奶，不要吓了他们。这头颅，还是由我吃了吧！"

楼兰王还要多嘴，冒顿大单于不满地哼了声，楼兰王赶快闭上了嘴巴。

"孩儿们，快请两位楼兰王子出来！"冒顿大单于一拍桌子，怪叫了一声。

听到号令，侧立的匈奴武士"诺"了一声，尔后一掀帐子，向楼兰王宫的后宫奔去。

片刻工夫，伴着孩子的尖叫声，只见匈奴武士快步如飞，一边腋下夹着一个孩儿，来到了前厅。武士将孩儿轻轻一搁，放在了杯盘狼藉的席面上。

两个孩儿号啕大哭起来。

"不哭！不哭！"冒顿伸出手来，轻轻地摸了下那个叫尝归的孩子的嘴。两个孩儿见状，哭得更凶了。

"不准哭！"孩儿的哭声让冒顿烦心，他"啪"的一下将腰间的佩剑往外一抽，众人都屏住了呼吸。楼兰王一个失声，"呀"的一声叫出来。但是那冒顿大单于的佩剑，只抽出一半，便又顺手"啪"的一声，合住了。

两个孩儿像是受到了恐吓，倒是真的不哭了。

孩儿不哭了，这叫冒顿高兴，也叫他意识到了自己的强大。他的脸色和蔼了起来。而当他和孩子说话的时候，语气竟有一些温柔之色了。

"这一颗好头颅是留给你们两位的。而里面味道最好的是两只眼睛。席间这么多人，平日都是些人五人六的人，但这最好的一道吃食，现在留给你俩，原因是你们年轻，世事将来是你们的。这道菜吃得有讲究，叫'高看一眼'。那么，这眼睛是你们来取呢，还是我摘了给你们吃？"

也真难为了这两个婴孩。在冒顿的边说边比画中，他俩好像明白了他的话。其中那个大的，叫尝归的孩子，瞅了瞅冒顿的脸，然后挪动步子，跨过桌上的杯盘狼藉，走上前去，好奇地看了一阵那大月氏王的头颅，尔后伸出小手，一抠，抠出了大月氏王的一只眼睛。

"吃！"冒顿喊道。

话音未落，那尝归笑了一下，将眼珠塞进嘴里，嚼起来。

"好样的！"冒顿大单于击掌赞道。

性情不一，那个叫尉屠耆的孩子，狐疑地瞅了瞅冒顿的脸，又转身去瞅楼兰王的脸。他在冒顿单于的脸上看到的是鼓励的表情，而在父王脸上，则是一种无表情的表情。这孩子，现在呆呆地站在那里，不知如何是好。他大约又想哭了。

"没出息的东西！"冒顿叹息了一声。

冒顿从桌面上拿起一把弯刀，伸出手来，按住那大月氏王的头颅，用刀尖朝眼眶上一别，余下的那颗眼珠，便滚在刀面上了。

冒顿将刀面端平，以防止那眼珠滚掉，继而，平端着刀，将那眼珠送到这个叫尉屠耆的孩子的眼前。

"吃！"冒顿同样又是一声大叫。

"吃！这是单于王对你的赏赐！"楼兰王垂下眼睛，这样对他的小王子说。

耆从那刀面上拣起眼球，放进了嘴里。

"现在，让我们大家来吃这头颅吧！"冒顿笑道。

两个王子被抱回了后宫。

在他们离开时，冒顿大单于说："我喜欢那个叫尝归的，我要收他做质子。楼兰王，你要好好地给我抚养。匈奴人居无定所，不能让孩子整天跟着我鞍马劳顿。等大一点，我再来领他。"

楼兰王赶快答道："大王是想要一个楼兰国的人质，这我明白，孩子就先养着，随时候大王来领就是了！"

"人质这句话也对！不过不能说纯粹是人质，应当叫质子。因为我还要等你这棺材瓢子归西之后，由他——我的质子来继承王位呢！生亲不如养亲，我要把他培养成一名勇士。那时，楼兰就完完全全是匈奴人的了！"

"现在也是！"

"现在不是！匈奴铁骑兵临城下，这楼兰国是匈奴的，明日汉王室兵临城下，这楼兰国就是大汉的了！

"楼兰不敢！"

"但愿如此！"

话头提到了汉王室，这使冒顿大单于一瞬间脸上出现了不快。但是这种不快很快地就消失了，因为他又想起了一道新的游戏。瞅着桌面上已经变成了骷髅的大月氏王的头颅，冒顿叹道：

"多好的一颗头颅呀！扔了实在可惜！这是王的头颅呀！楼兰城下，幸亏战败的不是我，要不，今天这席间，那让大家胃口大开的，该是冒顿的肉、冒顿的头颅了！"

众人噤若寒蝉，不敢说话。

冒顿又说："如今我要用这大月氏王的头颅，做成一件酒具，这个主意不错吧！行军打仗，就将它挂在马鞍上，渴了，捧起这头颅，嘴对着大月氏王的嘴就行！大家说好吗？"

众人听了，一齐诺诺，都说这的确是好主意，匈奴人的威名，恰好可以借此扬出。

"可是这酒具是不是简陋了一点？王者之王的酒具，它上面该花花哨哨，有些装饰物才对！是不是这样？"

众人都不知道冒顿大单于的葫芦里卖的什么药，于是屏住呼吸，且听下文！

"龟兹王，你胸前佩戴的那块玉佩，羊脂般的白净洁亮，那该是和田玉吧？将这玉佩劈成碎块，做这骷髅头的牙齿，好像很合适？乌孙王，你王冠上那两个耳子，该是阿尔泰山的黄金做的吧？卸下它来，给这骷髅头做两个耳朵，平日，本王提起这胡耳朵喝酒时，就会想念一回你的！还有，丁零王，你那王杖的扶手，是用昆仑山上的羚羊角做成的吧？羚羊角这东西，本来不是什么稀罕之物，但是你这王杖是一代一代传下来的，许多王的手都握过它，因此也算一件宝物。请你也将这羚羊角卸下来，做我这酒具的高鼻梁子！"

冒顿大单于一字一顿，将上面这些为王者一一点过。

点过的，明白既然这些宝物被冒顿收入眼底，就该是他的了。于是众人也就不再多费口舌，冒顿点到谁，谁就将宝物卸下来，为他献上。

"还缺两只眼睛。眼睛是门户，这是最当紧的东西。楼兰王，你觉得冒顿大单于这件酒具上，该配上一双怎样的眼睛呢？"

"我实在不知道！"

"你应该知道的！你不觉得你王冠上那颗夜明珠，再加上王后的王冠上那颗，合起来，不就是这酒具的两只眼了吗？"

"尊敬的大单于，这两颗夜明珠，是楼兰国的镇国之宝。它出自爱琴海的深海里，是在那遥远的年代里，我们从远方带到这里的。所有的东西都丢在来路上了，保留下的只有这两样东西，它是……"

"你不说还不要紧！你这一说，倒吊起了我的胃口。楼兰王，这珠子我是要定了！"

事已至此，楼兰王也就不敢勉强，他取下王冠，卸下那颗珠子，又要王后也照此办理。

冒顿大单于露出了笑容。

冒顿要手下人，将大月氏王的骷髅连同这些宝物收起，吩咐席散之后，派几个楼兰城最好的工匠来，将这些宝物镶嵌到上面去。"我什么时候屁股痒，想上马了，这酒具就在我走时那一阵造好！"

楼兰城里一场令人胆战心惊、杀气腾腾的大宴，就这样接近尾声了，最后，匈奴冒顿大单于说还有一件事，要相劳诸位。

他要起草一个通牒文书，给汉天子，告诉汉天子说，西域地面各国，已公推他为王，从此后玉门关、阳关以西，是匈奴人的势力范围，警告汉王室不要染指。

刀笔吏在旁侍候，冒顿大单于晃着醉眼，一字一字地叙述。

"楼兰国已经臣服于我，成为我的势力范围。大月氏这个国家已经被我消灭。它的武士、它的百姓已经被杀得一个不剩。而大月氏王的头颅，已经被我用来做了酒具。嗝……一言以蔽之，西域一十六国，已尽在匈奴的势力范围之内，并接受匈奴人的保护。"

"这叫分疆而治！"冒顿打着饱嗝，说道。

"最后，再写上我光荣的名字——由我亲自签！"冒顿说。

酒宴结束，冒顿大笑道："汉天子得到这通牒文书之后，晚上该睡不着觉了！哈哈哈哈！"笑声震穹庐，久久不散。

## 12  张骞眼中的楼兰

一个面皮白净、汉室使者打扮的青年，他现在来到了楼兰。他的双手捧着丝绸和布帛，他的身后，一支使者的队伍手中也捧着各种礼品，鱼贯地跟在后面。

楼兰城的金碧辉煌，楼兰居民的富足，楼兰城外江南水乡般的田园风貌叫他惊讶。纵然他有再丰富的想象力，也想不到在这茹毛饮血的西域蛮荒之地，在这罡风劲吹、膻味浓烈的大漠腹心，会有这么一片绿洲文明。

他叫张骞，陕西汉中人。他出使西域是受汉武帝之托。冒顿大单于给汉王室的文书，也是汉武帝的一块心病。所以，张骞虽然是以和平使者的身份去的，实际却是要探听虚实。

张骞这一次出使西域，开始了西域史上的一个时代。世人把张骞出使西域，叫"凿空西域"。

那时世界的格局是这样的。整个世界由四个庞大的帝国统治着，其余还有一些小国，是这四大帝国的卫星国。

这四大帝国是，位于世界东方的中华帝国，位于世界西方的（东、西）罗马帝国，处于东西方交冲地带的安息帝国和贵霜帝国。安息帝国在今天土耳其的伊斯坦布尔，贵霜帝国则在今天的伊朗、印度、阿富汗一带。

当然，贵霜王朝的出现要靠后一点。冒顿大单于虽然击灭了大月氏，但是这个族群命大，他们的一部分离开了这个地区，向伊犁河一带迁徙，尔后在巴尔喀什湖一带（即今天哈萨克斯坦阿拉木图一带）与乌孙人有过一段争战，尔后又被乌孙人赶到帕米尔高原底下一个名叫撒马尔罕的名城。此次张骞出使西域就是受汉武帝之托，前往撒马尔罕，去寻找这些大月氏人的。

张骞出使西域，是从长安城出发，穿过河西走廊，过张掖、玉门关、敦煌，到敦煌以后，他走的是后来被称为丝绸之路中路的路线，即从敦煌取道阿尔金山山口，到达罗布淖尔荒原，然后顺着罗布泊岸边一阵行走之后，到达白龙堆雅丹。这个路线后世的玄奘叫它八百里盐碛，或叫八百里流沙。而《西游记》中所说的流沙河应当是孔雀河，通天河应当是塔里木河。

白龙堆雅丹是一个著名的所在。雅丹，维吾尔语"雅尔丹"，即平地上突兀地升起一座高高的土山的意思。地质学家叫它风蚀雅丹地貌。在广漠无垠、天昏地暗的天地之间，突然生出这么一大堆奇形怪状、阴风惨惨的平地高山，会令过往者陡然一惊。后世的法显和尚、玄奘和尚、意大利探险家马可·波罗，还有本书叙述者的我，都曾穿越过那里。白龙堆雅丹距楼兰城五十公里。

从白龙堆雅丹再往前走，便进入楼兰、米兰了。前面还有一个去处，是若羌。从若羌再往西走，就进入塔克拉玛干大沙漠了，或者说进入塔里木盆地，或者说进入塔里木河流域了。下一个地方是于阗，从于阗再顺塔里木河前行，一直抵达昆仑山下，那历史上被称为葱岭的地方。

他们的触角还继续向西延伸。

在令人眼花缭乱的各种西域传说中，在小说家令人信疑参半的描写中，张骞和他的副使甘父，还经历了许多的奇异之事。在昆仑山下，他们看见一群石匠正在唱着快乐的歌，在悬崖上打造佛像，就是后世那有名的克孜尔千佛洞。张骞俯身从洞口的草丛中折下一枝花草，后来将它献给汉武帝，汉武帝叫它"昆仑灵芝"。在塔里木河的支流和田河里，他们还从溪流中拣到一块洁白的玉石，仍然在后来将它献给汉武帝，和田玉的名声就是从那时候传出来的。在大宛土库曼草原上，他们还见到了那飞扬跋扈的汗血马，他们后来将汗血马的事情做了一番渲染，讲述给汉武帝听，从而为汗血马战争埋下了伏笔。

他们的足迹还抵达那传说中的"空中花园"巴比伦城。在城中，他们遇到一位绝色美女。这美女后来出嫁到古埃及，成为闻名遐迩的埃及艳后。

他们的足迹伸展到古印度，在那里为高高在上满身灵光的佛祖上了一炷香。他们的足迹甚至伸展到安息帝国的边缘、贵霜帝国的边缘。总而言之，他们当时为了寻找大月氏人，在那块地面兜了很大的几个圈子，甚至有学者认为他们走到了地中海的岸边。

他们后来想到了返回，于是沿天山北麓返回。

返回的途中，在乌孙草原上，他们答应了乌孙王的求婚，这就是后来的细君公主、解忧公主西出阳关的起因。他们还在龟兹，欣赏到天底下最动人的乐声和歌舞，那著名的胡旋舞叫人如痴如醉。后来，他们再经过焉耆、车师，抵达玉门关，从那里顺原路返回。

丝绸之路南道被认为是沿着塔里木盆地南沿行走的这条道路。丝绸之路北道被认为是沿着塔里木盆地北沿、天山南沿行走的这条道路。而后世又提出一个新北道概念。严格讲来，这些道路其实都是散布于戈壁、草原、绿洲之间的细小的道路。人的行踪走过以后会迅速为漠风所遮掩。伟大的僧人玄奘说，哪有道路啊，前一个死亡在道路上的遗骸就是后一个行走者的路标。他的原话是："唯以死人的骨骸为标识。"

张骞在出使西域时，带给西域各国的礼品是丝绸。他走了这一圈之后，"汉朝有一种小虫子，这种小虫子吐出来的东西，像天上的云锦霓裳"这个说法，迅速地口口相传，甚至一直传到罗马帝国贵妇人的耳边去了。各国的商贾纷纷来到东方，以当地的宝物换取丝绸。历史上的丝绸之路，因此兴盛起来。

而丝绸之路上的楼兰古城，是连接东方和西方的一个以货易货的中转站。得楼兰则得丝绸之路，失楼兰则丝绸之路堵塞。

这就是它如此重要，在中国的史书上和古典诗歌中屡屡被人提及的原因。

在楼兰遗址出土的一枚木简中，我们看到这样的一笔交易记载：中国内地来的一个丝绸商人，把四千三百二十六捆丝绸，卖给楼兰居民，以货易货，换取小麦。木简记载了两千年前的这一笔有趣的交易，为我们传递来那古老的信息。这信息说明了什么呢？它首先说明了罗布淖尔荒原上当时农业的发达，还说明了这里当时确实是一个以货易货的中转站。中转站的含义就是：中国的商人并不是直达罗马城，直达荷兰的阿姆斯特丹，直达非洲大陆去做生意的，而是脚步只走到楼兰，在这里以货易货，买卖成交后，再折身回去；自然，西方的商人亦是如此。这情景，就像如今的火车运输中一台动力机车只跑一段一样。当然这枚木简，还给我们提供了第三个信息。这信息就是，中国商人要这么多小麦干什么呢？他能搬得回去吗？富庶的中原需要这些小麦吗？所以我们只能做出的解释是，这是一个官商，他换取小麦，是为居住在阳关地面的或是李广，或是李广利，或是李陵，或是卫青，或是霍去病的部队提供给养。

楼兰古城城垣是一个不规则的方形。东面城垣长三百三十三点五米，南面城墙长约三百二十九米，西面和北面长约三百二十七米，周长是一千三百一十六点五米，总面积为十点八二四万平方米。城内有官署，有寺院，有居民区，有客栈。一座高高的佛塔，矗立在城中的显赫位置，成为楼兰城标志性的建筑。

在张骞的匆匆一瞥中，他看到了这楼兰城砖砌的城墙，以及城中心那高耸的佛塔。塔里木河成一个新月形，自遥远的葱岭，绕过塔里木盆地，注入罗布泊。河两岸生长着粗壮的胡杨。楼兰人将孔雀河的水引入城中，让它穿城而过。在后面的叙述中，为了满足读者的好奇心，我们将辟出一章谈塔里木河。

年迈的楼兰王，在他的官衙接待了张骞。

楼兰人不敢得罪汉室使者，正如不敢得罪匈奴人一样。残酷的现实叫他们明白了只有小心翼翼地应付各方，他们才能在夹缝中活下来。

况且，丝绸之路的繁荣对楼兰国来说也是件好事。南来北往的商贾们毕竟给这里带来了巨大的财富。

楼兰王殷勤有加，邀请张骞登上画舫。画舫在城里驶了一阵以后，然后出城，顺孔雀河驶入万顷一碧的罗布泊。

罗布泊那时候叫蒲昌海，另一个名字则叫盐泽。它那时的水面是十万平方公里。罗布泊的四岸生长着遮天蔽日的芦苇丛，湖面上则是鸥飞鱼跃。

张骞问楼兰王，这一湖浩瀚水宇是从哪里流来的。楼兰王指了指西南，告诉他这水流来自葱岭。张骞又问这水将流向哪里去，楼兰王沉吟半晌说，当地人讲，这水遇到了一座大山，流不过去了，于是从山底下潜行过去，从山那边又冒出来了。

这就是张骞带回来的"黄河重源说"。以讹传讹，这个说法一直延续了几千年，成为中国地理学界的一件悬案。

张骞在楼兰滞留的日子里，匈奴的一个使团也在这里。

他们是来迎接楼兰王的大儿子尝归去匈奴的牙帐中去的。这是以前冒顿大单于说定了的事情，尝归将要去做人质。

怕惹起事端，楼兰王小心翼翼地不让张骞知道这事。

但张骞还是知道了。不过，张骞佯装不知。后来，当张骞一行离了楼兰城，重新踏上西去的旅途的时候，楼兰王和他的小儿耆公子，赶来送行。张骞盯着耆公子，心里想，回到长安城以后，务必建议汉武帝，将耆公子也请到未央宫去，典作人质。这是后话，这里不说。

## 13　英雄美人

在那个年代的西域地面，商贾驼队披星戴月，英雄美人列队走过，那真是一个令人着迷的时期。人类学家将那个时期，叫作中亚古族大漂移时代。

我们至今还不能明白，为什么独独在那个年代，像走马灯一样，历史舞台上走过那么多的英雄美人呢？在驼铃叮咚中，一股浓烈的香风吹来，面纱吹动处，那也许是一位神色哀恸的出塞的中原美女，也许是一位有着猫一样眼珠和粗黑眉毛的巴比伦美女，也许是一位指尖长长腰身细细的龟兹美女，也许是一位金发碧眼表情高贵的楼兰美女。像风一样往来无定的马帮驼队，将她们载往这里又载往那里。

英雄从来是和美人相伴而生的。

在那个年代，像走马灯一样，走过许多大英雄。雄才大略的汉武帝是一位大英雄，一代天骄冒顿大帝是一位大英雄，乌孙王猎骄靡是一位大英雄。

还有，在汉武帝发动的西域战争中，李家子孙三代李广、李敢、李陵，还有卫青、霍去病，等等，都在历史上或深或浅地刻下了自己的名字。他们都不失为大英雄。此外，出使西域首开拓疆之功的张骞，在北海边被囚十九年、放牧一群公羊的苏武，受腐刑之辱、奋而疾书写成史书之绝唱的司马迁，率二十名勇士假扮丝绸之路的客商、千里刺杀楼兰王的大刺客傅介子，投笔从戎、在楼兰国火烧匈奴使团又经营塔里木盆地三十余年的一介书生班超，他们亦可被称作大英雄。

这种英雄美人熙熙攘攘的年代，后世基本上再没有出现过。这情形就像开河之后的桃花汛一样，这一拨汛期到了，鱼群接踵而至，而下一拨汛期不知要到什么时间。

我常常笨想，这也许正是两种文化——农耕文化和游牧文化在大冲突大交融期间所迸发出的精神的火花。人在那一刻变得多么张扬啊，无论是男人还是女人。

而我们在这个落雪的冬天的早晨，讨论的话题是西域地面上的英雄美人，是那个永远以悲剧面孔定格在中国历史上的一代名将李陵。

在那个年代里，留下许多的英雄面孔，但是让后人时时提及并以阴郁的口吻说出的是李陵。那些别的人，不论生前如何，后来都功成正果，都以正人君子的形象载入史册，独有李陵，生前死后都承受了一个男人所能承受的最大的屈辱。他生前有国难投，死后有家难奔，孤魂野鬼般在西域大地上游荡。

现在的那些时尚的旅游者们，那些或因公干或因私事偶尔涉足西域的人们呐，夜来，或在阳关，或在罗布泊，或在楼兰城，在你们的小憩中，如果梦中出现一个蓬头垢面的骑士，乘马嘚哨而来，要你为他指一个去内地的方向，或者请你带他一程，重返中原，或者只是向你打问中原大地的消息时，那么请你不要拒绝他。这个骑士说不定就是此刻还在西域大地上游荡的李陵。

下面的一节中我们专门谈谈李陵。

## 14　李陵碑

在一个秋天，望着西地平线上缓缓沉落的太阳，踌躇满志的汉武帝，决定再一次对西域用兵。

他选择在汗血马战争中立下大功的李广利将军为主将，选择一代名将李广的孙子李陵为副将。

在几十年来对西域地面的用兵中，大汉王朝已经取得了阶段性的胜利。南匈奴已经基本归顺，北匈奴则被逐出河西走廊。而在辽阔的西域地面，大汉王朝与匈奴部落这两支最为强大的战略力量，虽在对峙，但是匈奴的根基已经动摇。匈奴中的一些游牧部落，已经跨越天山，在遥远的热海（伊塞克湖）地面游弋。

标志着大汉王朝拓疆政策取得成功的一个标志，是丝绸之路的开通和畅通。

又一个标志则是大汉王朝已经将屯兵的要塞前移，从嘉峪关越过玉门关，越过敦煌，在一个叫阳关的大沙漠地带，倚一条小河，建起对西域用兵的桥头堡。要不了多久，投笔从戎的班超将挺入塔里木盆地，开始他经营西域的岁月。

李广利和李陵的兵马，在这个秋天开赴当年叫居延海，如今叫额济纳旗的地面。

主将李广利，率五万精兵，在额济纳旗胡杨林里驻营。

副将李陵，率三千精兵，作为先头部队，在额济纳旗胡杨林以外，被称作受降城的东北方向的一片沙滩上驻防。这地方距现在被称作乌兰巴托的地方不远，而李陵被俘则在乌兰巴托以北，快要接近阿尔泰山南麓的地方。

李陵驻防的这一块地面，是一片一望无际的大沙漠，无边无沿，寂寞空旷。沙漠在中亚秋日的阳光下，像撒落一地的碎银子一样，闪闪烁烁，似梦似幻。沙漠里光秃秃的，只有一个一个秃顶的沙丘，只是那些地势低洼、有盐碱渗出的地方，零星地生长着一些红柳墩、芨芨草、麻黄草和骆驼刺。在光秃秃的沙漠中，中午能见度好的时候，能看见正北方向影影绰绰的阿尔泰山，阿尔泰山最高峰奎屯山，横亘在半天云外，头顶披着银色的盔甲，庄严肃穆。

李陵的爷爷，一代名将李广，就是在一次抗击匈奴的战争中，在这片沙滩上被包围，走投无路之际，不愿受辱，从而拔剑自刎的。

现在年轻的将军李陵来到了这沙滩上。

他不能安宁，他渴望战斗，祖先的英雄血液在他身上澎湃。但是，年轻将军的屡屡请缨，都遭到主将李广利的阻挠。

汗血马战争已经将李广利磨练成了一个有相当实战经验的老兵。他明白在这凶险四伏的大漠地带，在敌情不明的情况下，千万不能贸然深入匈奴草原的纵深，因为匈奴的牙帐像风一样忽聚忽散，也许你一拳头打过去，什么也没有碰到，而当你缩回拳头时，这拳头就缩不回来了，因为草原上乌云聚拢，匈奴的牙帐从四面八方飘来，你立即会陷入包围。这时候说你是来征讨匈奴，还不如说你这是羊入虎口。

另一个兵家大忌是远离水源。西域地面，仅靠雪山上流下来的小河来孕育绿洲，并给人类提供饮水。一旦大军轻举妄动，离开了水源地，深入大漠，无法找到水源的话，五万大兵将不战自乱。

第三个大忌是远离基地。

有了上面这三个大忌，身经百战的老兵痞子李广利，面对汉武帝一道道文书的督促，硬着头皮，只是按兵不动。

但是年轻气盛的李陵已经按捺不住。这好比那些已经走上战场，听到厮杀之声的战马，你要勒住它的钗子，几乎是不可能的事。马勾着头，向前冲着，钗子勒得它的嘴角流出了血，骑手拽着马缰的手也勒出了血，但是仍无法阻止它。这时你唯一能够做的事情，是放开马缰由它去吧！

李陵谴责李广利畏敌如虎。在一番谴责之后，李广利终于同意，由李陵率领三千精兵，深入大漠腹地，寻找匈奴主力，李广利则以逸待劳，待匈奴主力出现后，赶去合围。

这样，年轻的将军出发了。

李陵率领三千骑着汗血马的士兵，向大漠腹地挺进。他们在这块荒原上游弋。

将军为他的年轻和轻敌付出了代价。

在李陵的沙漠大游弋中，他们好多天都没有能见到一个人影。这块亘古荒原上寂静得如同鬼蜮。如果李陵稍有一点作战经验的话，他应当明白这种异常的寂静绝对不是一件好事。

果然，就在李陵和他的三千士兵人困马乏、饥渴难耐，不知是进是退之时，突然从远处阿尔泰山的黑森林中，飘过来一朵红云。这是匈奴部落的红马军团。李陵勒马，正惊异着，这时从西南的楼兰方面，飘过来一朵白云，这是匈奴部落的白马军团。没容李陵反应过来，惊天动地的聒噪声突然又从西北方面涌起，只见一朵黑云，飘飘忽忽，从后世被叫作狼居胥山的凶险之地涌来，这是匈奴的黑马军团。

红马军团、白马军团和黑马军团嘶啸着，滚滚而来。他们紧贴着地面，向前滚动，而那扬起的灰尘，仿佛像西域地面一种被当地人称作"闹海风"的龙卷风一样，高高地腾起。

李陵将军这才明白他们孤军深入，中了匈奴的埋伏。

他强作镇定，然后率领人马，且战且退。

在退却的途中，李陵令一位叫傅介子的猛将，杀开一条血路，直奔西域屯兵之所阳关方向，去搬救兵。

尔后，李陵的三千疲兵，便被匈奴十万骑兵困在了一片碱滩上。也许这块地面，就是后世的好事者在这周围的一座叫狼居胥的山岗上，找到了一块碑刻的地方。

李陵后来是投降了。在碱滩上困守了几天之后，眼见得援兵无望，眼见得手下的士兵们一个一个饥渴而死，李陵长叹一声，下马就降，束手就擒。

扶起他的是匈奴的军臣大单于。

一代天骄冒顿那时候已经去世，军臣是他的继任者。军臣接过了冒顿的猎猎狼旗，马鞍上也仍旧挂上了冒顿那只用大月氏王的头颅做的酒器。

单于将他的女儿嫁给了李陵，让他做匈奴人的右校王。

傅介子骑着一匹最好的汗血马，风驰电掣地来到居延海边的胡杨林地面，哭着将李陵被围的消息告诉了李广利。

听说匈奴的骑兵有十万之众，这叫李广利吓破了胆。他硬着头皮拒绝救援。

当傅介子孤身一人，重新回到这片碱滩时，这块地面已空无一人。像刮过一阵风一样，匈奴的骑兵已不见踪影。他四处打听，在得到李陵兵败被俘的消息后，他放声大哭。

在过去所有关于李陵兵败被俘的故事中，都认为李陵是在中了箭镞之后，昏倒在地，尔后被匈奴人捆在马上，驮走的。然后，在得知李氏家族被汉武帝诛灭九族之后，也才铁心投降匈奴。

笔者却认为，这种说法更多的是从同情李陵这位悲剧英雄的角度来猜测的。

而事实上，在那样的情况下，以三千之众，面对匈奴人如狼似虎的十万铁骑，下马就降也许只能是唯一的出路。况且，看着身边的弟兄们一个个饥渴而死，即便是为了保全他们，李陵也有理由这样做。

后人将更多的指责和罪责给了李广利，这也许是对的。李广利和李陵的同时代人司马迁就持这种观点。不过，从战略学的角度来看，李广利按兵不动、以逸待劳是可取的，而李陵的孤军深入是冒险的和愚蠢的。

这是笔者的个人观点。

那么长期以来，人们为什么对李陵将军充满了理解和同情，而对李广利将军却充满了否定呢？这是因为，人们渴望英雄，而对失败了的英雄，人们则寄予了更多的同情；而至于李广利呢，他本来只是一个平庸的人，只是由于偶然的机会、历史的阴差阳错，他才成为一个历史人物。

这就是原因。

郭地红在《昆仑英雄传》中曾经谈到李陵和李广利后来的故事。

公元前89年，汉武帝再派李广利将军西征匈奴。已经成为匈奴驸马的李陵，建议单于，实行坚壁清野，把所有粮秣辎重全部运往白羊河以北。尔后，单于亲率精骑十万，渡过白羊河迎敌。李陵则率三万轻骑，来抄李广利的后路。

李广利率领十万大军，挥师北进，一举攻克范夫人城。李广利虽然经历过无数次战争，具备丰富的沙漠作战经验，但这次却头脑有些昏了。他见匈奴溃退，当即挥剑大呼，一路追赶，直达匈奴腹地。

这时候当年李陵被围的那场面在李广利身上出现了。匈奴的十万大兵，像龙卷风一样席卷而来。见状，李广利赶快退兵，可是退路已经被李陵切断。

李陵在李广利的退路上，挖掘了一道深达丈余的壕沟。他将匈奴兵埋伏在这里，汉军一冲过来，一个个跌入丈余的深沟，人仰马翻，互相践踏。半晌工夫，壕沟里就填满了汉军的尸体和马的尸体。

李广利慌不择路，十万大军损失大半。李广利带领残兵败将，退却到一个山口，正在喘息，突然看见一个熟悉的黑衣骑士骑马向他奔来。啊，这不是李陵吗？他穿着匈奴的裘衣长袍，举着长剑，骑着长毛匈奴马。

"李广利贰师将军，你也有今天。投降吧，不投降死路一条！"来人阴郁地说。

为了保全自己的性命，李广利带领两万多名汉军残余，投降了匈奴。而此次出征的十万大兵，死的死，伤的伤，降的降，没有几个人能逃回汉朝。

汉武帝得知李广利将军率军投降匈奴，龙颜大怒，遂将李广利诛灭九族。至于汉武帝所宠爱的李妃是否也被诛灭了，我们不得而知。不过按常理推断，一个小小的妃子，大约也难逃劫难吧！

第二年，李广利被匈奴单于杀害。

那么戏剧家是怎么说的呢？

在中国的传统剧目中，有一出大剧叫《金沙滩》，它描写的是在西域大漠中一个叫金沙滩的地方，北宋的杨家将和当时统治中国北方的契丹辽国打仗的故事。剧中描写了一个和汉朝的李氏家族一样壮烈的杨氏家族的故事。而杨氏家族的第一位英雄杨继业，就是在遭遇了一场与李陵同样的战争之后，面对包围，在李陵碑前撞头身亡的。

杨家的第六子杨六郎，在他的唱段中曾经悲凉地唱过杨家将们的归宿。唱段说：

> 大郎替了宋王死。二郎下马落水池。
>
> 三郎马踏肉泥浆。四、八郎招亲在番场。
>
> 五郎上山为和尚。七郎一箭把命亡。
>
> 老令公李陵碑前把命丧。只留下六郎在此保宋朝。

杨家将的故事，在中国民间可以说家喻户晓，妇孺皆知。我第一次听这个秦腔唱段是小时候在乡间。一个大花脸挥着一杆杨家枪，在台上边舞边唱。他唱得慷慨悲凉，威武雄壮，记得他一跺脚，震得这土戏楼子直摇晃，戏楼子屋檐下的麻雀，惊叫着乱飞。

真的在那西域大漠上，有一座后人为李陵将军建的碑子吗？

真的有这样的巧合？杨老令公激战的这个金沙滩，就是当年李陵兵败被俘的那一块大漠，而杨老令公要在这里以死相报赵官家时，恰好身旁就是李陵碑，刚好供他使用？

我们宁肯相信这是真的。

即便这是后来人的杜撰，那我们也看到，在这个杜撰中，人对那些英雄人物的态度，无论是前世的李陵或是当时的杨继业，对前者给予了肯定，对后者给予了礼赞。他们把不同年代的两个悲剧人物联系在了一起，让他俩相得益彰，各得其所，各安其命。

我们还注意到了，在杨六郎慷慨悲凉的唱词中，谈到四郎和八郎在那一次战斗中被俘，从而被契丹辽国招为驸马的事情。看来，和李陵被俘招亲一样，在那个年代里，这是战争双方常常采取的一种化敌为友、为其所用的方式。

有一出京戏叫《四郎探母》，它描写了已经成为辽国驸马的杨四郎，到阵前探望母亲佘太君的故事。

上面这一段是戏剧家言。

那么诗人会怎么说呢？恰好，当代有一位新疆地面上的军旅诗人叫周涛的，为我们传达了一条关于李陵将军这样的信息。

他说，在帕米尔高原的深处，生活着一个黑头发、黑眼珠、黄皮肤的民族。据传他们是当年李陵那三千降卒的后裔。也就是说，当匈奴人开始他们悲壮的西迁之后，李陵的这一支降卒队伍没有随之西去，而是向反方向，走入了帕米尔高原的重重大山和密密松林。此后，他们便与世隔绝，在这个半封闭的空间里繁衍生息，以至今日，成为中华民族五十六个民族中的一支——柯尔克孜族。

这真是一个伟大的奇迹，人的奇迹。我们无论将怎样的礼赞给予这一拨人，都不算过誉。

周涛在文章中称这是活着的纪念碑，"人"的纪念碑。在这场历史悬案中，那最后的胜利者是李陵将军。

周涛还在文章中对李陵将军给予了最深刻的同情和最高的敬意。他说这是一个生前备受凌辱、死后亦备受凌辱的男人。他所承受的痛苦，较之因为为他辩护而受宫刑的司马迁，较之被匈奴关押了十九年的苏武，都更沉重一些。好在有一个活着的纪念碑立在那里，给我们一些安慰，给这浓重的苦难一丝亮色。

上面就是关于李陵将军的话题。

这个话题未免太长了一点和太沉重了一点，那我们就此知趣地打住。好在关于李陵这个话题，相信后世还会不断有人提起，并给这个事件以新的诠释，那我们就留些空白给后人吧。

下面我们将会专门辟出一章，谈谈傅介子千里刺杀楼兰王的故事。

而在这个故事之前，我将用少许笔墨，简约地说一说班超与楼兰。

# 15　火烧匈奴使团

　　大雁排成人字形，从长安城的青砖绿瓦上空掠过。雁阵不时发出一阵阵清亮的尖叫，声音在这深秋的夜晚，传得很远很远。

　　雁叫声惊动了未央宫里一个深夜不眠的著书人。他叫班超，陕西扶风县人。班家自班彪开始世代都承袭着未央宫里一个不大不小的官职，这就是编纂汉书的史官一职。班超的哥哥叫班固，他刚刚过世，于是史官这个位置现在由年轻的班超承担。班超还有一个妹妹，叫班昭，也是一个文化人，平日里，她为哥哥分担一些案牍工作。

　　修史馆在未央正殿的旁边。一溜矮矮的砖墙，隔出一个独立的小院，小院里有几间青砖绿瓦的平房，这里就是编纂著名的《汉书》的地方。

　　在雁叫的那一刻，孤灯下面，班超的眼前正展开一张颜色已经发黄的羊皮。他在细细地读着上面的字。上面的字最初是用鲜红的胭脂写的，现在经年经月，胭脂已经变成赭色的了。这张羊皮我们见过，它正是当年远嫁乌孙的细君公主写给汉武帝的一首诗。细君公主早已香消玉殒，成为阿尔泰山某一处草原上的一座青冢。感慨系之的武皇帝，将这张羊皮交给修史馆，让御用的史官为这位美人在史书上留下一笔。

一介书生班超，面对羊皮，心中充满了对西域那块神秘大地的向往，对那应接不暇的种种奇遇的向往，对建功立业的向往。《汉书》记载过张骞的事迹，记载过傅介子的事迹。这些事迹每每令班超热血沸腾。男儿生世间，及壮当封侯，班超在那一刻突然意识到了文化人的无能和无意义，他想投笔从戎。

他来到了门外。大雁已经飞过去了，抬眼望去，是空荡荡的青苍的夜空。证明刚刚确实有一行大雁曾经飞过的证据是，现在有一根雁翎，正飘飘忽忽地，从青苍色的天空中落下。

雁翎在青砖平房那个刻着"长乐未央"字样的瓦当上磕绊了一下，还是继续往下落，最后，落在了班超的手中。

"我要走了！把自己交给漂泊，交给道路，交给不可知的命运！"望着掌心的这根雁翎，班超说。而手中的那支笔，他把它重重地掷到了地上。

班超的想法得到了君王的支持。这是汉明帝。此后不久，班超就将史官这个位置留给妹妹班昭，自己则带一个三十六人的汉室使团，手执通关文牒，踏上了出使西域的路途。班昭将她的史馆移至洛阳城。

在楼兰城，班超演出了一幕历史大剧，这就是被史书称为"班超火烧匈奴使团"的故事。

楼兰王十分殷勤地接待了他。

楼兰王在傅介子之后，曾改称鄯善王。因此此刻楼兰王应称鄯善王。但是，我们还是延续史书上的惯例，继续称他楼兰王吧！诚实地说，楼兰这个古西域地名后来已经成为一种泛指，泛指阳关以外的一片辽阔的地域。

处在强大的汉王室和强大的匈奴这两股军事力量之间的楼兰

人，早就学会了如何逆来顺受、应付局面，因此，他们以最隆重的礼仪来款待这一汉室使团。

但是在款待的途中，宫廷卫士匆匆来到席间，对楼兰王几句耳语，楼兰王顿时变脸失色。

原来，匈奴的一个一百三十多人的使团，也已经来到了楼兰城下。

楼兰王让自己镇定了一下，然后找个托辞，草草地结束了这一场接风宴。他让人安排班超一行在客栈休息，然后，再开宴席，接待这又一批不速之客。

班超是个精细的人，何等灵动。楼兰王席间的举动，已经叫他疑心。因此，到客栈歇息以后，马不卸鞍，人不解甲，他立刻派人出去，打探消息。

楼兰城原本弹丸之地，一个庞大的匈奴使团到来的消息，很快就传到了班超的耳边。

班超听了神色一紧，明白凶险在他出使西域的第一站，就到来了。

左右为难的楼兰王，硬着头皮，堆着笑脸，接待完这一批来势汹汹的草原来客。

他找了个借口，没有让匈奴人在官方的客栈下榻，而是另外找了一家客栈，安顿他们住下。好在楼兰城是丝绸之路的要冲，九省通衢之地，因此这样的大客栈并不难找。

尔后，楼兰王怀着鬼胎，召集大臣们商议，看这件事情该怎么办。

楼兰城弹丸之地，两家使团肯定要碰面的，到时候遭殃的会是楼兰城。

汉王室在遥远的东方，而匈奴人的牙帐就在楼兰城不远的草原上，因此从保全自身着想，楼兰王也许更倾向于匈奴人。况且，此刻在楼兰城中，汉王室的使团是三十六人，而匈奴人的使团是一百三十多人，实力对比也差了很多。

因此，楼兰王和大臣们商议的结果，是一旦双方有一场厮杀的话，楼兰国就只好对不起汉王室了。甚至，为了取悦匈奴，不如将汉室使团出卖给匈奴人，以破解眼下的难题。

一介书生班超，这时候应该知道西域地面的凶险，应该知道那头上的花翎，不是随便戴的了。

"当断不断，反受其乱！"当卫兵报告说，客栈的大门已经被楼兰国的兵丁封锁，汉室使者不准随便出入时，班超明白，该铤而走险了。

他分析了利弊。所有的方面都对自己不利，唯一有利的一点只是，他知道匈奴使团来了，而匈奴使团却不知道城中还有一个汉室使团，也就是说，他在暗处，而匈奴的使团在明处。所以，要有所行动，得赶快下手。

"不是鱼死，就是网破！"班超召集下属议事。在通报了当时的情势以后，他以这样的话来激励下属。

是夜，月黑风高，班超带领三十六人使团，冲入匈奴人居住的客栈中，点一把火，将客栈点着，然后一路冲杀进去。

楼兰人的房屋，基本上都是木质结构。围墙是取胡杨树木，栽成两行木桩，木桩与木桩之间用红柳条和芦苇编成篱笆，两道篱笆之间，填上牛粪。房顶仍然用红柳条、芦苇与牛粪覆盖，顶多再抹上一层白泥。

现在的楼兰城旧址，虽然只剩下了一堆沙土，但是我们仍然可以在这沙土中，刨出一个一个距离大致相当、排列有序的木桩。据此推测，当年班超火烧的匈奴人客栈，也应当是这样的建筑。

还有，与楼兰城互为掎角之势的米兰古城，还留有这样一些民居的残骸，它们亦可作为佐证。

还有，在如今的米兰河上游，有一些维吾尔人居住的民居，也是这个样子。包括院墙，包括房屋的建筑，即是这种树木、柳条、芦苇用作材料的建筑。

这就是匈奴人的客栈如此不经烧的原因。

况且那一晚上的风特别大。笔者曾经见识过罗布淖尔荒原的风，这一段将在"沧海桑田罗布泊"一章中说。总之，在这无遮无拦的荒野上，在这季风频频光顾的中亚大陆腹心地带，那风一旦刮起来，呜呜作响，是一件很可怕的事情。

火借风势，将匈奴使团居住的客栈顷刻间烧毁。

匈奴人从梦中惊醒，还不明白这到底是怎么回事。

这时伴随着声声呐喊，班超率领他的属下已挺着短刀，杀了进来。

匈奴使团中一部分人被大火烧死，一部分人被这些挥舞短刀的闯入者杀死。一百三十多人无一得免。

最后一个死去的是匈奴使团的首领。

他被班超用短刀捅死。

捅死之后，班超将他的头颅割下，尔后，踩着还在冒烟的客栈废墟，马不停蹄，来到楼兰王居住的官衙。

楼兰王还在梦中，正拥着美丽的爱琴海王后睡觉。"咚咚"的敲门声将他惊醒。门一打开，汉室使者班超先将一颗血淋淋的人头扔到他脚下，随着人头落地，三十六人齐声呐喊。

楼兰王吓得面如土灰。

第二日，班超率三十六人使团，离开了楼兰城，继续向西行走。

惊魂未定的楼兰王，长久地伏在地面上，为其送行。直到班超一行的身影，隐入远远的西地平线，楼兰王才拍拍膝上的土站起来。

投笔从戎的一介书生班超，因此成名。

第三章　大刺客傅介子

# 16  尉屠耆与尝归

读者一定还记得当年冒顿大单于楼兰城宴请西域诸王时，席间楼兰国的那两个公子吧。这两个公子一个叫尝归，是大公子；一个叫尉屠耆，是小公子。

后来，冒顿在他的马屁股上，驮走了尝归，作为人质。

而在汉朝军队一次路经楼兰城时，掳走了小公子尉屠耆，押到未央宫里作为人质。

尝公子在匈奴人的牙帐里长大，奶茶和抓肉将他吃成一个孔武有力、性情粗暴的骑士。

耆公子则在长安城未央宫的和风细雨中长大，受中原文化熏陶，他被培养成了一个细皮嫩肉的白面书生。

这一日，楼兰城旁边汉家设的烽火墩，随着第一个墩子上的狼烟点起，绵延几千公里的烽火墩便一个接一个燃起。狼烟一路腾起，至阳关，至敦煌，至玉门关，至肃州，至甘州，至凉州，穿过漫长的河西走廊，将边疆有事的消息一直送到长安城中。

汉家给这通往西域的道路上，三十里设一个烽火墩，五十里设一个边防驿站，一直修往西域的纵深。甚至我们今天在遥远的热海，即伊塞克湖边，亦能见到这样的汉室风格的烽火墩。所以说万里长城并不像小学地理课本上所说的那样，止于嘉峪关，而是通往更为辽远的西域。

这烽火墩则是一个用黏土堆起来的高台。那高台的芯子里面是空的。一旦有事，士兵们迅速点燃狼烟，于是，一股白白的孤烟升起来了。下一个烽火墩见了这狼烟升起，知道有事，也迅速将自己这个烽火墩点燃。于是狼烟滚滚，一站一站地传递下来。

随后就是快马斥候，遇一个驿站换一次马，昼夜兼程，赶往长安城未央宫报讯。

正当未央宫的人们，见了这烽火狼烟，心中惴惴不安，纷纷猜测西域到底发生了什么事情的时候，快马斥候到了。快马斥候滚鞍下马，报告汉武帝：老楼兰王死了。

楼兰的重要性对汉王室来说，是不言而喻的。

首先，丝绸之路这条商道为汉朝带来了巨大的财富，而楼兰是丝绸之路的一个枢纽，有楼兰则丝绸之路通，失楼兰则丝绸之路阻塞。其次，汉武帝对西域地面的控制，很大程度是围绕楼兰，或通过楼兰来完成的。

现在，楼兰王死了。

未央宫的台阶下，有一个人放声大哭，这是耆公子。

汉室当年将耆公子掳入宫中，典作人质。其本意，就是在楼兰王活着的时候，用耆公子来牵制他，而待楼兰王有一天大行之后，用这汉家培养出来的继任者来接替他。

现在这时机到了。

当下，汉武帝要耆公子匆匆整理行装，连夜启程，前往楼兰即位。

为预防不测，他又派一支轻骑，作为护卫，跟随耆公子前往。

这样耆公子就踏上了西去的道路。

眷公子刚走几日，又有快马斥候，飞骑来报，说匈奴人的马快，且匈奴牙帐又扎在距楼兰城不远的阿尔金山的黑森林里。因此，眷公子的哥哥，即当初被典作匈奴人质的尝归，已先一步抵达楼兰城，登基即位了。

　　汉武帝听了这话，吟哦不已。他明白眷公子这一去，凶多吉少了。现在唯一能做的事情，是一边调集部队准备用兵，一边耐心等待眷公子的消息。

　　眷公子并不知道这些事情。他继续日夜兼程，赶往楼兰奔丧。

　　来到楼兰城下时，城中城门紧闭，戒备森严，只见尝归头戴王冠，端坐在城楼上，爱琴海王后侧立在侧。那尝归大声叫道，老王已经入土为安，安葬在千棺之山了，他已经即位，成为继任的楼兰王，一山不容二虎，请尉屠眷就地折回，回你的长安城去吧，免得又是一场干戈。

　　眷公子听了，不知如何是好。想要返回，又不甘心，率领部下几次冲到城门口，都被城中乱箭射回。没奈何，人困马乏的尉屠眷只好率领属下，在楼兰城外露天地里扎营。

　　是夜，一支匈奴骑兵，冲入尉屠眷的营地，如狼似虎，一阵乱砍。可怜这些随行的士兵，急匆匆而来，原来是来送命的，临死时还处在饥渴劳顿之中。

　　眷公子不管怎么说还算是个有来头的人，所以匈奴人没有敢杀他，只是将他俘获，捆在了马上。

　　匈奴人在城外，待到天明，然后敲开城门入城。

　　眷公子则被交给尝归，听由发落。

　　尝归给这些匈奴士兵发了赏银，然后将尉屠眷打入了死牢。

　　尝归明白必须杀死眷公子，以绝后患。如果匈奴人当时就把眷公子杀掉了，那是最好不过的事情，遗憾的是匈奴人并没有杀他，而是交给尝归来请功。踌躇再三，尝归决定暂且将眷公子关在那里，待局势安定了，再杀不迟。

这时候发生了一点变故。

爱琴海王后在一天夜里，从死牢里救出眷，并且护送他出城。这样，眷便又一番长途跋涉，回到长安。这从而为日后傅介子奔赴千里之遥，刺杀楼兰王尝归的传奇事迹，埋下了伏笔。

## 17  英雄的登场

爱琴海王后为什么要救眷呢?

原来,美丽的爱琴海是丞相的女儿。小的时候,当尝归和尉屠眷还没有被典作人质的时候,她和他俩一起在宫中长大。那时候三个少年是好朋友。爱琴海将来注定是要做王后的,这是大家都看在眼里的事情,也就是说,不论继任的楼兰王是谁,尝归或尉屠眷,爱琴海都会成为其中那个为王者的王后。而当尝归和尉屠眷,即将到匈奴和大汉被典作人质时,行前,三个少年曾经出城去郊游。

两个男人都在离别前,表达了对爱琴海的爱慕之情。这时爱琴海说,你们努力吧!我的命运其实从一出生就确定了,就是成为楼兰王的妻子。你们中将来毕竟有一个人,要成为楼兰王的,我就是那个人的妻子。

也许,当眷公子风尘仆仆地赶往楼兰奔丧和即位时,他一半的动力来源于对爱琴海的向往。

当年,三少年出城时,城外正在发生着一场历史上著名的战争,这就是汉将军李陵被俘的那场战争。在楼兰国的皇室公墓千棺之山,他们曾经碰到过一个迷路了的汉家将军。

这将军一人一骑,疲于奔命,后边则有匈奴骑兵穷追不舍。

这将军就是前往阳关搬兵未果的傅介子。

当傅介子搬兵未果，重新回到这一块地面上覆命时，大戈壁空空荡荡，已经没有一个人影。只有成群的乌鸦，敛落在地面上，吃着地上横七竖八的死尸。傅介子从乌鸦群中策马穿过，惊起鸦群的一阵阵聒噪。终于，他被一小队路经这里的匈奴士兵发现了。匈奴士兵一直将他追赶到了千棺之山。

千棺之山是迁徙到这里的楼兰人，为他们建造的皇家公墓。它在大漠的深处。一架高高的沙山，插满了胡杨木做的白色标志，每一个标志下面都躺着一个木乃伊。一条小河，它与横穿楼兰城的那条运河相连。一旦有皇室成员去世后，将小河与运河的那个龙口扒开，待小河溢满水后，遂将棺木运抵这里，待安葬完毕，再将龙口堵死。这样小河重新干涸，千棺之山重新回到封闭状态中。

三少年在这里救出了傅介子将军。

这里毕竟是他们的家园。他们知道这迷宫一样的千棺之山怎么才能出去，而匈奴人则不知道。

将傅介子领出千棺之山后，好心的爱琴海见傅介子的肩上还在流血，于是从靴子里拔出短刀，割下自己的一绺长发，烧成灰，敷在这伤口上止血。

"我叫傅介子，是大汉将军。你们记住这个名字，也许我以后会有机会报答的！"

那将军马上打个躬身，说完这些话后，一人一骑，没入远处的荒野。

这是过去发生的一件事情。

却说耆公子这次回楼兰国即位，没想到尝归已先他一步登基。后来，耆总算进了楼兰城，不过是被俘进去的。

前面说了，本来耆也是一个刀下鬼，迟早是要送命的。好在他命不该亡，有一个人救了他。楼兰城戒备森严，这能救他的人是谁呢？是爱琴海王后。当初，耆还未被典作人质时，三人青梅竹马，一起长大。如果，是耆先回到了楼兰城，继位为王，那么，这美人儿就该是耆的女人，可惜如今坐在王位上的是尝归，她也就做了尝归的女人。

皇后放了耆，又亲自策马，送耆出了楼兰城。一段旧情还在，于是爱琴海骑在马上，挥泪道："耆呀，这里是是非之地，你还是远远地避开吧！君自长安来，还归长安去！你去那长安城中，做一个平头百姓，市井街巷了此残生，也是一种活法！"说罢，不再看耆一眼，自个儿策马回城去了。

尉屠耆的楼兰之行，非但没能坐上王位，就连汉室派出的随行人员也丢了。这一场羞辱，令刚刚登基的汉昭帝动了真怒。当下，君王就嘈嘈着要发兵，众大臣劝了又劝，他才说：从长计议，这一口恶气，找个机会再出吧！

就在耆公子去楼兰的这段日子里，一代雄主汉武帝刘彻驾崩，汉家天下的权柄交给汉昭帝。

昭帝新近即位，许多事情需要处理，因此这一耽搁又是几年。

这几年，频频发生汉王室派往西域的使团在楼兰被杀，中原的丝绸商人在楼兰被劫这样的事情。眼见得由张骞当年探出来的这丝绸之路，有重新堵塞的危险，这事成为君王的一块心病。

这一日，西域又有惊人消息传来，汉王室途经丝绸之路、前往波斯湾的一支庞大驼队，又在楼兰城受阻，货物被楼兰国充公，商人们被尽数杀害。消息传来，满朝震惊，昭皇帝这一次是不能再无动于衷了。未央宫里，人来人往，君王召集文武们紧急议事，商量除去楼兰王的办法。

君王升帐，问道："谁敢带一支轻兵，千里单骑，直扑楼兰，取那楼兰王的头来见朕？"君王问了半天，底下的文武大臣们听了，面面相觑，不敢吱声。

这也难怪，楼兰已经臣服于匈奴，那匈奴此刻正在西域地面，耀武扬威，不可一世，百官们谁也不愿意去送死。前面的李陵将军、李广利将军就是前车之鉴。长安城温柔富贵之乡，谁愿意提着脑袋去那蛮荒之地呢？甚至就连楼兰国公子尉屠耆，那心思也早淡了。

君王又问了几声，还是无人敢应。他的目光落在谁的脸上，谁便面如土色，嗫嚅着直往人背后躲。君王见了，叹息一声，说道："论起享乐来，你们一个个奋勇当先！如今国家有难，正该你们与君王分担。想不到满朝文武，胆小如鼠，懦怯如鸡，朕真伤心呀！"

一言说罢，君王真的是提起袖子，掩面而哭。

昭帝这一哭，引出一个大英雄来，这就是当时正官拜骏马监的傅介子。

# 18　二十死囚

原来，当年傅介子一人一骑，回到长安城未央宫覆命，一番哭诉，谈到李陵兵败被俘、李广利见死不救的种种情景，满朝文武听了，无不叹息。那汉武帝当时心中有私，单怕大家把这事和李妃联系起来。但是作为君王，总得给这场失败寻找一个承担罪责的人，于是乎恼怒之下，提出要把降将李陵满门抄斩。这时人群中站起来个不要命的，替李陵说话。这人就是司马迁。汉武帝于是去了司马迁的男根，给历史上留下了那惨烈的一幕。而九死一生、心灰意懒的傅介子，后来被君王安排了一个闲职，即管理和调教那些从西域进贡而来的汗血马。官名叫骏马监。

"傅将军要带多少人前往？"未央大殿里，昭帝小心翼翼地问。

"你说呢？"

"长安城内外，到处是兵马。未央宫里还有一支羽林军，虎虎生威。更兼，朕身边还有几个大内高手。傅将军，朕今天给你一个面子，这些兵马，你点到谁是谁！"

傅介子轻轻一笑，说道："多年未经征战，良弓早已被虫蛀了，牛筋做的弓弦也懈了，良马也早已肥得跑不动了。你给我这么些酒囊饭袋干什么？要他们到异乡做孤魂野鬼么！帮手我是要带几个的，不过不要这些正规的军人！

"那你要带谁，且给朕说！"

"街上坊间，四处贴出告示说，明日玄武门外，草场坡前，要处死二十个死囚。介子只有一个要求，求君王赦了这二十个人的死罪，让他们陪臣子去闯一回楼兰城。"

"你真要他们？"君王疑惑道，"这二十个死囚，尽是些长安城中的泼皮无赖，南山北山的绿林强盗，人底子，人渣子。傅大人，你真的敢领上这一帮虎狼之辈、市井闲人，去闯那楼兰城么？"

傅介子怅然说："此一去九死一生，那些安居乐业的，拖家带口的，谁愿意跟上我去送命。这些死囚，已经是死过一次的人了。是我为他们求下的第二次性命。独有他们，大约这千里跋涉、塞外风寒还能忍受，而不至于生出贰心。"

"看来，傅大人已经深思熟虑过了。那么，朕也就只好依你了！"

一番言语过往之后，傅介子出行西域的事，也就这样定了。

正在这时，殿上有人号啕大哭。这人正是耆公子。

"傅将军，楼兰之行，莫忘了带上小弟！"耆公子叫道。

"你是主角，这一场干戈因你而起，怎么能忘了带上你哩！我正想启奏皇帝，求你与我们一同前行！"傅介子也叫道。

君王听了，微微一笑，说他也正是这个意思。

闲言少叙。却说第二日，正是那二十个死囚开刀问斩的日子。一早，傅介子换了一身装束，骑一匹快马，离了府第，横穿长安城，出玄武门，直奔草场坡而去。

草场坡是历朝历代杀人的地方，白骨累累，堆积成山。这一日，因为早有皇家告示，说二十个有名的死囚，将在这里开刀问斩，因此平日空旷的草场坡前，人头攒动，熙熙攘攘，长安城的百姓口口相传，都说又有一场热闹要看了。

那二十个死囚，清晨起来，狱卒给每个人面前，放一只细瓷小黑碗。黑碗里是蒸碗肉，刚出笼的，还烫嘴。另放一只粗瓷大白碗，大白碗里，满当当地盛着一碗烧酒。

死囚们见了，知道大限在即，路快走到头了。事已至此，个个倒也毫无惧色，泰然对之。大家大口吃肉，大碗喝酒，直到白光光的头皮都喝成红的了，于是大声吆喝着赶快上路。

这样，二十辆囚车，装了二十名死囚，掐着时间，限午时三刻之前，赶往草场坡。

刽子手们早已磨快利斧，如今跃跃欲试，单等那午时三刻到来。二十个死囚也已经下了囚车，登上一个土台。土台上，齐崭崭地摆了一长溜二十个原木锯成的砧木。这些死囚们虽是第一次受刑，不过许多人早年从那老戏里，或就从这草场坡法场上，见过杀人的情景。于是待枷子卸去后，便主动走到这砧木前，双膝跪下，把个光光的脑袋，枕在砧木上，露出一段脖子，等着刽子手下手。

眼见得三通鼓响起，午时三刻到了。监斩官扬起脖子，拉出长声，就要开刀问斩。而围观的人们，则伸长脖子，圆睁着眼，单等那血溅法场的高潮时刻到来。

只因，监斩官的拖腔拖得长了一点，耽搁了少许工夫，因此这场好戏后来以喜剧形式收场。

话说，正当监斩官的拖腔终于拖完，刽子手们的利斧高高举起，砧上的二十个光脑袋闭上眼睛等死的时候，这时台下突然有人高叫一声：

"刀下留人！"

声音响处，只见一人，着一身黑袍，骑一匹快马，分开人群，径直登上土台。

来人以一块黑布，遮住下半个脸，因此看不清他的眉目。来人说，他是西域来的巨贾，有一批货物，要运往波斯，得有几个保镖随行，而这几个保镖，正是砧上枕着的这二十颗脑袋。来人说他和大汉皇帝是好朋友，已经奏请大汉皇帝，大赦这二十个死囚了。当然，来人还说，为买下这二十颗人头，他是出了大价钱的！

来人说罢，从怀里掏出一份君王的手谕，手一展，扔到监斩官的脚下。

监斩官将手谕拣起，展开来看。

其实这事，皇室已经有所交代，监斩官心中也早已有数。他知道这是一场戏，但是这一场戏还得把它唱圆，既然告示已经贴出去了，那得给长安城的百姓们一个交代。

监斩官将那手谕，粗粗看过一遍，尔后又双膝跪倒，面向未央宫方向，叫一声"皇恩浩荡，竟至于此"。叫罢，复又站起，如释重负一般，要那刽子手将斧头收了，下回再用，又对砧木上二十个光光的脑袋说道："尔等现在已经是这位波斯客商的人了，各位好自为之吧！"说罢一甩袖子，扔下这个场面，兀自离去。

二十个死囚从梦中惊醒，摸摸头，还在脖子上长着，还能听自己使唤，不由得庆幸万分。经历了这一次死而复生，人人都珍惜起自己的命来。

这时那黑衣人趋上前去，为这二十名死囚一一松绑。期间，又将刚才那一番话，再说了一回。二十个死囚这才知道，今天侥幸活命，原因是这样的。

黑衣人说，愿意回乡过日子的，请便！你们现在是自由身子了，不要说因为我救了你们而不好意思说出。愿意跟我去踏那丝绸之路的，那么咱们从此就是兄弟了，我给你们三天假，回家后有妻室的和妻室亲热亲热，没有妻室的和父母拉拉家常，三日之后，咱们在咸阳桥边西域客栈集合。

二十个死囚听了，齐刷刷地跪下来，都说这第二次生命，是这位大人给的，从此后你就是主子了，我们只有以死相报，才是正理，哪敢有半点私心。

"那好！"黑衣人微微一笑，说道，"三日头上，太阳落山，咱们西域客栈见面！"

说罢，黑衣人一挥手，只见有人托出一捆新鲜衣服来。不多不少，恰好二十件。黑衣人要这二十名囚犯，按照自己身量的高低胖瘦，拣着去穿。安顿完毕，黑衣人骑着马，像来时那样突然，一纵马便消失在人群中了。

草场坡前的一场好戏，没想到是以这样的结局收场的，这令台子底下的长安百姓，看得都有点呆了。

那二十个死囚的家人们，原本就在台子底下站着，手里拿着席片等着收尸。这时，终于回过神来，于是呐喊着，一窝蜂地涌上土台。那死囚们，惊魂未定，木偶一般，听任家人摆布。顷刻之间，死囚们一个一个都被家人拽走了，围观者也渐渐散去。草场坡于是又恢复了它往日的宁静。

五天头上，太阳刚冒红的时候，咸阳桥边的西域客栈里，走出一支驼队。

打头的一个黑脸汉子，着一身黑色长袍，骑一匹黑色大走马，面色忧郁，眉宇紧锁，似有无尽的愁苦装在心里。与他并驾而行的，是一位胡装胡束的美妇人，骑一匹小牝马，蹬一双红色的小靴子，云髻高绾，两腮绯红，一双摄人魂魄的凤眼，笑哈哈地望着前面的路程。

接下来驼铃叮咚，依次走出二十只骆驼。二十只骆驼，由二十条大汉健步拉着，鱼贯而行。再后边，一个苍白青年，骑着马，一边走一边频频回头，对这长安城繁华之地，似是告别，似是留恋。

## 19  脱脱女发髻里的秘密

那美妇人骑着小马，仄着瘦腰，像一阵香风一样从道路上掠过，引得道路两旁劳作的农夫，停下手中的活计，一阵喝彩。

她叫脱脱，是傅介子的夫人。

脱脱的确是一个胡女。当年，就是李陵兵败被俘那一次，傅介子在千棺之山上，得到楼兰城少年的帮助，得以逃脱。凄凄惨惨、悲悲戚戚的傅介子，不敢再去李广利的帐中，怕李广利起了歹心，杀人灭口，于是一人一骑，直奔长安。路途中，在祁连山下一个叫脱脱城的地方，一是旅途劳顿，二是枪伤迸发，傅将军倒在了一家客栈里。这时候屏风后面转出店家女儿脱脱。经过脱脱的精心照料，康复的傅介子才重新踏上回长安的路途。而那脱脱，则被傅介子驮在马屁股上，带回了长安。

当下，这一群人晓行夜宿，急匆匆赶路，那说不尽的旅途劳顿之苦，不必细述。

这一日早晨，他们起程上路。四周充盈着一种难得的欢乐气氛。最欢乐的人要数脱脱了，因为按照路程计算，这天中午，他们就可以到达脱脱城了。

用完早餐，收起帐篷，然后给骆驼背上的牛皮袋子里装满水，他们起程上路了。小河的上游就是脱脱城。他们顺着河往上走，先穿过一段戈壁，然后进入一个垭口，这样，顺着一条峡谷再盘桓半天，当走出这条峡谷时，就是脱脱城了。

最先意识到前面发生了变故的是马儿。傅介子胯下的坐骑，突然停下来不走了，不停地用蹄子砍地。接着，骆驼们也停止了行走，原地站在那里，嘴里吐着白沫，长一声短一声地叫起来。

傅介子很快就发现了牲畜们惊叫的原因。原来，刚才还清清亮亮的河水，现在变成红色的了。河水湍急地流着，上面飘着血沫，一股隐隐的血腥味，从河水上游飘来。

"不会有什么事情吧！苦命的脱脱城呀！"脱脱脸色有些苍白。

"但愿不会！"傅介子没有把握地回答。"咱们快点！"他又补充了一句。

越往前走，血腥味越浓，还夹杂着呛人的焦糊味。当快要走出峡口，已经能眺见远处的脱脱城时，他们看见了城中那升起的滚滚浓烟。

进入脱脱城以后，他们看到了许多尸体。城门旁，城墙上，街道口，小巷里，宫殿内外，到处是尸体。整个城池里没有一个活口。可以想见，这座用黄泥巴垒成的袖珍小城，在此之前，一定经历过一场残酷激烈的战斗。

在所有脱脱人的尸体之外，还有一部分是匈奴士兵的。这样他们便知道了，造成这场大杀戮的是一支匈奴武装。

最后，当他们走入脱脱国的王宫时，看见脱脱王平静地坐在他的王位上。王已经死去，胸前插满了箭簇，全身已经冰凉、僵硬。

"父王呀！我是你的脱脱公主呀！你再睁开眼看一次我吧！"

队伍中，脱脱突然滚落下马，扑上去。她分开箭簇，将一张泪脸贴在国王的胸膛上。

一阵恸哭之后，只见脱脱平静了下来，动手拔掉云髻上的簪子，边拔边说：

"尊敬的父王，你的爱女已经完成了你的吩咐。她从中原盗来了蚕子。这蚕子现在就藏在高绾的云髻里。你下令吧，将它分发给你的每一个臣民。让脱脱国成为一个农桑国家，让城里城外的每棵桑树都结出那种神奇的丝绸！"

说话途中，脱脱打开她那高绾的云髻，用手摩挲着。

只见，那白色的蚕卵，纷纷扬扬地，像雪片一样落下，落在脱脱王的胸前。

旁边的汉家将军傅介子，见了这一幕，看得都有些呆了。他现在才明白和自己同床共枕、耳鬓厮磨好些年的脱脱原来并不是客栈老板的女儿，而是脱脱国的公主。而她跟上他，回到长安城中，原来是有目的的，那就是有一天找个机会，将蚕子盗到西域，让她的国家成为一个农桑国家。

"是的，将军，我是脱脱国的公主，千金之身。这你没有想到吧！而我所做的一切努力，都是为了得到这蚕子。可惜它现在对这个国家，已经没有用了。"

面对傅介子眼中的疑问，脱脱停止了手中的动作，解释说。

原来，自从丝绸之路开通之后，西域诸国知道了丝绸原来是一种小虫子口里吐出来的丝以后，于是，千方百计地想得到这种虫子。而汉王室，宁肯以成捆成捆的丝绸予人，也不准蚕子流传出去。汉家在这通往西城的道路上，设立了道道关隘，一旦发现有偷运蚕子出境的，格杀勿论。据史书记载，这各道关隘上，不知道因为这事杀了多少人。

脱脱国是一个小国，以农业为主。国王梦寐以求地想得到这种神奇的虫子，为他的百姓造福。先前，他曾经几次派人到中原来偷，那些人都在通过隘口时被杀掉了。最后，他的目光落在了自己的女儿脱脱公主身上。

当汉王室的一个低级军官自西域归来，途经脱脱城，在一家客栈里病倒时，他让他的女儿扮作客栈老板的女儿，去诱惑他。这样，脱脱女成了汉王室骏马监傅介子的夫人，她随丈夫一起进了长安城。

这就是脱脱来到长安城的原因。

机会终于来了。当傅介子刺杀楼兰王的事情定下以后，我们知道，这五天中，傅介子去草场坡释放囚犯，接着又张罗骆驼与货物的事，囚犯们则回家与家人团聚。好一个脱脱公主，她这几天要做的事情，只有一件。那天瞅人不注意，她偷偷出来，来到长安城一家杭州人开的蚕房里，将满头青丝弄乱了，然后头一歪，将头发展展地铺在蚕床上。那正是春蚕产卵的季节，只需短短一天，她的油黑发亮的青丝上便沾满了蚕子。

尔后，她把头发重新梳好，挽一个高高的云髻。那蚕子，便包在云髻里了。

这个法子确实高明。因为即便偶尔有蚕子露出来了，别人还以为是这女人邋遢，头上生出了虮子。因为这蚕子确实像虮子。所谓虮子，就是虱子生下的卵。白白的，小小的，用两只指甲一挤，会"砰"的一声，露出一点白浆水。

就这样，脱脱公主头上顶着汉王室的一件宝物，随着傅介子一行，通过一个又一个隘口，神不知鬼不觉，回到了自己的脱脱城。

但是，脱脱城已经成为一座死城，脱脱城的百姓，已经永远不再需要这个被称为蚕的小东西了。

傅介子跪了下来，给这位故世的脱脱王、他的岳丈行了个大礼。

随行的人也都跪了下来。

后来，眷公子说："尊贵的脱脱王，你且听我说。在辽阔的西域，丝绸之路所有路经的地方，还有许多的西域国家，他们也日谋夜虑，想得到这中原的蚕子。你就让脱脱公主，将这蚕子带去，带给我那同样蒙受匈奴铁骑蹂躏的楼兰国吧！"

说罢，眷公子走过去，为脱脱重新把云髻挽好。

傅介子一行，在脱脱城羁留了一个礼拜。

他们唯一能够做的事情，是葬埋脱脱王和城中百姓的尸体。为示葬礼的隆重，二十个壮士烧起个砖瓦窑，做了许多胡服胡束的陶俑，为这位死于非命的脱脱王殉葬。壮士们中间三教九流都有，因此，这烧窑并不是一件难事。

现在的年代，考古工作者在青海、甘肃、新疆交界的地方，发现了一座废弃的城池，并且出土有大量的胡装胡束、服饰鲜艳的陶俑。说不定，这陶俑就是傅介子一行当年为脱脱王而烧的殉葬品。

## 20　八百里流沙

他们穿过了玉门关，接着又穿过了阳关。

在一个叫安西的地方，他们曾稍作修整，接着转道西南，进入敦煌。敦煌是后来的名字，那时候叫沙州。

这个被黄沙重重遮掩的关口，住着大汉的一支军队。在查验通关文书的时候，傅介子曾经和验关的官员发生过几句口角，因此他被单独带到了官衙里。而从官衙里出来，重新踏上道路以后，他与一支汉王室的精锐部队，拉开了一天路程的距离。

这支神秘的队伍就这样一直向楼兰方向走去。

从外表上看，他们和丝绸之路上那些来来往往的商队，没有什么两样。都有着一个面色忧郁、威严有加的首领，有着首领那受到呵护的内眷，有着白净面皮的管事相公，有着面目狰狞、体态彪悍、满嘴脏话的拉骆驼的脚夫。外人看来，这实实在在是丝绸之路上走过的一个驼队而已。

但是他们自己知道自己是干什么的。一种挥之不去的杀气，弥漫在一路的行程中。而当过了阳关，身后有一支慢吞吞行走的精锐队伍在悄悄跟定，这杀气显得越发浓重。

阿尔金山闪耀着奇异的蓝光。

在距离阿尔金山不远的荒原上，他们看到一支奇异的人群。这些人有着和傅介子一样的黑头发和黄皮肤。他们喧喧嚷嚷地在这荒原上，好像是在安葬什么人，因为人群披麻戴孝，一路走来，仿佛内地村子里的那种出殡仪式。

他们的人数达数千之众。

当傅介子一行在远处观看了一阵，断定这些人并没有携带武器，他们确实是在举行一次普通的出殡仪式时，他才敢令他的这一干人靠近。

确实是在安葬什么人。

沙土被内地的铁锨和西域的砍土镘刨开了，新漆的胡杨木棺材里装殓着死者。棺木已经被放入地下。棺木上边，覆盖着一张人工画制的伏羲女娲图。伏羲女娲图中，那两个人首蛇身的怪物，他们的上身相拥相抱，而下身则像蛇交尾一样，两根细细的扭曲的尾巴纠缠在一起。

这幅图案正是汉民族的生殖崇拜图腾。

傅介子已经预感到，这位亡人是谁了。他真庆幸自己能看到这历史的一刻。果然，一会儿工夫坟墓被圈起了，一座采自库鲁克塔格山的红色大理石墓碑，立在坟前。

那墓碑上笔力苍劲，用汉简黄帛书体刻着"李陵将军之墓"字样。

他在这里碰到了一段历史，这叫他感慨万端。傅介子真想除去头顶上的头巾，露出脸来告诉这一干人他是谁。但是因为王命在身，他不能这样做。那样的话怕又生出别的事情。

傅介子下马，跪了下来。他在这个悲剧人物的坟前跪了很久。在跪的同时他想起太史公马迁，想起自己。

那安葬他的那些人，该是李陵那三千降卒了。

一打听，果然是这样的。这些人告诉他，在安葬完李陵将军之后，他们将沿着阿尔金山，一直向西，向昆仑山方向迁徙。对于遥远的中原，他们的家乡，这些人表现了更多的向往。他们向傅介子一行询问故乡的消息，在询问的时候许多人禁不住泣不成声。

傅介子真想告诉他们，自己就是当年那个前去搬兵的傅介子啊！但是他最后还是克制住了自己，没有说。他也有家乡，他家乡在黄河大河套地区，一个叫固原城的地方。

最后，安葬仪式结束了，他们离去了。静静的荒原上，只留下这块墓碑和傅介子一行。

傅介子率领他的一干人，向李陵碑跪拜，而后也离开了。

于是这块亘古荒原上，只留下这块墓碑，肩一天寂寞，孤零零地立在这里。

看来，大漠深处确实有过李陵碑的。而我们前面谈到的那秦腔戏文中"老令公李陵碑前把命丧"一句，并非空穴来风。

而这里还需要特别提及一笔的是，那个墓中作为殉葬品的《伏羲女娲图》，它在19世纪被那些欧美的探险家作为文物盗到了国外，现在大约在某一国的国立博物馆里珍藏。它之所以这几年突然引起人们的重视，是因为，不久前六国科学家联合组成的人类基因破译小组在破译并画出人类基因图谱时，发现这图谱和《伏羲女娲图》几乎一模一样。同样是两个人面蛇身、状如蝌蚪一样的东西，上半身相拥相抱，像两个热恋的情人，下半身纠缠在一起，像蛇用尾巴在交尾。

须知，那《伏羲女娲图》，是中国古人对人类起源的解释呀！学者们将这个类似《伏羲女娲图》的人类基因破译图叫"蝌蚪图"，因为它确实像两只尖尖尾巴的蝌蚪。

傅介子一行离开了李陵碑，向西南方向折去。他们还将要穿越最后一个险阻，才能到达天边楼兰。这险阻就是白龙堆雅丹。

终于走出白龙堆雅丹了，一股湿漉漉的空气迎面扑来。最后，当转过一个雅丹时，他们惊呆了：一座波涛汹涌的大海出现在他们面前。

它横亘在西域的天空下，万顷一碧，碧蓝，深邃，神秘，波澜不惊。

它那时候的名字不叫罗布泊，而叫蒲昌海。出使西域的张骞，为人们带回去了它的名字，而太史公司马迁，第一次用文字将它录入史书。

而在蒲昌海之前，它还有一个名字，那是它的本名，叫准噶尔大洋。浩瀚无垠的准噶尔大洋最后缩成了这一汪死水。学者们感慨，这叫沧海桑田，山谷为陵。

第二日，当太阳从阿尔金山的一个垭口露出一抹胭脂红时，他们登程上马，将沿着罗布泊东南岸，一直往前走。他们的目的地楼兰城就在罗布泊西南岸，距离湖泊十三公里远的地方。一条古老的运河，将罗布泊和城池连接在一起。

后来他们看到了田野，田野上生长着的庄稼，地埂上矗立着的正在等待蚕子的桑树，在阳光下披一身金黄的胡杨树。行进间，突然一座金碧辉煌的绿洲城市出现在他们面前，仿佛海市蜃楼一般。

傅介子轻轻打了一个冷战。

"楼兰到了！"傅介子说。

# 21　楼兰王的危机

在楼兰城与罗布泊连接的人工运河上，有许多船只。在这些船只中，有一个不算很大，但是装饰华贵、雍容气派的画舫。楼兰城的人们都知道那是皇家专用的游艇，此一刻，楼兰王尝归正和他的后宫们，泛舟河上，饮酒作乐。

楼兰城像一个烧饼一样，要承受来自两方面的炙烤，一面是强大的汉王朝，一面是凶悍的匈奴人。

在这风雨飘摇的年代里，历史的原因让尝归选择了后者。

他一言不合便杀死来访的汉王室的使团成员，他屡屡劫掠汉地的驼队，他令这古丝绸之路几近堵塞。他明白这样做令自己的重心有些失重，但是他已经欲罢不能。他明白自己是把大汉深深地得罪了。

史书上屡屡以叹喟的口吻说，这个叫尝归的为王者，他用楼兰国的财富喂养了匈奴的战争。

这财富的来源有两个方面：一是楼兰作为丝绸之路的中转站，自东向西或自西向东两方向流经这里的货物在这里买卖，政府收取商税。此举为其提供了一笔巨大的财富。二是楼兰国农业渔业的赋税，那时在这块绿洲已具有相当规模。

这些财富全部贡给了匈奴，致使国内民怨沸腾。贤明的爱琴海王后劝他采取不偏不倚的政策，即一边通过途径与大汉媾和，一边与匈奴逐步疏远。但是王后的建议被他拒绝了。拒绝的原因之一是，他已经走得太远了；原因之二是，生亲不如养亲，在匈奴牙帐中长大的他，毕竟是对那牙帐有些感情的；原因之三则是在大汉的都城，他的弟弟耆公子还在那里，随时觊觎着王位。

在对待汉王室和对待匈奴的问题上，他只能采取目前这种态度。老楼兰王将年幼的他送给匈奴做质子的那一刻，他一生的命运就已经定下来了。

自老楼兰王去世，他继承王位以来，已经十五年了。十五年来其实他天天都生活在这种心态中。长时间的心理折磨，令他甚至已经有些麻木。

一群楼兰美女簇拥在他的身边。

他的手无论伸向哪一个方向，都会碰到酥胸大腿。他的眼睛无论转向哪一个方向，都会有一双风情万种的眼睛在迎接他，并且随时等待他的召唤。但是，他仍然感到一种刻骨铭心的孤独，一种莫名的恐惧，一种危险正在迫近的感觉。

另一群楼兰美女正在甲板上跳舞。她们跳的是胡旋舞。当美女们的头优雅地摇摆时，楼兰王不由得摸摸自己的脖颈。

帝王家的悲哀大约都是一样的。后世的隋炀帝在一些年后说过的那话，此刻楼兰王大约也说过。这话是一边摸着自己的脖子，一边长叹一声："这一颗好头颅，不知道将来会被谁割了去?！"

宫中有人要来了。楼兰王的手从脖颈上取了下来。他轻轻地摇手，美女们退去了，隐回了船舱。他手扶把手，坐好。这时一条小船，驶近了他。

船上下来一位他贴身的内侍。

内侍禀道，爱琴海王后请他回去，原因是自长安城来了一支中国驼队，现在正住在楼兰城的客栈里。他们要把中国最好的丝绸，献给楼兰王。

"自长安城来的吗？路断人稀，盗贼出没，好久已经没有那里的消息了！"尝归说。

对于丝绸，楼兰王并不感兴趣，因为这东西他的库房里堆积如山。但是他还是决定见一见这些商人，向他们打问一下中原的情况、汉王室的情况，尤其是，他那被典给大汉做质子的弟弟尉屠耆的情况。

画舫动了，驶向王宫方向，只一刻工夫，迅速淹没入一片金碧辉煌了。

## 22　刺杀进行曲

楼兰国的内侍来到客栈，通知说，楼兰国王将在第二天上午接见他们，并在宫中设午宴宴请。

这天夜里，傅介子和他的一干人，通宵未睡。

他们从骆驼背上的丝绸品中，抽出颜色不等、质地不同的各样丝绸，每人准备一捆。那明晃晃的钢刀，就在这丝绸的最里面包着。当准备停当之后，所有的人都毫无睡意，像等待一个节日似的，等待着第二天的来临。

第二天是个普通的日子，普通得和所有的日子都没有什么区别。早晨，太阳像一只大火球一样跳上阿尔金山苍茫的垭口，将它红色的光芒笼盖在这一片荒原上。罗布泊昨夜曾有过一次潮汐，但此刻安详，静谧。

一行人离了客栈，向王宫走去。

他们把丝绸捧在胸前，依次进入王宫。

而此刻，在楼兰城外面，汉王室的一支重兵，正悄没声息地兵临城下。他们偃旗息鼓，在距离楼兰城三十公里的地方扎营。此刻，他们是这块荒原上最大的一支武装。

较之平日接见别的国家的客商，王宫的戒备要森严一些。大门口站了许多武士，刀戟鲜明，杀气腾腾。当傅介子一行落座时，他们每一个人的后面都站着一个武士，而在屏风的后面，偶尔还听得见刀剑撞击的声音。这是从长安城里来的客商，所以楼兰王在设宴之前精心做了防范。

那二十个壮士，平日都是些偷鸡摸狗之徒，从来没有见过大场面，眼前的场面让他们惊骇。他们都有些犯傻，心里直打鼓。好在看到傅介子那副调侃的笑容，加上脱脱公主的轻松自若，耆公子的举止有度，才使他们提到嗓门的心放得平和了一些。

双方分宾主坐定。

傅介子偷眼望去，只见高高的座椅上，铺一张罗布泊虎的虎皮。虎皮色彩斑斓，楼兰王高坐在虎皮上，他的旁边，椅子放斜一点，侧身而坐的是他的王后爱琴海。王后的座椅上，铺的是敦煌出产的九色鹿的鹿皮。

爱琴海王后雍容华贵，仪态万方，有着高贵的光洁的前额，突出的笔直的鼻梁。她的肤色像雪一样白，甚至能让人感觉到蓝色血管中血液的流动。她的眼睛是蔚蓝色的，就像那传说中的爱琴海一样深邃迷人。她的头发则是金黄色的，像顶着一头灿烂的阳光。

"据说，她每天晚上都要用牛奶泡澡！"望着她的肌肤，傅介子想。

将王后与楼兰王比较，这个叫尝归的人就明显粗俗多了。他的脸红通通的，呈椭圆状，身上明显带有西域民族的血统。在匈奴牙帐中度过的少年时代也给他留下了烙印。他留着八字胡。当他得意的时候、尴尬的时候，或者遇事拿不定主意的时候，会不时地用大拇指和食指轻捻八字胡。

看到尝归，傅介子又不由自主地用余光扫了一眼尝归的弟弟。耆公子则是个温文尔雅的书生，中原文化已经深深地渗入他的骨子。

这一瞥是在一瞬间完成的。

一瞥之后，正当傅介子就要启齿说话时，楼兰王哈哈一笑，抢先开口了。于是，傅介子赶紧收回目光，定睛望着尝归，做出一副洗耳恭听的样子。

"哈哈哈！哈哈哈哈！"楼兰王没有任何内容地先大笑一通，以至在旁边坐着的爱琴海王后不易觉察地皱了一下眉头。笑罢之后，稍作停顿，楼兰王说：

"欢迎你们光临我的伟大的国家！对于每一个历经千辛万苦，到达我的国家的男人和女人们，我都对他们生出无限敬意，因为这条道路——是的，这条称之为丝绸之路的道路，确实太漫长了，只有勇敢的人才敢踏上它！是不是？"

"是的，尊敬的王！它确实漫长，跨过高山峻岭，涉过死亡戈壁！我想，如果不是为一种愿望所驱使，除了疯子，正常人是根本不敢踏上这种道路的！"

傅介子这样回答。说完，他叹息了一声。他说的是真话。

楼兰王继续问道："那么，从遥远的东方而来的人们，驱使你们踏上这死亡之路的理由又是什么呢？金钱吗？金钱可是一个好东西。世界上最动听的声音是数钱的'铛铛'声。或者不是金钱，是别的？"

"金钱是一个原因。但是，不仅仅是金钱，驱使人们去冒险的理由还很多。比方说'女人！'有时候，她真值得人们去冒险！尤其是对那些有血性的男人来说！"傅介子说。在说"女人"这两个字的时候，傅介子望了爱琴海王后一眼。王后端坐在那里，像一尊白色的大理石。

"我替你把话说完吧！金钱、女人之外，还有王位！王位那才是最重要的！"楼兰王狡黠地眨巴着眼睛说，"每一个从我的国家经过的人们，看见我的女人，看见我的绿洲，看见我的人民，看见我堆积如山的财富，看见我对世间万事万物主宰生杀，都会羡慕地说：怎么那张虎皮上坐着的不是我！我要是个为王者该有多好呀！"

"——尤其是来自中原大汉的人！"

楼兰王呼的一声站起，这样说。

而随着他站起，只听帷布后面传来兵器撞击的声音，明处暗处的武士们，立即将手中的刀戟横刺过来。

随着楼兰王的这一声，武士们刀戟一亮，二十个壮士的脸色一下子变得煞白。有那鲁莽些的，甚至已经将屁股抬起，想离了座位，去那丝绸堆里抽刀了。

在这一刻，傅介子哈哈大笑起来。他的笑声把满堂镇住了。二十壮士的屁股重新落在了座位上，楼兰勇士们的刀戟也重新收回。只有楼兰王还在那里站着。

笑罢，傅介子说："每一个人都有自己的宿命，命里该有的东西就一定有，命里不该有的东西争也争不来。比如说我吧，我就不敢去想你的王位，因为我注定今生是个天涯孤客，是个漂泊者，是个劳碌命！"

傅介子继续说："我不羡慕你，因为第一，你虽然贵为君王，但一定有许多烦恼，而我没有；第二，我有我自己的女人，这个女人对我来说就是女王。要知道，君王有君王的快乐，平民有平民的快乐！很难说哪种快乐更快乐。"

"说得好！"楼兰王鼓掌道。

"脱脱女，为楼兰王的好客，为爱琴海王后的美貌，为我们今天的相聚，你何不起来，狂舞一曲，以助其兴呢？"傅介子说。

见说，脱脱略显羞涩地站了起来。

只见，一顶高高的虚顶尖帽戴在头上，半边脸被一方黑丝巾象征性地围住，短坎肩，长裙子，一双红色小靴。她站起来，就地打了一个旋儿，立刻像有一股香风吹过。接着，她来到王与后的座位前，轻轻地一欠身，道了个万福，尔后，整个身子便在这个不大的大厅里飞旋开来。

脱脱公主跳的是号称西域第一舞的胡旋舞。

这种舞蹈以舞者飓风一样的旋转而驰名。在那令人眼花缭乱的旋转中，据说舞者的心随着那伴奏的弦音走，舞者的手指则随着鼓点的节奏走。而当弦鼓合奏为一声时，舞者则双袖并举，全身像风摆杨柳一样摇动，像雪絮飘落一样婀娜多姿。

那是她的眼神——脱脱女的眼神。在那疾如闪电、快如飓风的原地三百六十度旋转和大跨步旋转中，她那摄人魂魄的眼神会向观众匆匆一瞥。这一瞥，饱含撩拨之意。而当你回应那眼神时，眼神已经转过去了，你看到的是一段雪白的三角状脖颈。而当你略感失望的时候，俏脸又嗖地转了过来，这眼神又来取你！

还有那腰肢——脱脱女的腰肢。舞蹈的灵魂在腰上，这话没有说错。因为所有的旋转都是以腰为中轴线的。那是怎样的腰肢啊！

还有那足尖——脱脱女的足尖。尖尖的小马靴前面的足尖，轻盈地将整个身体支起，并完成她的一系旋转。足尖的踢踏声还给整个舞蹈以节奏。

所有人都看呆了。二十壮士和眷公子大约一边看着，一边满足着他们的性想象，他们由此而彻底地放松。楼兰国的武士们可谓见多识广，但是，那匆匆的美人一瞥已经彻底击毁了他们的防线，令他们有些懒散起来。不过最高兴的还要数楼兰王了，他的屁股已经稳稳地坐在王座上去了，他是那样投入，一边观看一边情不自禁地击节伴奏。

稍稍有些不愉快的是爱琴海王后。

楼兰王的过分投入使她不快。脱脱的张扬也叫她不快。她们属于两种类型的女人，王后更丰满些，雍容华贵一些，脱脱女则消瘦而俏丽。

"拿酒来！"楼兰王一拍桌子说，"男人的事业在马背上，在酒杯里，在女人的肚皮上。而今这良辰美景，少了美酒，岂不是把好时光辜负了吗？"

楼兰王继续说："胡旋女，你的脚步也不要停下。劳你大驾，这是我的酒具，请你用它，为我的朋友们将酒斟满！"

楼兰王递给脱脱女的酒具，正是那颗著名的大月氏王的骷髅头。我们知道，这酒具曾是匈奴大单于冒顿的心爱之物，冒顿死后，这酒具又挂在他的继任者军臣大单于的马脖子上。不知道这颗骷髅头，是如何流落到这楼兰王宫的。

接酒具在手中，脱脱的脸色变了。

但这仅仅是一瞬间的事情。脱脱不愧是皇家贵族出身。她立即冲楼兰王妖媚一笑，掩饰过去。

但是这一刻短暂的失态并没能逃过爱琴海的眼睛。

爱琴海狐疑地望了傅介子一眼，她似乎觉得这个人有些面熟，像她当年在千棺之山遇到的那个汉家将军，接着望了二十壮士一眼，最后将目光落在了耆公子的脸上。

爱琴海惊叫了一声，她认出了耆。她脸色苍白，晕了过去。

"真是扫兴！"楼兰王不满地嘟囔了一句。

楼兰王要人把王后扶到后宫去。傅介子建议说，他随行的相公先生，还是一个半拉子郎中，让他为爱琴海王后瞧一瞧病。楼兰王应诺了。于是傅介子使个眼色，让耆公子随王后去了后宫。

"喝酒，喝酒！跳舞，跳舞！"楼兰王两眼放光，死死地瞅着脱脱女，继续说。

于是他们开始喝酒。

而脱脱女舞姿轻盈，节奏清晰，捧着个骷髅头，仍旧在人群中飞旋。

如果没有那一个大前提大背景，每个人也许都会把这楼兰之宴看作自己一生中最欢乐的一次欢宴。

## 23　胜者为王

　　过了几个时辰之后，醒来的爱琴海王后由耆公子搀着，回到了酒宴上。

　　"那人是谁？我怎么觉得有些面熟？"

　　已经有些醉意的楼兰王，突然有所惊觉，他指着已经落座的耆公子，这样问。

　　"虽然，"楼兰王继续说，"尽管他穿着汉人的服饰，有着汉人的举止，但是直觉告诉我，他好像是楼兰人，是我们早年间走失的一个兄弟！"

　　"他是谁？哈哈，他是谁？"傅介子接过楼兰王的话头，笑着打哈哈，"说起来不怕笑话，他是长安城中的一个纨绔子弟，花街柳巷中把家产踢踏光了，后来流落街头，被我收在门下。不知怎么的，他看上了我老婆，为美色所迷，心甘情愿，今生今世为我做奴仆，鞍前马后侍候！是这样吧！"

　　傅介子的话博得了满堂笑声。

　　羞红了脸的脱脱女，挥起靴子尖，在旋转中故作嗔怒地踢了傅介子一脚。

　　"不会那么简单吧！"楼兰王说。

楼兰王还有怀疑，这时爱琴海王后岔开了他的话。

楼兰王又说："不是我多心，是因为有一块心病，一直装在我肚子里！"

他没有说这心病是什么，而是转了一个弯子，这样说："诸位，你知道我今天为什么要宴请你们吗？我不稀罕丝绸，丝绸这玩意儿我的库房里堆积如山。我是听说你们是从长安城来的，想向你们打听一个人。这个人叫尉屠耆！"

听到"尉屠耆"三个字，傅介子吓了一跳。

于是他小心地说，耆公子他知道，不就是楼兰王当年典给大汉的那个质子？见楼兰王一副迫切想要知道的样子，傅介子又说："不足虑，不足虑，王尽可以安心睡觉。据人说这耆已经在长安城中娶妻生子，不思楼兰了。长安城乃温柔富贵之乡，在那里做平头百姓，衣食无虞，并不见得比回到西域做王快活！"

"这话当真？"

"信不信由你，我也是道听途说的！不过，耆想入主楼兰，得靠汉室的帮助。如今未央宫已经易主，那汉昭帝，八岁继位的一个黄嘴雀儿，不思进取，耽于安乐，岂可与当年雄才大略的汉武帝相比！"

这理由让楼兰王信服。

接着，楼兰王又问了问汉室的情况，问了问商队沿途所见汉朝驻军的情况，傅介子都顺着楼兰王的心思，一一作答。

宴会最后在一片平和的气氛中结束了。

眼见得楼兰王就要离席，傅介子慌忙站起：

"尊敬的王，这些丝绸是我们的一点心意，尽管你并不稀罕它。你瞧这一匹，它来自天府之国四川，叫蜀锦；这一匹来自娥皇、女英二女的故乡湖南，叫湘绣；这一匹，它来自太湖之滨的吴越大地，叫……"

傅介子说着，吆喝孩儿们，赶快把自己眼前的丝绸绽开，给楼兰王看。他又向楼兰王招手，示意楼兰王下来。

楼兰王狐疑地欠起身，走下台阶。

各色丝绸在他面前展现着，他称赞了两句。但是可以看出，他对这些并没有太大的兴趣。正如他所说的那样，他的宝库里这些东西堆积如山。

还没有等丝绸绽完、钢刀露出，楼兰王已经礼节性地看了一遍了。他登上台阶，就要从侧门回内宫去了。爱琴海王后好像对这些丝绸还有一些兴趣，故而迟移了两步。就在这时，一个响亮的声音在大厅里突然响起来。

"尊敬的王，如果，你对这些丝绸没有兴趣，那么，你对能吐出这种神奇之物的中国蚕有兴趣吗？"

突然说出这话的是席间一直未曾开口的眷公子。

爱琴海王后惊叫了一声。

楼兰王也回转脚步，重新走近大家。"那当然有兴趣。为了能取得那个小东西，我派往中原去偷蚕种的人，已经有三拨被关隘上查出，丢了脑袋了！"

王后也十分激动，她说："那我们的楼兰绿洲就可以遍地种上桑树，像汉王朝一样变成一个真正的农桑国家了！"

"我们正带来了蚕子！"傅介子笑道。

"在哪里，快给我看！那是些小动物吗？"楼兰王迫不及待地说。

"它藏在一个隐秘的地方。它不敢见生人。它稍微不高兴就会死去。尊贵的楼兰王，请你屏退左右，然后我将它放出来见您！"

"它就在你们身上吗？真奇异！"爱琴海王后赞叹说。

楼兰王摆了摆手，打了个酒嗝，示意他的勇士们退到门外去。

"放它出来吧，朋友！中原真是一个魔术国家！"楼兰王说。

脱脱女走到楼兰王的跟前。

"它们正在我的每一根头发梢上歌唱！"脱脱女说。说完，她将虚顶高帽脱下来，露出了高绾的云髻，再把云髻打开，于是满头的蚕子展现在大家面前。

"它是死的！像我身上虱子所产的虮子一样！"

楼兰王凑过去，伸出手，掰住脱脱女那颗宝贵的头。

"明年春天它就会变成虫，像你身上的虮子变成虱子一样。然后，你把它们撒到桑树上去。到了秋天的时候，满树都会结出蚕茧，像挂了一树的无花果一样！"

傅介子在一旁说。

"好神奇啊！"爱琴海王后赞叹道。

就在爱琴海王后的赞叹声还没有结束时，脱脱女突然花容变色。只见，脱脱女"嗖"的一声，从长发中拔出一支雪亮的簪子。那簪子的长短恰如英吉沙小刀，粗细则好似一根钢针。

"接刀，傅将军！"

脱脱女大叫一声，将这柄雪亮的银簪递给身边的傅介子。

傅介子接过簪子，两眼熠熠闪光。

"对不起了，王！"傅介子说。只见他伸出一只手来，老鹰抓小鸡一般，拽住楼兰王的领口，另一只手握住簪子，空中只一挥，便深深地插进了楼兰王的胸口。

楼兰王大叫一声，一个踉跄，倒在了地上。

与此同时，二十名壮士在此一刻已从丝绸中将钢刀抽出，他们呼喊着向宫殿门口奔去。听到宫内的嘈杂之声，楼兰国的勇士们也手执刀戟，开始往宫内冲来。

刹那间，宫内宫外，喊杀声响成了一片。

这时候发生了一件重要的事情。

当傅介子眼见得行刺成功，于是探下身子，用手搭在楼兰王的鼻孔上，看他死了没死时，楼兰王最后一次睁开眼睛，把胳膊艰难地抬起来，仿佛要完成向世界的最后一次告别。然后，疾如闪电一般，楼兰王那扬起的手臂，从衣中放出一支冷箭。放完箭，胳膊一垂，人才死去。

这叫袖箭。

袖箭是西域诸国的国王们最后使用的一件武器。袖子里有一张小弓，弓上张着一支毒箭，平日这箭是不用的，只有在危急时候，才用它防身，突袭敌人。我们前面提到的秦腔唱段中，"大郎替了宋王死"一句，说的就是杨大郎充当宋王的替身，与辽国谈判，结果辽天子招手致意时，放出袖箭，杨大郎中箭身亡的故事。

是脱脱女救了傅介子的命。

她是胡女，她知道这些。因此，当已经成为一具死尸的楼兰王，扬起他垂死的手臂，指向傅介子的胸膛时，脱脱女就知道是怎么回事了。

她惊叫了一声。

她跳起疾如闪电快如飓风的胡旋舞步，一个转身，用她的身子堵住了那支暗箭。

结果，那支箭结结实实地射进了脱脱的胸膛。

"脱脱女！"傅介子叫一声。

面色煞白的脱脱女，用手捂着胸口，摆摆头，让他不要管她，赶快去应付大殿门口的事情。

宫殿门口的搏斗还在进行着。于是，傅介子在宫中胡乱地找了一件兵器，直扑大门。

"停下来！停下来！"

将大殿门口杀出一片空地、可以站人的时候，傅介子停止了厮杀。他把刀扔到了地上，然后一把牵过尉屠耆，这样向双方厮杀的人群喊道。

双方停止了刀兵。

"你们知道这是谁吗？他叫耆，是你们真正的楼兰王。而这些年占取王位的尝归，他是伪王。现在，复仇之剑终于将他杀死，你们真正的王来寻找你们来了。你们都是他的孩子！"傅介子喊道。

"是的，我是王！真正的楼兰王！"耆公子指着天空，这样发誓说。

宫殿外的楼兰国的勇士们见状，议论纷纷，不知道该怎么办才好。不过，老楼兰王还有一个质子在汉长安城的事，他们是知道的。

这时候玉佩叮当，暗香浮动，爱琴海王后走了出来。

"是的，孩子们，楼兰国高贵的武士们！眼前这个人，真是你们的王。他叫耆。本该，他会是你们的王，是我的丈夫的，是尝归欺骗了你们。现在，这一切随着尝归的死亡，已经结束了！"

听爱琴海王后这么一说，特别是听到尝归已经死去的消息后，勇士们明白自己该怎么做了。他们纷纷放下了武器。

怕再有变故，傅介子张弓搭箭，向城外连发三支报讯的响箭。

响箭刚落声，只听楼兰城外，响起了惊天动地的鼓角声。

楼兰城的城墙并不算高，站在宫殿的台阶上向城外望去，只见黑压压一片，汉王朝的大军，已经潮水一般从四面八方向楼兰城涌来。

尝归死，尉屠耆即位，这是公元前77年的事。

## 24　魂归千棺之山

脱脱女被安葬在千棺之山上。

新的楼兰王耆，为她做了一具上等的棺木。而在入殓的时候，傅介子用钢刀削下自己的一截小拇指头。他掰开脱脱女的手，将这节指头攥在亡人的手心里。

棺木被装在画舫里，运入运河。尔后，启开运河的一个秘密的龙口，于是水哗哗地向沙海深处流去。流了遥远的一段路程之后，到了一座高高的沙丘下面，水停止了流动。人们用纤绳拖着画舫也就到此泊岸，然后抬着棺木登上高高的沙丘。这山叫千棺之山，那里埋葬着历代的楼兰王，以及王室成员。他们将美丽的脱脱公主也葬在这里。

然后在棺木旁边竖立起一根高高的木杆，像所有千棺之山的坟墓以前所做的那样。

国葬完毕，人们下了千棺之山，重新回到那神秘的龙口。

龙口被重新堵塞。水流则逐步干涸。不久，黄沙将掩去一切痕迹。千棺之山将重新被封闭起来。山上安息的亡灵将免于被打扰。

脱脱公主永远地消失了，不再有歌唱和欢愉，不再有胡旋舞，不再有美人的匆匆一瞥。只有那些中国蚕，在她之后迅速地在楼兰绿洲上繁衍了起来，并继续以另外的故事流向那更辽远的西域地面。

尉屠耆找一个吉日，登基即位。

新的楼兰王嫌楼兰国这个名字不够吉利，嫌"楼兰"这两个字眼每一次被提起，都会勾起人的一些不愉快的回忆，于是，决定将它更名鄯善国。事实上，我们从这一刻起，应当称耆为鄯善王了。不过，中国史书上，好像对"楼兰"这两个字情有独钟，直到几百年后鄯善国灭亡时，还沿用"楼兰"这两个字，所以，我们也就在此沿袭旧例，继续以楼兰王来称呼耆了。鄯善那个地名现在叫若羌。

楼兰王耆希望傅将军和二十名壮士能够留下来，辅助朝政。

傅介子坚决地拒绝了，他说他要回长安城向汉王室复命。傅将军的这个借口，令任何人也无法反驳，于是楼兰王只好放弃了这个想法。

但是二十名壮士却一口应承了下来。他们本来就是些天不收地不管的长安闲人，何况他们担心，回到长安城以后，过去的官司再来纠缠，因为，即便他们的命案被皇家赦免了，但是苦主还在，他们会与自己结下世仇，伺机报复的。

当然，促使他们留下的原因还有一个，那就是在这座塞外锦绣繁华之地的楼兰城里，美女如云。

耆为这二十个壮士做了最好的安排，因为在这几近一年的漫长商旅中，他们结下了浓厚的兄弟情谊。他让这二十个壮士组成一支亦兵亦农的屯垦部队，独立成一个单位，在距离楼兰城不远的另一座叫米兰的城市里驻守，并且还满足兄弟们的愿望，从楼兰城里挑选了二十个金发碧眼的美女作为他们的妻室。

米兰城那时候叫伊循城。

二十个壮士骑着二十峰骆驼，每一架驼峰上架着他们的金发碧眼的女王，叮叮咚咚地离去了。他们将在米兰，那塔里木河汹涌地注入罗布泊的入海口，定居下来，成为从中原迁徙到西域的第一代屯垦者。

随后鄯善王朝便进入它的正常运转体系。

傅介子是在一个早晨，单人单骑告别楼兰城的。

他本来想向耆公子最后一次告别，但是，楼兰王还没有起床，这像那遥远的爱琴海一样深邃美丽、庄严的王后，令耆公子一旦局势安定下来了以后，便沉湎于美色中而不能自拔。

后宫里传来了男欢女乐。爱琴海王后的叫床声震耳欲聋。她的另一面原来是如此淫荡，傅介子想。

每一个人都有自己的命运，有些人天生是为掌握权力和享受快乐而来到人间的。傅介子想起了他的可怜的脱脱女，她如今正长眠在千棺之山上。

在这一刻他决定不见楼兰王了。

出于礼貌，他留下了一份短函。他在短函中为楼兰国的明天祝福，并请耆公子多多关照那二十名曾经是他属下的人。最后的事是托付给爱琴海王后的，他要王后不要忘了那些蚕子，明年春天，将这些蚕子卵化出来，然后，撒到楼兰绿洲那些桑树上去。

这些事做完，傅介子便离开了。

关于傅介子最后的去向，没有人能为我们提供一个确凿的说法。他肯定没有回到中原去，如果回到未央宫的话，那么这一场惊天动地的胜利会震动朝野，并且会被史官们大事渲染的。但是没有，今天的人们知道荆轲刺秦王的那一场失败的刺杀的人居多，而对傅介子千里刺杀楼兰王，并且取得奇迹般的成功这件事，知道的人并不多。

要不是太史公在《史记》中谈到这件事，我们甚至不知道傅介子这个人，不知道楼兰王宫里那一场变故，不知道世界上曾经有过这个大刺客、大英雄。

当然，官方的《汉书》中也提到过他。不过那只是蜻蜓点水，一笔带过。它是为宣扬投笔从戎的班超的事迹，才顺便提到的。张骞的事迹，傅介子的事迹，令一介书生的班超陡生英雄梦想，于是投笔从戎。《汉书》只吝啬地给了傅介子这样一点笔墨。

他大约也没有回到他的家乡，甘肃陇东北地郡义渠镇（今天的宁夏回族自治区固原县南）。因为，那个平庸的黄土高原上的小村子，并不知道他们那里曾经出过一个大刺客。那地方以及附近地面，没有一座纪念性的庙宇。

有一种较为可信的说法，说傅介子后来融入李陵将军那三千降卒了，并在那里度过自己的晚年。

傅介子单人单骑，带着愁苦的面容，肩着一天的寂寞，离开了楼兰城，向来路上返去。大约最初，他确实在一种冲动下，想回到汉王室复命的，但是，当在寂寞的荒原上，与李陵碑再次狭路相逢时，他在那一刻改变了主意。

他觉得他完成了自己，他应当隐退了。当想到一旦回到未央宫，就要面对那鲜花与欢呼，面对君王那张善变面孔，面对蝇营狗苟的一班大臣时，他感到一阵颤栗。他明白自己在经历了这一切之后，已经根本无法面对这些了。

李陵碑提醒了他，他明白该到哪里去了。

他从马背上取下那包来自故乡的泥土。泥土是在路上，为了防止大家不服西域的水土，从他的大河套故乡祖坟中取来的，用来泡水喝的。现在这土还剩一些。他将纱巾抖开，将那土撒在李陵将军的坟堆上。

这纱巾是脱脱女的。他找来一块石头，将纱巾压在石碑顶上，让纱巾像一面五色旗帜在荒原上飘扬。

尔后，他像一位苍老的老人一样，佝偻着腰，磕击着胯下那匹磨透了铁蹄的老马，顺着阿尔金山行走，最后又登上昆仑山，寻找那三千降卒去了。

第四章　冒顿大帝猜想

## 25  换一个视角说话

那迈着三种舞步在历史进程中、在人类编年史中穿越的马，马蹄得得，充斥这本书的字里行间，并且给这本书以节奏。当本书进行到这里时，我发现我正在犯一个错误。

这个错误就是，我在叙述所有的人物、所有的事件时，都是从大汉王朝这个叙述角度来写的。

尽管这是几千年来中国史学家们的惯常思维，甚至于，包括中国的老百姓几千年来也是这样思维的。它已经成为一种思维定式。

人们在谈论上面那些人和那些事时，甚至连在自己头脑里过滤一下的力气都不用花费，因为一卷一卷的史书已经言之凿凿地做了结论。人们唯一能够做的事情就是，学习这些知识，掌握这些知识，然后卖弄这些知识。仅仅如此就够了。

也许这说不上是一个错误，但是起码，就中华文明是由农耕文化与游牧文化相结合而产生和形成的文明的这个历史观来说，我的叙述是不完整的。

或者说，是对游牧文化有欠公允的。

那么，换一个角度，当我们站在游牧文化的叙述角度来谈，我们会看到什么呢？

我们的眼前会有一种豁然开朗的感觉。

我们看到，所有的民族都是为他们的生存权利而拼命挣扎着的。他们的所有挣扎都有其挣扎的理由。而人类正是这样挣扎着从那遥远的年代走到今天的。这是本能——连动物都具有的本能。

他们都值得尊敬。

法国小说家、人类学家勒尼·格鲁塞在他的《草原帝国》一书中说："阿提拉、成吉思汗、帖木儿……他们的名字出现在回忆录里。西方纪年学者们的，中国或波斯的编年史家们的记载里，把他们的形象大众化了。他们，伟大的野蛮人，出现在完全文明化了的时代，而在几年之间，突然地把罗马世界、伊朗世界或中国世界变成为一堆废墟。他们的来临，他们的动作和他们的失踪，似乎是难以解释的，以至于实际的历史，将这些人看作是上帝降下来的灾难，对古老的各种文明的一种惩罚。

"但是，人类从来不曾是大地的儿子以外的东西，大地说明了他们，环境决定了他们，只要认识到他们的生存方式，则他们的动作和他们的行为，便会即刻'一目了然'的。草原制造了这些体格矮小和粗短的人，他们是不可驯服的，因为他们继续存在于那样的自然条件下。高原上的烈风，严寒酷暑把他们的面孔塑成为有细长眼的、颧骨凸出的、汗毛稀少的，把他们多节的身体坚硬化了。随意逐水草而居的畜牧生活的需要，决定了他们的游牧制度，游牧经济的条件，使他们和定居人民发生了关系，这种关系有时是懦怯性的借贷，有时则是屠杀性的掠夺。

"如果将出人意料地切断了我们历史的那三四个亚洲的大游牧者当作是一种例外的事情，则仅仅是由于我们的无知。他们之中有三个人实现了这种惊人的宏图，成为世界的征服者；但还有许多阿提拉与成吉思汗并没有成功，我说他们只成功地建立了限于亚洲四分之一的帝国，从西伯利亚到黄河，从阿尔泰到波斯，这还是可以确认为大规模的冒险行为。

"在我们面前出现的亚洲高地是地球历史上最重大的地质演变的证据。这个庞大陆地的隆起和孤立，是因不相等的古老褶皱两大山脉汇合冲击而成的。一方面是天山和阿尔泰山有森林覆盖的褶皱，他们的边缘，前者是突厥斯坦地垒褶皱，后者是安加拉河流域古老的西伯利亚地台。另一方面，是阿尔卑斯式的喜马拉雅山的褶皱，它在第三纪中新期时占据着古欧亚'地中海'的位置。在西北方的天山和阿尔泰山构成的凹形弧与在南方的喜马拉雅山的凸形弧包围和孤立了突厥斯坦和蒙古，使这两个地区好像是悬挂在周围的平原上。

"草原上的骑射手在欧亚大陆上统治了十三个世纪，因为他们是土地的自然创造物，是饥饿和惨苦的儿子；骑射是游牧人民唯一的手段，使他们在饥馑的年代里，避免全部的死亡。"

法国人勒尼·格鲁塞在这里把游牧人对定居文明、农耕文明、城市文明几千年来的不定期的侵掠，看成是一种历史的地理法则，他说，他们往往以八十年为一个周期，像开了锅的水一样会从草原上走出，或者涌向世界的东方首都长安，或者涌向世界的西方首都罗马，向定居文明索要生存空间，几千年来一直在重复着这样的故事。他们为什么要这样做呢，定居文明地区的人们一直被这个问题困扰，几千年来一直百思而不得其解。

# 26　历史的地理法则

我们在这里延续上面的思考，再谈两个大地理概念，一个是中华地理概念，一个是欧亚大地理概念。

首先是皇城，这皇城一千多年来，是建在一个叫长安的古老城池中的。它有四塞之固（这个四塞说即东之函谷关，西之大散关，南之牧护关，北之萧关）。皇城之外是村庄，是田野，是道路，是广袤的农耕文明地区。农耕地的地头，遥远的边陲，有一座长城，将这块农耕文明之地围定。老百姓称呼这道长城边墙，就像称呼他们家四合院的围墙一样。哦，多么长的一道院墙啊。

循着长城线，划定农耕线和游牧线。在这个线上，有许多的大地理坐标。我们从东算起，先是北京、石家庄、大同、榆林、延安、天水、平凉、固原、银川，然后横穿蒙古高原，抵达白山黑水。几千年来，农耕者和游牧者在这条地理线上来回穿梭。

居住在皇城里或者四合院里的人们，手搭凉棚向长城线外望去，他们看见游牧人骑着马一颠一颠地从起伏的草浪上走了过来。他们不知道那是些什么人，他们来自何方，而且语言又不通，于是叫他们"蚂蚱人"。文化人把这个大家都叫惯了的说法落实到书简上，就记录成"玛札儿人"。

或者，那从草原方向上湍湍而来的骑者，长着浓密的络腮胡子，看不清他的脸，只有那胡须是如此突出。大家于是信口叫他们胡人。东夷、西戎、南蛮、北狄，这是人们对这些围绕中华农耕文化圈的那些古族的称呼。如果叙述者偷懒，干脆就给他们一个统一的称呼——胡人。

　　或者，那长城外湍湍而来的骑者面色黝黑赤红，草原上没有遮拦的往来无定的风，天空中太阳的直射，给他们造成了这样一种肤色。村庄里的人们看见这肤色，想起了庄稼地里蚯蚓的颜色。蚯蚓是文化人的说话，农民的说法叫蛐蜒。于是，这些人被叫成了"蛐蜒人"。史学家们在记载的时候把他们记成了"柔然人"或者"蠕蠕人"。

　　这是农耕地面上的人们对草原来客的叫法。作为他们自己来说，肯定有他们自己的叫法，只是我们不知道而已，而且也许永远不知道了。

　　这是第一个大地理概念，中华地理的概念。

　　前面我们说了，农耕地区的人们永远不了解为什么那些草原来客总是不停地骚扰他们宁静的田园生活。几千年来从不中断，他们一直百思而不得其解。这不理解的原因是站在皇城向远方瞭望的。下来我们再换一个角度从欧亚大地理的角度来看待这地理史。

　　世界的东方首都是长安城，世界的西方首都是罗马城。在长安城和罗马城之间，这一块广阔无垠的地理空间，人类学家称它为欧亚大平原或欧亚大草原。

　　在这块坦荡无垠的原野上，生活着二百多个古游牧民族。这些游牧民族以八十年为一个周期，向定居文明索要生存空间。原因是什么呢？这八十年中，期间一定会有事情发生，或者是蝗灾，或者是旱灾，或者是瘟疫，或者是草原民族之间的兄弟相残。于是，开了锅一样，马上民族的哒哒马蹄就越过长城线而来。

从这个角度来考虑，我们就明白那些发生过的事情都有它们的道理。正如勒尼·格鲁塞所说，这就是严酷的历史地理法则。

上面说完了两个大地理概念，那么我们下面还有一个更重要的话放到这里来说。这段话是英国人类学家阿诺德·汤因比在他的天才著作《人类与地球母亲》中思考得来的。汤因比被认为是当代西方最杰出的人类学家。

他说，世界三大古游牧民族，古阿尔泰语系游牧民族、古雅利安游牧民族、古欧罗巴游牧民族，他们最初的栖息地是在中亚，在阿尔泰山山脉左右，那里简直就是世界的"人种博物馆"。历史进程走到今天，古阿尔泰语系游牧民族泯灭了，古雅利安游牧民族也泯灭了，古欧罗巴则迁徙到地中海岸边，从马上走下来开始定居，开始人类的大航海时代。

那些与中华文明板块频繁接触，并且生发出许多故事的游牧民族，就是古阿尔泰语系游牧民族。在我们的叙述中，屡屡出现的匈奴人，就是他们中的一支。我们在前面谈到的大月氏，谈到的乌孙，后面将要谈到的鲜卑和乌桓，以及后世的突厥，等等，他们都应当是古阿尔泰语系游牧民族的后裔。

他们是历史法则的产物，是地理法则的产物。笔者一直认为他们并没有消失，他们的血液在后世别的民族身上澎湃着。他们是波澜壮阔的世界史的一部分。

这情形，正如我之前所说，当我热泪涟涟地从西域广袤的原野上走过的时候，我俯身采摘着大地上的花朵，我向途经的每一个认识和不认识的兄弟致敬，我把那些散布在原野上的坟墓都当作我自己祖先的坟墓。

我是人类的一分子。我是人类大家庭活在21世纪阳光下的一个代表。那些消失了的民族，他们并没有消失，他们的血在现代人的血管里澎湃。

以这样的视角来谈匈奴大单于冒顿，我们能说些什么呢？

# 27  猎猎狼旗

冒顿大帝即位于公元前209年，死于公元前174年冬天，他的出生日期则不详。

关于他的出生，按照西域民间的说法，他的母亲梦见一只公狼走入她的帐中，从而有孕，十月怀胎后生下冒顿。而冒顿自己大约也相信这个传说，他的令旗上就画着一只黑狼，人们叫它狼旗，并且因此把匈奴人叫狼种。匈奴人为什么如此钟情于狼呢？我们不妨还有第二种推测，那就是狼的形象最初曾是这个游牧民族的图腾。

"冒顿"这两个字古代发音叫"谋犊"。谋犊应该是它的准确叫法，当时的文化人在记录的时候把这两个字写成了冒顿。那么谋犊是什么意思呢？在陕甘一带人的土语中，"谋"是毛或者毛发的意思，说这个人全身长毛是全身长谋，小孩出生长满了胎毛，叫它谋娃。传说中的毛野人叫它谋野人。"犊"就是小孩儿的意思。记得西安城里有一位小品艺术家的艺名叫王木犊，又叫木犊娃。其实就是取小孩儿的意思。

这个推想给我们带来了许多历史想象。想象之一，冒顿大帝是狼的孩子，甚至后来被送到狼窝里，由狼养大。所以他的身上长满了毛。想象之二，他是匈奴大单于的时候，年纪还很轻，是个小孩儿。想象之三，陕甘一带受匈奴文化的影响很浓厚，消失了的匈奴人很可能融入这些地方了。例如西安有个叫马濙沱的地方，就是匈奴人曾经居住过的地方。或者换言之，那个时候匈奴人距离长安城很近，这里的语言习惯影响到他们，也很难说。

不论从哪个角度看，冒顿都是个不应当被历史忽视、怠慢和遗忘的人物。地理学家们一直确认，就世界范围而言，这是草原民族建立的第一个帝国。

在他之前，匈奴的疆域还很狭小，国力也不算强盛。被秦王朝的长城线驱赶得离中原大地越来越远的匈奴人，在西域大地上东碰西撞，在强大的塞人、强大的东胡、强大的大月氏小月氏的攻击下，它唯一能做的事情是维持种族不灭。

为了能在这块地面上有个喘息之机，冒顿的父亲头曼单于，在冒顿还很小的时候，就把他典给东胡王，作为人质。

这种情形，正如我们上面看到的楼兰王将自己的两个儿子分别典给匈奴与汉王室一样。

冒顿在这样的环境下长大了，成了一位孔武有力的强者。由于离乡日久，头曼单于甚至忘记了他还有这个儿子的存在。后来，当头曼单于年迈力衰，决定将自己的王位传给次子胡月的时候，在加冕典礼上，骑着一匹黑马的冒顿出现了。

"我是真正的匈奴王！这王位该传给我的！"冒顿说。

在一番争执之后，冒顿搭弓射箭，一箭射死了他的父亲头曼单于，又拔出刀来，一刀砍死了他的弟弟胡月。冒顿即位为匈奴王，历史上的冒顿大帝时代开始了。

"匈奴国的勇士们，开始我们的帝国时代吧！"冒顿说。

冒顿在成为单于以后，对匈奴体制进行了改革。

匈奴帝国的最高统治者是单于。

单于以下，依次是左贤王、右贤王，左大将军、右大将军，左大当户、右大当户，左骨都侯、右骨都侯。这些人在和平年代，分别统治着一片又一片的草原，休养生息，而一旦有战事爆发，立即聚拢起来，全民皆兵。

他的常设军队的首领，称万骑长。这样的军事首领有二十四个，其下再设千长、百长、什长等等。他们平日承担着保护匈奴草原的任务，一旦战争爆发，则成为主力。

冒顿还将匈奴草原上所有十四岁以上的男人，训练为战士。平日，他们在各自的草场上放牧，一遇战事爆发，随时便可投入战斗。

那几年匈奴草原上的雨水好。冬天，北冰洋的季风，一个礼拜便会给草原带来一场大雪，从而令草原整整一年都处在一种湿润中。而夏天的时候，印度洋的季风，会越过帕米尔高原，太平洋的季风，会越过辽阔的中原大地，也不时地给这块亚洲腹地带来雨水，从而令牧草茂盛地生长起来。

匈奴人的牙帐，这样便迅速地增长，从十万顶到三十万顶，再到五十万顶，再到更多。那白色帐篷像白蘑菇一样，开满了匈奴草原。天山消融的雪水形成了条条河流，匈奴人的牙帐便逐水而居。

在国力强盛之后，冒顿大帝便开始了他东征西讨的岁月。

他把第一个敌人定为东胡王。因为他的童年是在那个国家度过的，他在那里蒙受了太多的屈辱。在灭掉了东胡以后，他又灭掉了大月氏。接着他把他的下一个敌人定为西域地面另一支强大的武装——塞人。塞人是一支早于匈奴人来到这块草原上的游牧民族，他们早已视这里为自己的故乡。但是冒顿说："你们走吧，匈奴的牛羊要在这块草地上吃草。你或者不走，或者被消灭。"塞人不愿意离开自己的家乡，于是草原上便开始了一场血流成河的激战。又是骁勇无比的冒顿取胜了，塞人的残余部分退出了这一地区。

在这些大战役的间隙，冒顿还铁骑所向，迫使乌孙、丁零、鲜卑、乌揭、楼兰、粟特等等这些弱小国家归顺匈奴，成为他的附属国。

一时节，西域三十六国，尽在匈奴的掌握之中。

冒顿的铁腕完全控制了东起辽河，西到葱岭，南抵长城，北达北海（今贝加尔湖）的广大地区，统一了北方几十个游牧民族。那是匈奴历史上最为辉煌的一个时期。

冒顿大帝将他辽阔的疆土分为中、左、右三个部分。中部由单于亲自管辖；左部在东方，由左贤王统领；右部在西方，由右贤王统领。

骑一匹黑马，马脖子上挂着一个骷髅头做的酒具，不可一世、雄心勃勃的冒顿大帝登上昆仑山顶。他感到一种没有对手的悲哀。他是为征战而生的，西域大地上现在已经没有他感兴趣的东西了，他想再寻找一个对手，完成他的残年。

这时候他想到了大汉王朝。

他挥舞马鞭，喝令他的四十万牙帐越过长城线，向长安城挺进。

长城对他并不构成障碍，对冒顿来说，凡是匈奴牛羊吃草的地方，就是匈奴帝国的疆域。

当冒顿大单于举起猎猎狼旗越过长城线、逼近长安城的时候，起身迎敌的是汉高祖刘邦。刘邦那时还在世，他亲率三十万大军，以夏侯婴为先锋、樊哙为策应，出长安城迎敌。冒顿越过的关隘叫萧关，他走的道路就是历史上有名的马栏道。已经到了咸阳城，渭河边上了，他和汉高祖刘邦对峙了一阵，后来又撤兵退去了。他那句著名的"凡是匈奴牛羊吃草的地方，就是匈奴帝国的疆域"的话就是那一刻说出的。

另一次对峙是在山西大同，雁北地区。这就是历史上有名的汉高祖刘邦白登山之围。

匈奴人采取诱敌深入的办法，从晋阳城开始，步步引诱，一直把大汉的军队引诱到平城（今山西大同）地面。在一座叫白登山的山岗上，兵败平城的汉高祖被围在了这座孤山上，三十万大军全军覆没。后来，汉高祖幸亏采用了谋士陈平的计策，重金收买了冒顿的宠妃阏氏。这阏氏用酒将冒顿灌醉之后，假传命令，才令刘邦一行得以逃脱。

于是，结束了冒顿的贿赂，撩起裙裾，汉高祖从他的胯下钻出，星夜逃回长安。

被吓破了胆的刘邦，回到未央宫以后，在很长一段时间内，对匈奴采取和亲政策。他的继任者汉文帝、汉景帝亦是如此。直到雄才大略的汉武帝即位后，才开始转守为攻。

这是经过时间的筛选之后，历史留给我们的有关冒顿大帝的一些事情。

当我们追述这位曾经称雄于辽阔西域并给匈奴民族带来短暂繁荣的人物时，我们更多地只能用猜想来弥补所知的不足。

小说家郭地红在他的《昆仑英雄传》中曾经虚构过一段冒顿大帝的临终独告。

"不，不，不……天神！"冒顿大声辩解，"假如没有我无情的杀戮，假如没有我残暴的统治，这广大的土地依旧是四分五裂；这里的人依然离群索居。正是有了我，才使这广大的土地连成一片，才使这片土地上的人们互相融合；正是有了我，才使这片土地的牛羊杂糅相处；正是有了我，条条大路、条条小路通向部落的牙帐，通向孤独的王国。我是天神的儿子，我有许多事情要做。我要把匈奴帝国的土地扩大到世界任何一个地方，让每一个地方都竖起我匈奴的旗帜，让每一片草原都放牧着我们匈奴的牛羊。"

公元前174年冬天，一代天骄冒顿战死在一场征讨大月氏的战斗中。

整个西域地面一片哀恸。三十六国都派出使者，为他送葬。民间歌手们则唱出悲痛的歌，为他送行。大地上落了一场大雪，白茫茫一片素白。

"女萨满挥起神鞭，指挥着九十九个年轻人，抬着一尊沉重的金棺，放在一辆巨大的灵车上。灵车有九十九个木制轮子，镶着铜条，车身用红松木雕刻成一座船形。这辆庞大的灵车用九十九匹黑马驾驶，在女萨满的指挥下，轰隆隆地驶向圣洁的天鹅湖。

"九十九匹黑骏马载着英雄的灵魂，驶入天鹅湖深处。湖面上的冰层出现了一条裂缝。

"女萨满点燃了灵车。顿时，一团火焰升起在天鹅湖上空，照亮了黎明前的天鹅湖。

"参加葬礼的人们围绕着天鹅湖畔，宰杀无数的牛羊，抛入天鹅湖的水洞里。水洞里翻腾出红色的浪花。

"人们望着燃烧着红色火焰的灵车，慢慢沉入天鹅湖的深处，于是，发出气壮山河的呼唤。

"啊呜——冒顿！啊呜——冒顿！

"太阳冉冉升起在天鹅湖上空。

"忽然，从四面八方飞来万千只天鹅，覆盖了天鹅湖湛蓝的天空，发出震天的长唳。

"嘎——啊啊！嘎——啊啊！

"一匹黑狼跃上地平线，光芒四射地站在一座山石上，发出惊天动地的一声咆哮：'嗥——嗥嗥——嗥嗥嗥——'

"一架金雕飞临天鹅湖上空，不停地鸣叫：'冒顿——冒顿——冒顿……'"

——小说家郭地红，运用他丰富的想象力，加上他在西域地面长期生活的感受，以及他对冒顿大帝这位历史人物的一往深情，为我们再现了葬礼的情景。

天鹅湖被认为是现在的塔里木湖。塔里木湖在天山深处。天山高耸的山峰像一个巨掌，将这个湖托上天空。湖的颜色深邃蔚蓝，每天随着太阳的照射千变万化。它的位置在果子沟以北，伊宁市之南。

天山果子沟是成吉思汗打通的一条通往中亚的通道。成吉思汗率领他的队伍，在阿尔泰山最高峰奎屯山下面的额尔齐斯河边，一座平顶山上召开了西征誓师大会。而后，兵分两路，一路打通天山果子沟，一路翻越阿尔泰山冰大坂，两支队伍呈钳形攻势，直扑小亚细亚，也就是今天的伊朗地面，完成了对花剌子模的战争，从而拉开了大帝国的序幕。这是后话。

## 28　走失在历史迷宫中的背影

冒顿死后，匈奴帝国便辉煌不再。它在西域开始处于守势。

尽管在冒顿大帝死时，草原上的人们面对灵车经过的道路掩面而哭，跪地祈祷，高声呐喊着："天神呀，再赐一位英雄给匈奴草原吧！"但是天神并没有回应。冒顿走了以后，他的继任者都是平庸之辈。

或者他们并不比冒顿大帝逊色多少，只是时也，势也，一个更为强大的敌人出现了。这就是汉武帝刘彻。

刘彻强硬的拓疆政策，令匈奴人不敢南下而牧马，弯弓而报怨，令西域三十六国纷纷倒戈，令匈奴的草地一块接一块丧失。

特别是，冒顿大帝之后的匈奴帝国，在这块地面上勾连了三四百年之后，终于不得不踏上长途迁徙、远走他乡的道路。

如今，在遥远的伊塞克湖畔，还可以见到那些保存完好的中国风格的烽燧，它们确凿地证明了中国的长城线曾经延伸到那里，中国对西域的经营曾经涉足那里，另一方面也证明了匈奴人且战且退，逐步离开西域地面的历史。

匈奴人是公元纪年开始后的二百年到三百年时，离开西域，开始他们的大迁徙的。

他们最后回望一眼这带给他们光荣与梦想、鲜血与杀戮的土地，这以马蹄为耕作的土地，这有着溪流和牧草、炊烟和奶香的土地。他们在天鹅湖边向冒顿大帝的灵魂告别，向自己帐篷门口的那些草原石人告别，然后踏上了旅途。

他们不知道该往哪里去，只是把自己交给胯下的马，让马去寻找水源和牧草。马走到哪里，他们就走到哪里。

勒勒车的大轮子，在吱吱呀呀地响着。车载着老人和儿童。驮牛一个连着一个，排成一队，低头走着。牛蹄趟起沙土。驮牛背上的支架，左右分开，像大雁的两只翅膀一样。支架上驮着帐篷和支撑帐篷的支架。年轻的匈奴武士们，骑在马上来来回回地奔走，照料着这支庞大的老幼混杂的迁徙者队伍。

匈奴的牛羊则一边吃草一边行走。

夜来，在旷野上，人们会用勒勒车圈成一个广场，广场中央生出一堆一堆篝火。狗叫声响起来了，这是随着迁徙者的脚步撵来的匈奴人的狗，狗的叫声让人们暂时拥有一种家园的感觉。在简单地吃了两块抓肉，喝了一壶奶茶以后，疲惫的人们开始睡觉。惨淡的月光照着夜哨兵的背影。

他们的迁徙路线是热海、碱海、里海、黑海、波罗的海，甚至前面的人们抵达了地中海。

当他们来到黑海、里海地区时，那里寒冷而干燥的气候，一毛不生的盐碱滩，同样不适宜于生存。于是他们继续迁徙。公元5世纪的时候，他们中的一部分，来到水草丰美的多瑙河畔，尔后，在那里形成匈牙利民族，建立大公国。

匈奴人西迁的这一条路线，并不是他们自己踩出来的，也不是出使西域的张骞踩出来的，它当更早些。在本书前面我们曾谈到一个欧洲高贵的种族，从爱琴海出发，穿越欧亚大陆桥，最终在罗布泊岸边落脚的故事。

匈奴人的西迁只是那一次迁徙的一个翻版。不同的是，楼兰的那一股潮水，是自西而东；而匈奴这一股潮水，是自东而西。

匈牙利是这漫过亚欧非大陆的历史大潮，在消失之后，在绝大部分被蒸发以后，留下来的唯一一个积水洼，一个今天的我们为那个久远的迁徙者之梦寻找到的现代依据。

匈牙利民族诗人裴多菲，曾经在他的民族史诗中，悲凉而豪迈地吟唱道：我的遥远的祖先啊，你们怎样在那遥远的年代里，从东方，那太阳最初升起的地方，迁徙到里海、黑海岸边，到最后，在多瑙河畔找到一块水草肥美的土地，从而建立起我们的祖邦。

匈牙利人长期以来，一直认为他们来源于匈奴，这个官方观点甚至被写进小学历史课本里。尽管在东欧剧变之后，这个官方观点曾经受到一些激进的青年学者的质疑。年轻学者们认为，匈牙利作为大公国，立国是在2世纪，而2世纪时，匈奴人才开始他们起自中亚细亚的迁徙，他们5世纪的时候才到达这里，因此，只能说如今的匈牙利的匈族人是匈奴的后裔，或者说在匈牙利人的血管里流淌着部分匈奴人的血液，而不能笼而统之地说，匈牙利这个国家就是已经泯灭了的匈奴。记得，中国的一个蒙古族专家冯秋子女士，也在给我的来信中持相同的观点。但是，匈牙利官方用行政手段制止了该国青年学者的这场讨论。

该国的青年学者们认为在匈奴人到来之前，就有一个民族，在这里立国，叫玛札儿人。记得我们在前面曾谈到过玛札儿人。西方史学家们感叹地说，这个玛札儿人也是从亚洲高原过来的牧羊人。

因此，现在官方的说法是，匈牙利的匈族人是从亚洲高原上迁徙过来的匈奴人。该国的官方机构还处于一种浪漫的思考，每一年都要前往陕北高原去拜谒赫连勃勃在那里建立的匈奴的都城。

此外，英国历史学家汤因比先生在《人类与大地母亲》一书中，言之凿凿地认为如今的保加利亚人亦是匈奴人的后裔。汤因比还认为，如今印度北方诸邦的拉杰普特人，亦是当年匈奴之一支——白匈奴流落到那里去的代表。

白匈奴又称为"嚈哒人"。历史学家认为他们是当年投降了匈奴的月氏人，也就是说，大月氏并没有像冒顿夸口所说的那样，举国举族都被消灭，他们中有一部分降兵活了下来，而在匈奴人开始大迁徙的时候，这些降兵成为先头部队，不过最后落脚在印度北方。

这支白匈奴的队伍，路经喀布尔城的时候，顺手灭掉了丝绸之路上的一个重要国家——贵霜王朝。该王朝是从哪里来的呢，记得我们在前面的叙述中，曾经谈到张骞出使西域，他的目的地是前往撒马尔罕寻找大月氏。大月氏曾经在撒马尔罕建立过一个强盛的国家。后来不知道什么原因，他们又开始迁徙，翻越帕米尔高原，进入如今的阿富汗，在喀布尔城建立贵霜王朝。贵霜王朝在强盛的时候，曾经和安息王朝、中华帝国、罗马帝国一起被称为丝绸之路道路上的四大帝国。他们被这支迁徙的白匈奴队伍灭掉了，去向成谜。如今，史学家们挥动洛阳铲，在东天山地面，在巴尔喀什湖地面，在撒马尔罕，在喀布尔一阵猛挖，然后又翻越帕米尔高原，结果在塔里木盆地找到了这些大月氏人的行踪。他们使用的文字叫佉卢文。考古学家在楼兰挖掘出楼兰文书，在和田挖掘出和田文书，那里边官方用语是佉卢文。这个现象告诉我们，大月氏又重返塔里木盆地，最后融入塔里木盆地各民族了。

那些白匈奴走过的地方，现在是阿富汗、巴基斯坦，那些白匈奴没有走过的地方，现在大约是印度。本来他们还想往前走，但是这个地方这么热，我们要离开了。让这个地方的人们继续承受这炎热吧!

若说历史是一个迷宫，那么匈奴民族也许是消失在历史迷宫中最为悲惨的背影。

别的走失者还有足迹可查，还有文献可为凭据，还有一些香火延续既往，独有他们的走失，茫茫然而不知所终，仿佛历史的一场大梦。

在谈到匈牙利民族诗人裴多菲的时候，我突然想起一位中国女诗人。这位女诗人一直固执地认为自己是匈奴的后裔，是羁留在故乡地的匈奴人。这就是台湾女诗人席慕蓉，那个悲凉地吟唱过《长城谣》的席慕蓉。《长城谣》如下：

> 尽管城上城下争战了一部历史
> 尽管夺了焉支又还了焉支
> 多少个隘口有多少次悲欢啊
> 你永远是个无情的建筑
> 蹲踞在荒莽的山巅
> 冷眼看人间恩怨
>
> 为什么唱你时总不能成声
> 写你不能成篇
> 而一提起你便有烈火焚起
> 火中有你万里的躯体
> 有你千年的面容
> 有你的云 你的树 你的风
>
> 敕勒川 阴山下

今宵月色应如水

而黄河今夜仍然要从你身旁流过

流入我不眠的梦中

　　据说，老师那天教的课文是岳飞的《满江红》。当老师朗诵到"壮志饥餐胡虏肉，笑谈渴饮匈奴血"的时候，座位上坐着的一个可怜巴巴的小女生，突然号啕大哭起来。她哽咽地说："这个叫岳飞的人，为什么要吃我们的肉，喝我们的血呢？"小女生夹着书本，哭着跑回了家。这个小女生叫席慕蓉，那时她上小学二年级。

　　是香港女作家梁凤仪女士，将这个席幕蓉小时候的故事告诉我的。

　　历史在前进着，我们不应当向来路上看。我们就是人类共同的香火，各民族21世纪阳光下的代表。我们应当开心和勇敢地继续活下去，为了他们，也为了我们。我们的身体里有他们的基因遗传，我们的血管里澎湃着他们的血液。

　　这是一种大人类情绪。

　　我愿意在这个地方落脚，以结束"冒顿大帝猜想"这一章。

　　而在下一章中，我们将把目光转向鄂尔多斯高原和陕北高原，以及黄河中上游的河套地区。

　　那里是一块大漠、河流和黄土高原相杂的地区，地理学上统一把那里称作鄂尔多斯台地。小学地理课本告诉我们，中国的地形西高东低，共分三级。第一级叫青藏高原，第二级叫鄂尔多斯台地，第三级叫东南丘陵。

# 第五章　在鄂尔多斯台地上

# 29　秦直道

秦直道是秦始皇主持修建的一项浩大工程，堪与万里长城并称。今天的人们，只知道有万里长城，而不知有秦直道，实在是一个大大的常识盲点。事实上在当时，秦直道的用工、规模、重要性、知名度，都较万里长城大些。

秦直道南起咸阳城附近淳化县的甘泉宫，北至内蒙古包头市南八十华里的九原郡，从陕甘分水岭的子午岭山脊穿过，全长一千三百华里。

子午岭是昆仑山向东南方向延伸的一条支脉。一长溜绵延陡峭的山脊，从陕北高原与陇东高原中间穿过，从而成为陕甘两省天然的分水岭。秦直道就以磅礴的秦皇气派，修筑在这山脊上。遇见山头，即削山头；遇见沟壑，即填沟壑。先后用了三十年的时间，这条类似今天的四车道的古代高速公路，才得以修通。

督造这条古代高速公路的仍是监工万里长城之后的大将蒙恬。蒙恬率三十万大军，在无定河边的天下名州绥德城（古称上郡）扎营，动手修造。修造期间，又从全国各地征集来不计其数的民工。如今在这业已湮灭了的秦直道遗址上行走，常常会碰到所谓的"杀人庄"。这一处地面上，立着一些石片，石片上笔迹匆匆地写着一些人名。他们是谁？推测，他们该是当年修筑这条道路时，死在现场的民夫。

文房四宝之一的毛笔，据说就是蒙恬在绥德城扎营时发明的。"可怜无定河边骨，犹是春闺梦里人。"在那音讯难通的古代，写家书成为士兵们一件重要的事。士兵们要写家书，蒙恬让士兵们到山上去拽些山羊胡子来，再将山羊胡子绑在荆条杆上，就成了笔。然后将行军锅锅底的墨灰刮下来，和成汁，就成了墨。士兵们用这样的笔蘸着这样的墨写字，于是有了书写工具毛笔。

随蒙恬一起督造秦直道的还有太子扶苏。扶苏因为和长安城的那些儒生们搅和在一起，非议朝政，从而引起秦始皇的不满。秦始皇将扶苏贬到绥德城，担任蒙恬的监军，并且在扶苏不在长安的时候，将他那三百儒生朋友活埋在临潼山背后的坑儒谷里。

秦始皇死后，太监赵高赐药酒，毒死扶苏，扶胡亥即位。蒙恬则拔剑自刎。这时秦直道已经筑成，三十万大军，一人用手捧起一抔土，筑起两座小山一样的坟墓。蒙恬墓，扶苏陵，现在绥德城内。

笔者在几年前的一个秋天，曾经登上这扶苏陵、蒙恬墓凭吊。这小山一样的坟墓在城的西边。绥德人把绥德境内出土的汉画像石砖，收集起来，在这光秃秃的小山顶上建了一个博物馆，供人观瞻。站在山顶，向城内方向望去，但见无定河散散漫漫，铺铺张张，成几公里宽的扇面，从北方流来，穿绥德城而过，并在不远的地方注入黄河。在县城的河上，有一座桥，石匠们刻了一千个小狮子，蹲在桥上作为装饰，所以这桥叫千狮桥。而在远处的山上，有一群一群的羊只在吃草，牧羊人挥动着拦羊铲，唱着凄凉的歌声。望着这羊群，我想，是不是当年正是这情景，给了蒙恬造毛笔以灵感呢？

据说秦始皇临死前，这条道路已经修通。而秦始皇最后一次出巡北方，走的就该是这条道路。

　　太史公在《史记·蒙恬列传》中说："始皇欲游天下，道九原，直抵甘泉，乃使蒙恬通道，自九原抵甘泉，斩山堙谷，千八百里。"史记中还说，秦始皇死在路途上以后，鲍鱼充栋，帝辇绕直道而还。

　　修筑这条连贯北方大漠的通道，还有一个问题需要解决，那就是在九原郡与甘泉宫之间，隔着一道黄河天堑。

　　这问题是靠渡船解决的。现在，一些历史学家和旅游者，以及影视人，每年都有几拨沿着这个早已废弃了的古道走一遭，而一部名曰《秦直道》的专题片亦在拍摄之中（笔者是该片的总撰稿）。据导演说，当沿着秦直道，一直走到黄河边的时候，便可以看到，在陕北高原这边，在鄂尔多斯高原那边，沿着河岸，各蹲着一个高大的石砌的桥头堡。

　　正像修筑万里长城是为了抵御匈奴骑兵一样，修筑秦直道亦是为了向塞外用兵，威慑和打击匈奴。试想，一旦塞外有事，浩浩荡荡的大军便可以自长安城出发，直达边塞。朝发而夕至虽是一种夸张的说法，但是用上三天的时间，这一千三百华里的路途，骑快马是可以到了。

　　据说，位于世界另一端的罗马帝国，与此同时为了保卫帝国的安全，也在当时修筑了这样一条大道——罗马大道。该大道直抵边疆地区，连接着帝国的各个区域。

　　而事实上，这个目的完全达到了。南匈奴归顺汉室，与这条秦直道的修筑有着决定性的关联。史载，汉武帝勒兵十八万，至大青山，面对北方大漠，恫喝三声："谁敢与我为敌！"三声喝罢，四周静悄悄的，用史家的话说，就是"天下无人敢应！"汉武帝遂感到没有对手的悲哀，于是班师回朝。

回程中，途经黄陵桥山，汉武帝在山顶黄帝陵膝下筑祈仙台，拜谒始祖，希望轩辕氏能保佑华夏民族香火不灭。同时，征途劳顿的汉武帝，还将他的盔甲挂在旁边的一棵柏树上，稍作休息。那棵柏树如今还在，树干上有许多小眼，每到春天就有白色乳汁流出。相传这些小眼正是那盔甲上的铁刺刺的。那棵柏树如今人们叫它"挂甲柏"，或者叫"汉武帝挂甲柏"。

汉武帝的出征和凯旋，走的都该是这秦直道。这是汉武帝元封元年（前110）的事。

那一阵子，这条道路上曾飘过一股浓烈的香风。马蹄得得，胡笳声声，昭君出塞，走的也正该是这条道路。

王昭君是未央宫里的美人。据说，她因为自恃美貌，没有贿赂宫中的画家毛延寿。所以，画师在画她的时候，故意将她画成了一个丑女。君王一晚上只能宠幸后宫中的一个，不可能一一去亲自看脸，所以只能靠画册来挑选。这样，那画成丑女的昭君美人，入宫许多年了，不要说宠幸，就连见君王一面的机会也不曾有过。当汉匈联亲，宫中要选出一位美女，远嫁南匈奴王呼韩邪单于时，一腔闺怨的王美人自告奋勇前往。后来，当匈奴使者前来迎亲的时候，君王才第一次见到王昭君，他被王昭君的美貌惊呆了，然而事情已经不可挽回。于是将昭君美人送上车以后，回转身，杀了画师毛延寿。

这是民间传说的王昭君出塞之前的故事。

昭君来到九原郡，曾经三嫁匈奴单于。也就是说，呼韩邪之后，她又嫁给了他的继任者，而之后，又嫁给了继任者的继任者。这叫续婚制。这种习俗在别的和亲的美人身上也发生过。似乎在匈奴人看来，女人与牛羊、帐篷一样，亦是家庭财产的一部分。

同秦直道的修筑是为了令南匈奴归顺汉室一样，昭君出塞也是一样。

唐代诗人杜甫曾到过王昭君的家乡湖北。老杜满怀思古之幽情，这样吟唱道："千载琵琶作胡语，独留青冢向黄昏！"

唉！那个宫廷画师毛延寿，笔者在这里还略微知道一些他的家人最后的结局。他也是湖北人，昭君美人的乡党。昭君前脚刚走，震怒的汉元帝杀了毛延寿，以及他的几个助手。那毛延寿的家人见了，拖家带口星夜逃出长安，顺着昭君美人刚刚走过的秦直道，也往北逃命。他们走的也是秦直道，秦直道的中间点当时设过一个县，叫直路县。他们从那个地方下的子午岭，然后又走了一段路程，钻进一条山沟，在那个沟里的一片空地上定居了下来。那个地方现在叫毛家湾、毛家堡、毛家寨子。

这地方在延安万花山向南约三公里处，笔者几年前到那里去过。当地人说，画师毛延寿的后人在这块一直住到新中国成立前，然后返回老家湖北去了。那里一个小山嘴上有一座小庙，小庙里最先供奉的就是毛延寿。现在我去的时候，庙的主人换了，已经换成佛像了。不过庙前那块斑驳的石壁还在，仔细辨认，还能认出这确实是毛家的祖庙，供奉的是那位毛画师。

从这个被称为毛家寨子的地方，翻过山去，就是一个大大有名的地方。这地方就是鄜州羌村。杜甫为避安史之乱，也从长安城出发，顺着这条路走过一回，后来落脚在那个村子。

那时在这条通往边塞的道路上，一定还走过许多的人。他们的背影已经消失在路途的远处了，徒令我们唏嘘不已。而我们在这里也只是信手拈来几个，为这个湮灭的道路寻找它的确实依据而已。

但是秦直道也为马上民族的南下中原提供了便利。例如南北朝时期大夏王赫连勃勃攻陷长安，便是一例。

汤因比在《历史研究》中注意到了这一现象。他说,这真是道路的修筑者们始料未及的事情。他还说,当北匈奴永远地远走他乡之后,令人略感意外的是,留在原居住区的匈奴部落却突然显现出来,甚至占据了北中国广大地面,从而部分地完成了他们长期以来对中原文明和定居地区的占领梦想。

秦直道的又一名字叫秦驰道,这是司马迁在《史记》中告诉我们的。

而在陕北老百姓的叫法中,它被称为"云中栈道",或者"圣人条",或者"皇道"。

秦直道从历史的记忆中消失,大约是由于清同治年间的那一场回民起义。起义者从陕北高原一路掩杀过去,大一点的直道上的定居者,几乎全部被杀。这样,历史的记忆断了,秦直道重新湮灭于子午岭的荒山野岭中。加之蒿草树木丛生,桥梁被水流冲垮,那时候这条道路事实上已经路断人稀。

不过直到20世纪三四十年代,这条道路上的某些路段还在使用。比如当时投奔延安的一些进步学生,他们正是取道淳化县,沿子午岭进入陕北的。

# 30　赫连和他的大夏国

一位将军，从辽阔的草原上来，来到鄂尔多斯高原与陕北高原的接壤处。那时这里是一片古木参天、牧草丰盛、溪流潺潺的去处，北望是一望无际的毛乌素大沙漠，南望是一个山头接一个山头的雄浑高原，东望是当时南匈奴的老巢山西太原，西望是宁夏河套和腾格里大沙漠。将军登上一个高处，挥动马鞭往四下一指，以手加额，赞叹曰："天下竟有这等好地方！这地方是为我赫连而设的呀！"于是不走了，他决定在这里修城筑塞，建立他的霸业。

这位将军叫赫连勃勃。而此时，在统万城尚未建立起来之前，或者说在尚未设国称帝之前，他的名字叫刘赫连。他是匈奴人，属于匈奴王室中的一支，出塞的美女王昭君的直系后裔之一。

匈奴人在冒顿之后的岁月中时分时合。有一段时期，匈奴分裂成了南匈奴和北匈奴。南匈奴王就是我们说的呼韩邪，北匈奴王名叫郅支。他们同时想与汉王室和亲，其中郅支到长安城来过一回，呼韩邪腿勤路近来过三回。这样，呼韩邪抱得美人归。假设那郅支也来过三回，历史也许就会重写了。

昭君下嫁九原郡，这样汉王朝成了南匈奴的母舅国，南匈奴成了汉王室的附属国。汉王室与南匈奴联手，击退北匈奴，北匈奴人于是唱着凄凉的古歌，向西域迁徙而去了。那古歌我们还记得，"失我祁连山，使我六畜不蕃息；失我焉支山，使我嫁妇无颜色"。

那北匈奴大单于郅支后来的结局是怎么样的？当呼韩邪怀抱着他的昭君美人，正在牙帐里呼呼大睡的时候，北匈奴正在完成它悲壮的欧亚大穿越。郅支来到了贝加尔湖畔。贝加尔湖畔当时有一个小小的国家，叫粟特国。这粟特人也是被强大的匈奴驱赶逃逸到这里的，喘息未定，郅支占领了这个小国。而当郅支喘息未定的时候，大汉王朝的北廷都护府副都尉陈汤率领一支小型骑兵，尾随而来，从而斩杀郅支于粟特城下。中国的史书对这一支北匈奴的记载到此为止。

后来发生的事情是什么呢？东汉的一位皇帝在曹操的家乡邺城（现在叫临漳），与匈奴大单于呼厨泉谈判。谈判的结果是匈奴人从此不立国，不设大单于，而将还滞留在中国大地上的南匈奴人分为五部，安置在山西境内。史书上叫"五分匈奴"。这些匈奴人不管之前姓什么，自此以后，全部跟着母舅来姓，也就是跟着大汉王朝天子来姓，姓刘。

这就是后世民间的"天下匈奴遍地刘"这一说法的来由。

而当后来，王昭君的三个孙女回朝省亲，她们走的也是秦直道，而秦直道直通长安城的这头，曹操率文武百官，在甘泉宫门前以当朝公主礼仪迎候。史书记载了那次场面。

曹操说：塞外风寒，苦焦，茹毛饮血，三位公主如愿意回长安城或洛阳城，颐养晚年，曹某现在就为你们打造府邸。三位公主垂泪道：我们早已习惯了这茹毛饮血的生活，更兼着朝中的事情、儿女的事情，还得我们关照，所以我们就不回来了。我们只有一个小小的请求，你们知道为什么游牧人每隔一段时间，就要向中原侵扰吗？那是由于他们活不下去了，如果能将他们迁入长城以内，再给他们一点土地，让他们一边农耕一边游牧，这样大汉王朝边塞之扰，从此就可以高枕无忧了。

曹操接受了这个建议，这个被称作"内附"的政策开始实施。

五胡十六国之乱，就是从被安置在山西离石（现在是吕梁地区所在地）的匈奴左部帅一个叫刘渊的将军开始的。我们这里说的赫连勃勃，他的祖上叫刘豹子，那时候被曹操安置在山西五台。五胡十六国之乱开始，刘豹子的六代后人叫刘卫辰，他从五台启动，向大河套地面移动，后来跨过黄河，在如今的榆林城北三十公里建代来城。后来，代来城为北魏拓跋珪所灭，三百口中只逃出来个刘赫连。这已经是长达二百六十八年之久的魏晋南北朝、五胡之乱的中期了。

这位名叫刘赫连的将军于是征集民夫，在这片旷野上平地起城。这座从地面上无中生有的城市，三年即告竣工。这样，留在高原居住地的匈奴人，便有了他们的最后一次辉煌。赫连将他建立的这座都城叫统万城，意即"统一万邦，君临天下"之意。他还将姓氏中这个"刘"字去掉，因为刘姓是前些年大汉国的皇帝为他祖辈赐的，带有安抚的性质。在取掉刘字以后，他以赫连为姓，并在赫连后边，加上"勃勃"二字，以示张扬。他又把他的国家称为大夏国，因为他认为，匈奴人是中国历史上第一个王朝夏王朝的后裔。

赫连勃勃在修筑统万城时，曾经表现出惊人的残忍。统万城的城墙，是用陕北地面出产的一种糯米，熬成汁，掺入泥浆堆砌的。他动用了十万民夫来修筑它。城修好一段后，便让监工来验收。验收的办法很特别，是用锥子来戳。就是说，如果锥子戳进墙里边了，那么说明这墙修得不坚固，于是便杀筑城的民夫；如果这锥子没能戳进去，那么则说明这城墙修得坚固，但暴戾的赫连勃勃仍要杀人，这次他杀的是使用锥子的监工。

关于赫连勃勃的事迹，我们知道得并不多，但仅就这个筑城的故事而论，也足以令我们领略这个草原来客的性格，从而也明白了他的政权不长久是有其原因的。

当年，首先掀起第一拨涛天巨浪的是匈奴左部帅刘渊将军。

大家知道，三国归晋之后，首先建立的这个司马氏政权叫西晋。这个西晋，就是在刘渊手中灭亡的。西晋灭亡，司马宗室在江南新建政权，史称东晋。——这一段历史是这样的。

西晋立国不久，皇室内部就爆发了长达五六年之久的"八王之乱"，致使中原地区动荡不安，经济残破不堪，人民四处流徙。广大流民为饥饿和苛政所迫，纷纷揭竿。与此同时，内迁的各少数民族也相继起兵反晋。

晋惠帝永兴元年（304），匈奴左部帅刘渊在其辖地左国城（今山西离石）起兵，自称汉王建国，号曰汉。永嘉五年（311），汉国兵破洛阳，俘晋怀帝。建兴四年（316），汉兵再发兵围长安城，晋愍帝献城以降，西晋灭亡。次年，晋宗室司马睿在江南重建政权，史称东晋。

五胡十六国时代就此开始了。

这里有一个有意思的问题。这问题就是，匈奴将军刘渊将他建立的国家堂而皇之地称为汉，表明他们对华夏民族的一种认同感。这种情形，和后来的赫连勃勃称它的国家为大夏的情形一样。

其实，匈奴民族亦是中华民族的一部分。

黄帝有四个老婆，这四个老婆生了几十个儿子，儿子们则为他又生了为数众多的孙子。后来统一了中国的轩辕黄帝，将天下分成了七十多个国家，他的这些儿子和孙子们，则被分封到各地为王。可以说，黄河流域、长江流域，以至岭南，以至云贵，以至幽燕大地，甚至，中华帝国四周的卫星国们，甚至，遥远的阿拉伯世界都有轩辕氏的苗裔存在。

这个说法最早的出处来源于司马迁的《史记》。而在20世纪二三十年代，于右任先生又将它予以发挥，用白话文的形式重说了一次。

我毫不怀疑，包括太史公当年的叙述，和于右任先生今天的叙述，期间都有许多主观的成分，即他们的叙述是为"中华各民族大团结""华夏诸族同出一源"这样的思路服务的。

但是我宁肯相信这一点。我们都希望这个古老的、负重的、多灾多难的、历经沧桑的国家，能够更紧地攒合在一起，不给外人留下一点缝隙。

匈奴汉国建立之后，接下来北中国地面的历史是这样延续的。

公元318年，匈奴汉国主刘聪（刘渊之子）死，大臣靳准乘机发动政变。不久，刘曜（刘渊族子）派兵至平阳（今山西临汾），灭靳氏，夺政权，并迁都长安，改国号为赵，史称前赵。

次年，汉国的旧臣羯族石勒在河北自称赵王，都襄国（今河北邢台），史称后赵。

后赵迅速崛起，公元321年到327年，石勒占据了幽州、冀州、并州、青州等州，并在东晋大将，那个闻鸡起舞的祖狄死后，收复了黄河以南地区；西边则占有河套平原。这样，其疆域远远大于前赵。

公元328年，前赵刘曜与后赵石勒，在洛阳西展开一场大战。

刘曜兵败被杀。前赵灭亡。

后赵灭前赵之后，进而攻占秦、陇各地。这样，后赵统治范围南过淮河、北达燕代、西到河西、东至大海，成为一个一统北方，其国力可与东晋对抗的大国。

然而，后赵在石勒死后，政治逐渐衰败。公元349年，石勒的继任者石虎死后，石虎的养孙冉闵乘机控制政权。次年，冉闵杀傀儡皇帝石鉴及其宗室，灭后赵而建魏，史称冉魏。

两年后，冉魏又为前燕所灭。

此时，被逐出关中平原，跑到黄河以东的"六夷"人，在蒲洪的率领下，聚众十万，杀入关内。蒲洪自称三秦王，改姓苻。公元350年，苻洪被部下毒害，其子苻健代统其众，并西入关中，占据长安。下年，苻健自称天王，国号秦，史称前秦。

公元370年，前秦国君苻坚灭前燕。

公元376年，苻坚又灭前凉和代国。

公元383年，苻坚发八十七万大军南下攻晋，试图统一全国，不料在淝水之战中惨败。从此北方再度陷入分裂、动乱。

公元384年，前秦羌族豪酋姚苌在渭北起兵，自称万年秦王。

公元385年，慕容冲在关东称帝，建立西燕政权，并与前秦在关中地面展开激战。不久，西燕兵破长安，前秦王苻坚在溃逃的路上，为姚苌所杀。

次年，姚苌攻占长安后即位，史称后秦。

此后，登上北中国舞台的，就是赫连的大夏国了。

公元417年，晋太尉刘裕灭后秦。

公元426年，北魏太武帝拓跋焘率兵灭统万城。

公元439年，北魏灭北凉，从而统一了中国北方。长达二百余年的割据争战局面，得以结束。

纵观那一个时期，真有一种"乱纷纷这世事真热闹""兴冲冲你刚唱罢我登台"的感觉。那走马灯一样的历史舞台上，走过去的这些过场人物，简直让人眼花缭乱。

好在因为这些人物和事件已经进入了史家们的视野，进入了碑载文化的炬照，所以我们今天才有可能较为翔实地叙述它。

不过历史的叙述总是挂一漏万。中国的二十四史中，上面谈到的那些短命的国家几乎都被忽视了。他们只注意到了那些胜利者，和偏安一隅的东晋政权。

# 31　白城子凭吊

　　赫连勃勃的家世渊源，按照延安文史馆前馆长姬乃军先生的说法，他是出塞的美女王昭君的直系后裔。

　　不过这个说法好像没有得到史学家们更多的响应，所以在这里仅仅作为一种说法提出。

　　史学家们唯一能够解释清楚的是后来的事。三国时期，内迁山西太原（当时叫晋城，又曾被称作并州）的匈奴右贤王去卑与鲜卑女子婚配，从而产生了一个新的部族，史称匈奴铁弗部。

　　魏晋时期，铁弗部的活动区域在山西雁北一带。十六国时期逐渐迁徙到河套地区。河套地区又称朔方，朔方乃"北方"之意。事实上从那以后，这个部落就在这块地面上称王了。匈奴汉国建都长安以后，刘渊曾经封当时的铁弗部首领刘虎为楼烦公，并赐他"刘"姓。这就是后来这个部落以刘为姓的原因。而在匈奴汉国灭亡之后，铁弗部首领刘卫辰投靠前秦王苻坚，曾被封为西单于，管理这一块地面以及左近地区的各少数民族，并在今天的榆林城左近伊克昭盟境内筑代来城，令其囤聚。这样，铁弗部逐渐强盛起来了。

　　榆林城建城很晚，距现在才五百多年，主要是为了防范蒙元帝国的复辟。大明王朝修筑的九边十三镇，东起山海关，西到嘉峪关，中踞榆林城，正是为了保护当时中央政权的稳定。建筑榆林城的那个知府叫余子俊，2018年是榆林城建城五百周年。

赫连勃勃正是这西单于刘卫辰的第三子。

史载，公元391年，刘卫辰遣子直力鞮率众攻北魏南部，拓跋珪引兵抵抗，大破直力鞮。魏兵乘胜追击，从五原金津渡河，直捣代来城。代来城被攻破后，卫辰父子出走。后来直力鞮在内蒙古五原河被擒，卫辰则被部下杀死。

侥幸得以逃脱的赫连勃勃，先是逃到鲜卑族薛干部，继而被高平公没弈于招为驸马，后得后秦主姚兴赏识，拜为安远将军，仍令其延续家庭传统，镇守朔方。高平公的府邸就是我们前面提到的固原那个黑衣将军傅介子的家乡。

后来，赫连得到消息，后秦与他的仇家北魏相通，于是怒不可遏，反出后秦。这是公元407年的事。当然，也许是赫连勃勃的一个托词而已。

在后秦蛰伏了几年的赫连是时已经羽翼渐丰。这时有消息说，柔然可汗杜伦献马八千匹给后秦，于是赫连在今天的陕北榆林地面，将八千匹骏马拦路夺去，这样他的军力得以壮大。后来，为了拓展疆域，赫连又以打猎为名，来到高平公没弈于的辖地，今天的宁夏固原清水河一带，突袭没弈于，尽降其众。接着，马不停蹄，又连破鲜卑薛干等三部，降其众万余人。

这支匈奴大军将大河套地面的几乎所有城池尽收囊中，白水城、黑水城、受降城、五原郡、九原郡。赫连勃勃还有一次大的用兵，率领三万大军，顺黄河而上，直扑今天的西宁（当时叫西平），灭了五胡十六国之一的鲜卑族政权秃发傉檀。史学家们说了，秃发二字，实际就是拓跋二字的谐音。

这就是这支流亡的匈奴部落，在修筑统万城，建立大夏国之前的历史。

统万城筑起来了，刘赫连也丢掉这个"刘"姓，易名赫连勃勃，开始他的霸业。

赫连勃勃选择这三边地面建立都城，筑城修寨，除了有陕北黄土高原可为屏障，辽阔的毛乌素沙漠可为腾挪迂回之地，富庶的河套平原为其后方，黄河对岸的山西太原是其老巢这些地理原因之外，还有一个更重要的原因，就是我们上文中提到的秦直道，它就在统万城的旁边，甚至可以说从统万城穿城而过。

这也显示了赫连勃勃的野心。具有战略眼光的他，准备在适当的时候，兵发中原，攻取长安。

凭借这条道路，赫连轻而易举地攻陷了陕北高原腹心城市延安，并将延安设为陪都，叫"小统万城"。

一种说法认为，早在修筑统万城之前，延安已经被赫连攻陷。那时的延安名叫高奴，后秦在城东延河下游二十华里的地方，筑三座连城，号称"后秦三城"。笔者曾经到那里去考察过，三座城市互为掎角之势，如今那城墙的断壁残垣还在。

继而，赫连勃勃铁骑所向，直指千古帝王都长安。

公元417年秋，晋太尉刘裕灭后秦之后，回石头城称帝，建立南朝宋国。刘裕东还后，赫连勃勃乘机攻占长安。

赫连勃勃将长安城，亦设为他的陪都，也叫"小统万城"。

据说，赫连攻占长安城以后，大臣们曾劝他迁都长安。但是，这位草原来客拒绝了这一建议。他觉得自己的性格和这里的农耕文化传统格格不入，四方城窒息的空气也不能叫他忍受。

赫连遂留太子璝镇守长安，自己则又回到了统万城。

半年以后，统万城失守。

那一阵子，大夏王朝达到全盛时期。赫连勃勃铁骑所向，统万城四面八方的割据势力，望风而降。大夏国的版图囊括了整个陕北高原，整个鄂尔多斯高原，渭水以北的大半个关中平原，整个河套地区和腾格里沙漠，整个陇东高原（包括平凉、天水这些城池），以及包括太原在内的大半个山西。以一座塞上孤城为出发地，完成他对北中国的占领梦想，赫连成了在中国历史上深深刻下印迹的一个人物。

大夏国是怎么衰败的呢？

赫连称帝后，他的儿子们便为争夺皇位继承权而展开了互相残杀。

公元424年12月，赫连废太子瑰而立少子伦。赫连瑰闻知后，率领七万余人攻袭赫连伦的驻地高平（今宁夏固原），伦兵败被杀。继而次子赫连昌攻杀赫连瑰，并其众八万五千。赫连勃勃遂立昌为太子。

公元425年，一代枭雄赫连勃勃死去。

这时，由于勃勃诸子相互攻杀，大夏国力已大为削弱。赫连昌即位的第二年，北魏大举进攻夏国。是年冬，北魏太武帝拓跋焘亲率二万轻骑，突袭统万城。昌仓促迎战，城虽未破，但夏国损失严重，元气大伤。

下一年，北魏发兵十万再攻统万城。这个旷野上的城市，这次终于不保。兵败的赫连昌弃城而逃，逃到甘肃天水。北魏十万大兵纵火焚烧，将统万城夷为灰烬。这座显赫一时的辉煌都城，从此从地图上消失了。

次年，魏攻天水，擒赫连昌。

嗣后，昌的弟弟赫连定仍然率领残部，在陇东高原上左盘右突，苟延残喘。奈何这个名曰铁弗部的匈奴部落，气数已尽。最后，赫连定被处于今天甘肃、青海、宁夏接壤处的一个叫吐谷浑的少数民族擒获，后被北魏杀于今天的山西大同。而大夏国的版图，是时则尽归北魏。

于是乎，威震一时的大夏政权从此彻底灭亡。

于是乎，只在今天陕西省靖边县境内留下一座古城的残骸，任人凭吊。

这凭吊者中间也有脚步蹒跚的我。

寒风凛冽，地下铺着淡淡的雪。冬天的太阳像一枚红色的硬币，停驻在这块旷野的上空，停驻在那蜿蜒长城的烽燧之巅。我向当地的主人提出，想到白城子去看一看。他们说落雪了，沙漠里的路不好走，还说，那里正在修路，要开辟成旅游区，到时你再来吧！

可是我不能不去。

这是最后的匈奴人，留在中华大地上的最后的纪念地，有凭有据的纪念地，是匈奴民族退出历史舞台前的最后一声绝唱，所以我是一定要去看一看的。

这样，我来到了昔日的统万城，今日的白城子。

大夏国盛极而衰。那建立在旷野上的辉煌都城统万城，也随之荒废。如今，这位于陕北高原靖边县境内的城池废墟，已经几近为毛乌素沙漠所埋，只剩下一些白色的断壁残垣，在呜咽的塞风中经年经岁。由于那被糯米汁搅拌过的墙土现在是白色的了，所以当地人把这座废墟叫白城子。

我驱车即达那里的时候，但见四野空旷，满目疮痍，毛乌素沙漠的滚滚沙暴自北方而来，黄土高原则在南面迟钝地兀立着。这地方当年曾经麇集过一群人，这些人的后裔如今都到哪里去了呢？我眼望历史深处，滴下几滴迎风泪来。

## 32　圣人布道处

　　其实在大夏国的那个年代里，北中国大地上像走马灯一样地，走过许多马上民族建立的政权和割据的势力。匈奴铁弗部只是他们中较为突出的一个。那么为什么我独独在这一拨远走的背影上，注视了这么久的时间呢？因为这是匈奴人的最后的残部，还因为他们留下的一个白城子，给我以合理想象的出发点。

　　2000年高考历史试卷的第一大题第一小题是填空题，该题问：中国历史上的南匈奴，他们当时活动的主要区域是今天的哪些地方？

　　教育家为这个考题给出的标准答案是：陕北北部、山西雁北地区、内蒙古西北部。

　　这个考题出得好。它让我们下一代人的眼光从正史上错开，从以农耕文化为主流的中国历史上错开，从以封建文化和儒家文化为正宗的历史教科书上错开，而关注更多、更为广泛的历史大背景。它还告诉了我们中华民族的丰富性和多样性，中华文化的丰富性和多样性。

　　不过在本书中，我更关注的问题是：他们后来怎么样了！

　　当所有的史书都以惆怅的口吻，说出"人民流亡，茫茫然而不知其所终"这句话而为那一段历史画上句号时，我眼望茫茫的历史深处，总不甘心，总觉得这句话说得太粗心，总希望哪怕只找到一丁点的什么也行。

大夏国这一支匈奴残部，他们的一部分归宿应当在山西大同。

因为在北魏两次讨伐统万城的战争中，他们曾先后将大量的大夏国人口迁徙到那里。包括大夏国的末代君王赫连昌，亦是在被拿获后流放到那里去的。包括赫连昌之后继续支撑局面的赫连定，也是在被吐谷浑拿获后，献给北魏，从而被北魏杀害于山西大同的。还有，赫连勃勃想将他的三个妖娆的女儿培养成呼风唤雨、兴风作浪的女萨满，但是在城破以后，这三个美女被拓跋焘掳去，装在车上，运到大同。她们三个都做了拓跋焘的女人。而其中一个，后来贵为皇后。这就是北魏史书上记载的赫连皇后。而且，后面还有故事。拓跋大帝是五十四岁死亡的，他是被人下毒的，死在金陵（今南京）。史书上说，北魏当时已经占领了金陵，至于拓跋大帝是被谁毒死的，史书上没有说。那个时代，空气中充满了砒霜的味道。

那么是不是可以这样说，北魏将山西雁北地区作为这一拨匈奴人的流放地，他们中的一部分人后来是在那里定居和生存、繁衍和发展呢？

另外，在统万城被攻破以后，大夏国的残部由赫连定率领，曾在今天甘肃的天水、平凉，宁夏的固原一带活动了一些年，所以，大夏国的一部分遗民后来流落到了那里。

大夏国遗民第三个落脚的地方，就该是统万城四周的这陕北高原了。

在国破家亡之后，遗民们便四散而走，隐入四周的大山，继而，像水渗到地上一样，消失在土地上，开始他们后来的宿命。

当然在后来的历史年月里，他们都逐渐地融入汉族。

而在统万城以北三十公里的地方，有十三座凸出地面的敖包。当地人说，那里曾经有过享堂式的建筑，他们是赫连勃勃的妇人们的坟墓。至于赫连勃勃埋葬在了哪里，陕北地面也有很多说法。一说是埋在了延川地面的碾岔寺，一说是埋在了延安的万花山，一说是埋在了安塞的真武洞。这些说法都仅仅只是说法，不足为凭。

马克思关于世界历史说过一句著名的话：民族交融有时候是历史前行的一种进步动力。

这句话也许正该在这地方说。

我这里还想说的是，中华文明不独独是封建文化和儒家文化的产物，它是两种文化即农耕文化和游牧文化相互冲突、相互交融的产物。

慈禧太后的钦差大臣王端棻（梁启超娶了他的侄女）在陕北高原做了一次实地考察之后，在给朝廷的奏折中叹喟道："圣人布道此处偏遗漏！"

——这是我为支撑我的观点寻找到的一个例证。

陕北高原是一个这样的地方，它庞大、深厚、迟钝。将白羊肚子手巾蒙在头上、扎成英雄结的陕北男人们，祖祖辈辈像牛一样在这块土地上耕作。而穿红鞋的女人们则站在硷畔上，一代一代唱着热烈的情歌。

我在《最后一个匈奴》这本书中，曾经像一个行吟歌手一样，拨动着我的六弦琴，这样为我的高原歌唱：

　　　　那静静地伫立于天宇之下的，那喧嚣于时间流程之中的，那以拦羊嗓子回牛声喊出惊天动地的歌声的，是我的陕北，我的亲爱的父母之邦吗？哦，这一片荒凉的、贫瘠的、苍白的、豪迈的、不安生的、富有牺牲精神的土地，这大自然鬼斧神工的产物，这隶属于九百六十万平方公里广袤国土中的一个不显眼的角落，这个黄金高原。

哦，陕北，我的竖琴是如此热烈地为你而弹响，我的脚步是如此的行色匆匆，你觉察到我心灵的悸动吗？你看见我挂在腮边的泪花吗？哦，陕北，我以儿子之于母亲一般的深情，向自遥远而来又向遥远而去的你注目以礼。你像一架雍容华贵的太阳神驾驭的天车，威仪地行进在历史的长河里，时间的流程中。你深藏不露地微笑着向前滚动，在半天云外显露着你的身姿。芸芸众生像蚂蚁一样出没在你的庞大的支离破碎的身上，希望着和失望着，失望着和希望着！哦，陕北！

而在为路遥所写的《扶路遥上山》这篇祭文中，我说："在这个地球偏僻的一隅，生活着一群有些奇特的人们。他们固执。他们天真善良。他们心比天高命比纸薄。他们大约有些神经质。他们世世代代做着英雄梦想，并且用自身去创造传说。他们是斯巴达克和堂吉诃德性格的奇妙结合。他们是生活在这高原最后的骑士，尽管胯下的坐骑已经在两千年前走失。他们把死亡叫作'上山'，把出生叫作'落草'，把生存过程本身叫作'受苦'。"

这就是陕北高原。

陕北高原被称为农耕文化与游牧文化的结合地带，被称为历史潮汐过去的一处积水洼。

距离白城子三百公里，靠近黄河岸边的延川县境内，有个赫连勃勃墓。是不是大夏国的王室成员，后来隐姓埋名，藏匿于这块山大沟深的地方了呢？我们不知道，这个地名也只能提供一点猜测和想法。

在北中国地面，有一个时常挂在妇孺口边的民谚，叫"天下匈奴遍地刘"。

这句民谚也许为我们寻找大夏国的遗民们最后的踪迹提供了一条道路。

为我点化这一迷津的是已故前辈作家刘绍棠先生。刘先生曾经托人捎过一封信给我，要我注意"天下匈奴遍地刘"这句谚。他说，他怀疑自己就是匈奴的后裔。在他的家乡运河两岸，有许多这样的运河村庄，他还为此写过一个叫《一河二刘》的小说。而在历史上，陕北北部、山西雁北地区、河北南部，正是当年南匈奴的辖地。

这样，我知道了，大夏国的后裔们，在国家灭亡之后，在逃匿的途中很可能又捡起了这个曾经使用过的刘姓。

陕北地面四散地分布着一些刘姓村庄和刘姓人家。赫赫有名的刘志丹将军，他的家乡金丁镇，与统万城只隔一条叫柠条梁的山岗，距离也就三百多公里。金丁镇在子午岭最深的山里，十分封闭。那里有一条大岭叫好汉岭，秦直道即从岭上穿过。金丁镇则在岭南陕西一侧的一架山坡上，倚一条小河而筑。

此外，我的尊贵的朋友、散文家刘成章先生，他是延安市人，他的这个刘家亦是陕北地面的一个名门望族。毛泽东一行入驻延安时，率各界出郭三十里拱手相迎的就是刘成章的父亲刘作新。刘作新那时是延安的督学。记得，我曾经在文章中多次谈到，在出访罗马尼亚时，刘成章与罗马尼亚作协主席的妻子、一个匈牙利的匈族女性谈论北匈奴与南匈奴这个话题。

此外，我的另外一个尊贵的朋友，一个叫刘压西的女性，她的家乡在黄河边上的白云山下，她的这个刘家亦是陕北地面的一个豪门大户。毛泽东当年在白云山抽完签后，在黄河边上一个小村庄隐匿半月，尔后择一个良辰吉日，东渡黄河。那隐匿的地方就是她家。

我在这里想说的是，在这些刘姓后人的身上，我们总能感到一种与生俱来的激情，一种和世俗平庸死死抗争的情绪。

也许，一个在马背上厮杀惯了的民族，一旦有一天脱离了马背，开始在大地上匍匐行走时，开始与平庸的地形地貌为伍时，它只是在等待时机和积蓄力量。一旦那马蹄重新在远处响起时，他们身上那祖先不羁的高贵的血就会开始澎湃。

"拿马来！拿马来！我的走失了的马在哪儿呢？"夜半梦中，他们会这样痛苦地喊道。

## 33　历史的命运之手

最后需要说明一点的是，在大夏国立国前后，北方大地上，曾经有过许多的马上民族，他们潮水一般地从大地漫过，匈奴铁弗部只是其中之一。

这些民族在那个时候，或正在积蓄力量，以待来日显现于北中国舞台，或正在变得弱小，逐渐消融在历史进程之中。

他们正在等待着命运之手，为他们的后来做出安排。

比如突厥。

比如曾与赫连勃勃有过许多过节的"九姓铁勒"。记得铁勒的高平公没弈于，曾是赫连的老丈人。

比如吐谷浑。

比如将在后世显赫于中国历史舞台、建立西夏王朝的党项。

比如被匈奴从中亚赶到河套平原的粟特人。

比如开始以青藏高原为依托，逐步取代匈奴西迁之后的西域之空，和安史之乱之后的秦陇之空的吐蕃人。松赞干布时代吐蕃部落完成了统一青藏高原的大业，作为一个强有力的军事集团继续向四周扩张。我们前面谈到的那个楼兰国用于囤田的伊循城，后来就是被吐蕃长期占领了，直到成吉思汗时代，在成吉思汗的铁骑之下，吐蕃人才重新缩回高原怀抱。

比如正从遥远的阿拉伯世界，从小亚细亚沿着古丝绸之路，向中国行走的回族人。他们被称为"西域回族"或"昆仑回族"。而另一拨回族则从海上乘船而来，在福州落脚，他们被称为"南蕃回族"。最后，咱们的官方对这些人的定义是，"中国化了的阿拉伯人"。

比如正在漠北草原上默默成长、积蓄力量，准备有一天一飞冲天，改写世界版图和人类历史进程的蒙古人。

# 第六章　披着神秘面纱的西夏王朝

# 34 无言的冢疙瘩

　　贺兰山的风很硬。已经是阳历三月了，四周还没有丝毫的绿色。触目所见，眼前只有残破的山崖和在朔风中涑涑作抖的枯草。七个土黄色的冢疙瘩，就在贺兰山脚向阳一面的黄土地上。中国历史上一个闻名遐迩的王朝，就这样消失了——国家消失了，种族消失了，文字消失了。唯一给这大地上留下最后一点痕迹，或者说是最后一点纪念物的，就是这些无言的冢疙瘩。

　　宁夏人把这些冢疙瘩叫西夏王陵。

　　作为一个旅游开发项目，宁夏人把那业已泯灭在历史路途中的西夏王朝，称作"披着神秘面纱的王朝"，把这贺兰山下的土黄色的冢疙瘩，称作"东方金字塔"。

　　1998年春天那个寒风飕飕的早晨，一位名叫李范文的西夏文专家，陪同我们去看西夏王陵。李先生编撰了一本《夏汉字典》。他是目前这个世界上唯一能认得西夏文字的人。为破译这些字，他用了大半生的时间。他将这些文字与汉文对照，与梵文对照，与金文对照，与蒙文对照，才逐步悟觉出这些字的书写规律。当然，为他提供破译便利条件的还有宁夏境内一座佛塔上的那些夏汉文字并用的铭文，黑城地面出土的一块石碑，以及俄罗斯圣彼得堡博物馆收藏的当年一位俄国将军从黑城掠去的西夏文物。

所谓黑城，是在西夏版图时代的称谓。在此之前，它被称为居延海，在此之后，它被称为内蒙古额济纳旗。西夏时期，位于巴丹吉林大沙漠南沿的这座城池，是西夏北控西域的一个战略支撑点。

"西夏文是西夏王李元昊创造的，是李元昊收容了一批从中原跑到西夏来寻求发展的汉文化人创建的。它比汉字繁琐一些，或者说，是在繁琐的汉字上又加了一些笔画而已！"李教授说。

为了加强它的说法，李教授还在我的记事本上，写下西夏文"常乐"二字。

字形有些怪异，鬼气森森的，虽然一横一竖、一撇一捺都还是汉字的用笔，但是和汉字"常乐"二字比起来，似乎看不出有什么渊源关系。

不过它像中国民间过红白喜事时，那些阴阳先生用朱砂笔写在黄表上的鬼符。真的很像！我一直不知道这些民间的大师们是从哪里承继来这种鬼气森森、无法辨认的文字的。在西夏王陵，我找到了答案。

西夏王元昊创建文字，古书上有记载。

第一次记载这事的是元昊的同时代人、北宋的科学家沈括。那时，元昊在黄河北岸的银川地面称雄立国，而北宋名臣沈括，则在黄河南岸的陕北延安担任最高军事行政长官，与之对峙。因此，他的话是可信的。

沈括在《梦溪笔谈》中，记载了一个叫野利仁荣的党项贵族，受西夏王元昊的指派，独居一楼，创造蕃书。

而那位从黑城地面掠去大量文物的俄国将军，他的话也为沈括的说法提供了佐证。

他说，西夏文字是一个姓"野利"的党项人创造的。

野利仁荣当时是元昊的主要谋士、西夏王国的宰相。根据他创建文字的事情来看，他还应当是一个大文化人。不过，野利仁荣当时肩负着国家社稷重任，他是不可能专注于这一件事的。合理的推测是，他提供了一条思路，然后又提供了一座专家楼和一些资金支撑，然后请这些来到西夏的汉文化人完成这一工程。那情形，就像我们现在搞的那些社科类攻关项目一样。后来，西夏文字造出来以后，野利仁荣将它献给西夏王元昊，于是历史记住了"野利仁荣"这个名字。

这古老的文字，当它复活时，该是一种怎样的神奇啊！

当李范文先生在这个寒风飕飕的早晨，面对贺兰山，面对西夏王陵，面对黄河大河套，吟咏出那首名叫《夏圣根赞歌》的西夏古歌时，恍惚间，让人疑惑那消失了的历史恍如昨日，让人疑惑在这魔咒般的歌词中，冢疙瘩中的那些过去年代的英雄人物，会从沉睡中醒来，冉冉走出坟墓，用他们褪色的嘴唇向21世纪微笑。

年迈的戴着近视眼镜的李范文教授，张开双臂，这样吟唱：

黑头石城漠水畔，
赤面父冢白高河，
那里正是弭药国。
才士高，十尺人，
马身健，五彩镫。

我们久久地沉浸在李先生为我们描述的那古歌的意境中。

冢疙瘩在我们的旁边，神秘、冷漠、安静、无言，正像那地球另一处的埃及金字塔一样。贺兰山像一匹奔驰的骏马，蜿蜒横亘，黄河则在不远处发出疲意的叹息声。

李先生是用汉语唱的。

如果用原汁原味的西夏文发音来诵出，那也许会更具魅力。但是，西夏文的发音现在谁也不知道了。今人能将这种死文字破译出来，已经是勉为其难的事情了。"至于发音，那时候又没有录音机可以记载，鬼才知道那时候西夏文字是怎么发音的！"李先生说。

"在这个世界上，目前还没有一个人能寻找到西夏文的发音，就连寻找它发音的途径也无法找到！"李先生又强调说。

记得已故的小说家王小波在他的小说中，曾提到过一位西夏文专家李先生。他说的该就是这个李范文了。

# 35  古羌族之西羌党项部落

西夏王朝从公元1032年李元昊称帝开始，到公元1227年为成吉思汗所灭，期间共经历了十个皇帝。如果我们愿意为贺兰山下的这些冢疙瘩寻找到它的坟主的话，那么，这十个皇帝依次是：

①景宗李元昊（1032—1048）

②毅宗李谅祚（1048—1067）

③惠宗李秉常（1067—1086）

④崇宗李乾顺（1086—1139）

⑤仁宗李仁孝（1139—1193）

⑥桓宗李纯祐（1193—1206）

⑦襄宗李安全（1206—1211）

⑧神宗李遵项（1211—1223）

⑨献宗李德旺（1223—1226）

⑩末帝李　睍（1226—1227）

上面这个"西夏帝系表"，是正史，是《宁夏通史》告诉我们的。

不过在谈到这个"西夏帝系表"时，亦应谈到元昊的父亲李德明，祖父李继迁。正是在李继迁手中，这个家族开始称"西夏王"，在河套地区、陕北高原北部、内蒙古西北部这块地面，拥兵自重，成为割据势力。而李德明又延续父业，为西夏立国奠定了基础。而在李德明西征吐蕃战死后，元昊即位称帝。

这一拨人是从哪里来的，后来又到哪里去了呢？

我们在这里先讨论"他们是从哪里来的"这个话题，而"到哪里去了"这个话题，放在下一节来说。

他们是从哪里来的？要讨论这个话题，请允许我们先在这里设一个时间的坐标，然后设想。这个坐标就是，当宁夏地面处于赫连勃勃的铁腕统治之下时，这一拨西夏人在哪里。

回答是那时他们在青海高原上，在三江源，在九曲黄河的上游的上游。

那时他们的族名叫党项，而在党项之前，汉王室曾经称他们为西羌。

或者换言之，党项族曾是西羌的一个部落，后来西羌渐渐疲弱，而党项逐渐强盛，于是，党项挥师顺黄河南下，成为一个独立的部族。

史学家们给他们的准确的称呼叫"古羌族之西羌党项部落"。他们是这样来的，古羌族的居住地，即是曾发生汶川地震的那个地方。一天夜里，这些古羌人大块吃肉大碗喝酒之后，带着醉意，围着篝火跳舞。其间，有一拨人寻思：眼前这一股大水是从哪里来的？它的源头在哪里？又有一拨人寻思：这股大水流向了哪里？什么样的器皿才能把它盛下？

寻思完以后，被好奇心驱使的这两拨人，开始行动。一拨顺着长江往上走，寻找长江的源头。一拨往下走，寻找长江的归宿。往上走的这一拨古羌人，就是我们所说的西羌。

他们经历了许多代，才走到了三江源地面。人群中有些人已经走出惯性了，还想继续行走，于是走向了雪域高原。他们在雪域高原中生活，成了吐蕃，即现在的藏民族的先民。另一部分则贪恋着三江源的水草肥美，不愿意行走，于是在这里定居，形成了党项部落。

那时候匈奴人已经逐步西迁，这块地面一片空旷，给了党项人发展的机遇。他们逐渐强大起来，成为一个民族。这时候，历史已经进入了大唐了。大唐皇帝封党项王为"朔方王"：北方的地面永远交给你们了，你们为我永远地守护吧。

这样的时间延续了一段以后，有两个游牧政权先后强大了起来。一个是吐蕃。文成公主入藏以后，松赞干布政权空前地强大起来。为了寻求发展，他们走下了高原，走入三江源。这些强悍的藏族人，甚至一直走入塔里木盆地。另一个是居住在塔里木盆地的回鹘，即今天的维吾尔族的前身，也空前强大起来了。他们从塔里木盆地走出，进入河西走廊。

两股喷涌的潮水共同夹击，党项人只好一步一步地退缩，从三江源先到西宁城，再从西宁城到黑城，然后顺着黄河一直往下走，走到陕北高原。在无定河边米脂县桃镇，这时候的朔方王李继迁在这里为党项人设寨，叫李继迁寨。桃镇这个地方显然是太小了。于是李继迁的儿子李德明翻过山去，将已经废弃了的统万城修整了一下，叫夏州城。他在这里盘桓了许多年，与当地居民通婚，形成著名的"党项八姓"以后，他的儿子李元昊跨过黄河，在岸边平地起土，建立了一座新城。这座新城，最初叫兴庆府，后来则叫银川城。

他们原来并不姓李，而是姓拓跋。这个李姓是李唐皇帝赐的。

据说曾经先后赐过两次。第一次是在唐贞观三年（629），与吐谷浑作战兵败而归附唐朝的拓跋赤辞被赐予李姓。后来在唐僖宗时，因为部族首领拓跋思恭勤王有功，被封为夏国公，并再被赐李姓。从此，他们就一直沿袭李姓。此种情形，正如赫连曾被汉皇帝赐刘姓一样。

这是一群面色黝黑、颧骨高耸、身高八尺且体态修长的草原来客。

在那遥远的年代里，他们骑着青海矮马，唱着古歌，一步一步从青藏高原南麓向中原大地走去，在这世界上为这一拨人寻找一个安身立命之所。

党项羌最初的强盛完全出于一种历史的偶然。吐谷浑在强大的唐王朝和吐蕃的两面夹击之下，终于离开了这一片草原，消失在路上了。于是，青海高原上出现了一个短暂的权力真空时期，党项羌就是在这种背景下，像野草一样突然勃发生机的。

吐蕃在文成公主穿过日月山、倒淌河，嫁与松赞干布以后，日见强盛。党项人不能在这块草原上生活下去了，于是他们且战且退，内迁至河西。想那时巴丹吉林沙漠和毛乌素沙漠，也不像现在这样荒凉空旷，而居延海尚且是一个鸥飞鱼跃的内陆湖泊。这些都令他们迁徙的路不至于那么艰难。

山西太原地面的李渊起事以后（按照陈寅恪先生、孟驰北先生的说法，李渊家族亦有"胡羯之血"），党项就参与了李唐王朝夺取政权的斗争，从而明智地为其内迁中原留下了伏笔。后来在唐王朝与吐谷浑、与吐蕃的战争中，党项人都作为同盟军参与了，这样在参与的同时为自己获得了发展空间。而在最后，机会又来了，党项人因为镇压黄巢起义有功，便被唐王朝分封到这块地面，为李氏家族永镇朔方。

有意思的是，党项人在这一块地面上最初的落脚点是在统万城周围。前面我们提到"三边"这个地理概念。三边即是指定边县、安边县、靖边县。党项的一部分，即在这里落脚。这里已进入黄土高原山区了，所以他们称"南山党项"。党项之另一部分，则在统万城北边，当时的夏州、麟州、银州地面落脚，这里是无定河和窟野河流域，所以称"川泽党项"。

其实南山党项和川泽党项，当都属于拓跋氏改为李姓的党项部落，他们之间的区别并不大，距离也很近。骑一匹快马，一天就可以走遍所有地方，而这些地方都是以统万城为圆心向四周辐射的。

党项人有着极强的生存能力和适应环境的能力。他们最初能够在青海高原上得以发展，就是得益于部族首领委曲求全，入赘吐谷浑，被招为驸马这个契机。后来在陕北高原北部落脚后，故伎再用，党项首领迅速与当地豪族通婚，从而稳稳当当地扎下根来。

最典型的例子是与麟州、府州地面的豪族折氏家族通婚。

折氏先祖系鲜卑折掘部，故乡在山西大同以北，后来则先后在甘肃、青海地面辗转挪动，唐初进入府州，成为当地大族，以折为姓。杨家将故事中那个杨老令公的妻子、率领十二寡妇征西的佘太君，就是这个折家的姑娘。她的真名叫折赛花，后来在戏文中，演唱者大约可能觉得这个折字有点怪，不像是姓氏，于是改成佘字。后来随着佘赛花年龄渐大，资历渐老，不宜在戏文中直呼其名了，于是就叫成佘太君。

党项人迁徙到这里后，迅速与折氏家族联姻，建立关系，而后来在长期的杂处中，折姓家族竟被党项同化，从而成为党项大姓之一。党项共有八姓为大户，号称"党项八姓"，折姓即为其中之一。

党项人在陕北高原的落脚，还有一处地方同样值得关注，这就是过去的银州，今天的米脂县。

米脂县紧倚无定河而筑，下距天下名州绥德城不足一百华里，上距统万城则一百华里多一点。这里有一个著名的所在，叫李继迁寨，有理由相信，这里是党项人最初落脚陕北的地方。而事实上，这块地面也一直是党项人的老巢，直至后来到了李继迁之子、李元昊之父李德明的手里，党项为求发展，重心才转到三百公里以外的河套地区，即如今的银川市地面，建造兴庆府。

这样，一支从青海草原上过来的部族，便在这九曲黄河转弯的弓背上，悄悄地、顽强地扎下根来。

"非我族类，其心必异"，这是唐魏征的话。他的话说对了，蛰伏在农耕文化眼皮底下的草原部落，他们只是在等待时机。

其实早在唐朝末年，中央政权已经对党项人的日渐壮大有了畏惧之心。奈何大家都吾身难保吾身，哪能腾出手来管理这些。这种状况于是延续到五代十国和北宋初期。

这样，在这块有沙漠、有草原、有河洲、有高山的空旷土地上，党项李氏便像野草一样疯长起来，直到李元昊有一天揭竿而起，黄袍加身，建立大夏国。

西夏王国达到最盛的时候，它的疆土包括今天的宁夏全境，青海几乎全部，甘肃几乎全部，内蒙古几乎全部，陕北高原北部。是时，它的版图东到呼和浩特市、包头市，西到哈密、敦煌，南到延安以北，北到蒙古境内，也就是说，几乎覆盖了大西北的全境。

它以兴庆府作为首府，以黄河和贺兰山作为屏障，以"黄河百害，唯富一套"的河套地区作为粮仓，以巴丹吉林大沙漠和腾格里大沙漠作为躲闪腾挪、迂回用兵之地，以著名的黑城作为屯兵和出击西域的桥头堡，以陕北高原北沿的怀远（今子洲县）、横山、麟州（今神木市）作为对大宋用兵的前沿阵地。

　　这个发端于青海高原的西羌，辗转于北中国地面的党项，起事于大漠河套地区的西夏，就这样与当时统治中原的北宋、南宋王朝对峙了二百多年，成为与宋、辽、金、元五鼎并立的一个中国历史王朝，从而在中华民族的历史上，刻下了深深的印记。

# 36　一个为战争而生的王国

西夏王朝在立国的二百多年中，经历过许多的战争。北宋、辽、金、元都曾经屡屡发动对西夏的战争。除这些大的政权以外，触角已经伸展到青海以南、甘肃以北的吐蕃，与触角已经顺丝绸之路伸展到河西走廊的回鹘，也都发动过对西夏的战争。

可以说，这个可怜的国家几乎就是为战争而生的。

仅仅只说这些周边势力对西夏用兵，这样说法是不全面和不公允的。这样说的结果，好像西夏是一个四面受敌的弱者似的。而事实是，战争是相互的，四面受敌虽是实情，但是，更多的战争，是西夏王朝主动发起的。

早在建朝之初，元昊就在这个陕甘宁三角地区，攻城掠县，扩充疆域，从而迫使宋兵节节败退。继而，元昊又对西域用兵，率兵进攻吐蕃占据的西宁市，苦战二百多天，大破吐蕃大首领角厮罗于城下。接着他又举兵进攻回鹘部落，占领了肃州（今甘肃酒泉）、瓜州（今甘肃安西）、沙州（今甘肃敦煌），从而为建朝扫除了后顾之忧。

公元1038年，元昊正式称帝，国号为大夏，西夏语为大白高国，都兴庆府。

后来人们为了区别前一个赫连勃勃建造的大夏，习惯上把李元昊建立的大夏称作西夏。

称帝的第二年，元昊正式向宋王朝进表，表示他已称帝，希望能得到皇帝陛下的原谅和理解，并且说他绝没有与宋朝为敌的想法，只愿双方结为友好邻邦，鱼来雁往。还有他愿为宋朝镇守边防，宋王朝从此就可以高枕无忧。

上表的总体意思，是希望宋王朝正式承认夏国，并册封帝国。

这真是一个有意思的官方文书。既然西夏已自立为王，成为帝国，那么从理论上讲，它与宋王朝该是平等的，或者说是平行的。那么它为什么还要上表，以俟宋王朝的批准呢？

这反映了一种心态——游牧文化面对中原文明、面对定居文明时的仰视心态。

这类文书在过去的年代我们也见到过。例如匈奴冒顿大单于上给汉文帝的著名的"冒顿文书"。这类文书往往都显得有些气虚，在文书的第一个字上都先以臣的身份开言，而文书的内容都是以希望自己得到正式的册封为主题。为什么是这样呢？

这就是传统文化的力量。

在中华民族的漫长历史岁月中，所有的长城线内外的民族，都视农耕文化为正宗，为主流文化。这就是游牧民族建立的国家，向中央政权呈送这种奇怪文书的原因。

这种关系也许可以追溯到夏商周，并一直追溯到轩辕黄帝的年代。

夏商周的年代，都是有一个中央大国，中央大国有一个天子，为象征性的最高统治者，然后这天子再分封许多小国。于是一群卫星国簇拥着天子，形成这样的国家体制。

这种国家体制最初是从轩辕黄帝那里来的。轩辕氏将天下分封成许多小的国家，由他的儿孙们去统治。大约从那时候开始，在中国人的思想中，国家原来是这样组成的这种想法，就已经定型了。

李元昊的上表，引起宋王朝的极大震惊。那时宋王朝当政的是宋仁宗。仁宗于是急调兵马，开始讨伐和抵御西夏。于是，宋夏之间的战争开始。

西夏当时对北宋的用兵，主要战场在陕北高原。其时，先后有童贯、沈括、韩琦、范仲淹、狄青等北宋重臣，在延安府担任最高军事和行政长官，可见北宋当时对西夏的重视。

延安府成为北宋抵御西夏和攻击西夏的一个桥头堡。

元昊大约最初也想效仿赫连勃勃，取秦直道这一条道路南下长安，直抵中原，但是，无奈当时的秦直道已经年久失修，不适宜大量调兵，而延安府则由于北宋的重视，从未被西夏攻破过。

凶悍的西夏在秦直道走不通的情况下，于是改走无定河流域到达延安府，再从延安顺洛河流域南出金锁关的路线。他们曾在无定河流域的三川口、好水川、定川寨三战三捷，杀得无定河成一片红色，宋军死伤不计其数。继而，又挥得胜之师南下，围困延安。

据说，元昊曾将延安府围困半月，日夜攻打，幸得范仲淹率众殊死抵抗，延安城才得以保全。后来，突然天降大雪，西夏兵马只得悻悻退去。

喘过气来的范仲淹，从延安顺宁塞川，连筑三十六座营寨，这样才将西夏军队重新挤到了陕北高原北沿，从而使延安府和西安府不致失守。

范仲淹的《渔家傲》就是那时候写的。

如今的延安人说，"千嶂里，长烟落日孤城闭"，那孤城是延安府，那长烟则是延河。如今的神木人则说，这个句子说的是麟州城，那长烟则是自大漠流来，绕二郎山而过的窟野河。

这条道路被堵之后，西夏对北宋的用兵就改走宁夏西海固（西吉、海原、固原）方向了。

公元1044年，宋夏这时候的战局，应该说是打了个平手，于是双方休兵议和。

这年9月，西夏与辽国的战事又起。

辽兴宗亲率十万大军分三路西渡黄河击夏。夏军诱辽军深入，以疲其师。此后，夏军大举反攻，重创辽军于河曲一带。辽夏议和。

这样，北宋、辽、西夏形成了三足鼎立之势。

后来，北宋徽、钦二帝为辽国所俘获，国都也由汴梁迁至杭州，并称南宋之后，由于与西夏已无领土接壤，且距离遥远，再加上辽和后来的元已经成为它的主要敌人，故期间不再有战争发生。

但是西夏王国更为强大的两个敌人产生了，这就是金和元。

西夏后来的君王，在国力日渐削弱的情况下，只能走平衡路线，朝秦而暮楚，以维系这个小小帝国的生命。他们先后多次与金国结盟，称"兄弟之国"，攻打蒙古军，又先后多次与蒙古军结盟，攻打金国。在两个国家的互相交战中，它还多次为他们双方借道，叫人觉得滑稽。事实上这时候，西夏的气数已经快尽了。

为这个神秘王朝画上句号的是成吉思汗的乾坤巨手。

# 37 他们后来去了哪里？

　　舍我其谁的一代英雄成吉思汗，自然不能允许枕边有这么个强大的敌人存在。况且，西夏王朝决策者们的反复无常、时敌时友也叫大汗烦心，于是在西征花剌子模班师归来后，他决心顺手除掉这个敌人。这也许是大汗一生中犯过的为数不多的错误之一。他小觑了当时国土和国力都已大大弱小的西夏王朝。

　　西夏王朝在灭亡的那一刻，发出最辉煌的一声绝唱。兴庆府的矮矮的城墙挡住了成吉思汗所向披靡、无坚不摧的马蹄。

　　党项西夏这支草原来客，在那生死存亡的最后关头，身上的野性和激情得以火山般地迸发，他们最后悲壮地完成了自己，捍卫了尊严。

　　元朝军队将兴庆府围困了半年，仍然无法破城。成吉思汗在征服世界的道路上，大约每一场战斗都是残酷的，不过最残酷的战斗要数这一次。愤怒的成吉思汗见兴庆府久攻不下，于是不顾属下的劝阻，亲自上马，参与到了攻坚队伍中去。可是，在攻城中，城头上乱矢如雨，一支利射穿了大汗的胸腔。

　　一个月后，成吉思汗在今天甘肃省清水县磨盘沟一座大山深处养伤期间，不治而亡。

成吉思汗之死的这一说，是《宁夏通史》的官方说法。《宁夏通史》的主编是陈宇宁教授，我的一位朋友，我曾经询问过他，这种说法确切吗？我说在民间，还有成吉思汗去世的多种说法。陈教授说，官方语言，我们取这种说法。

围攻兴庆府的蒙古军，隐瞒了成吉思汗死去的消息，秘不发丧，继续加紧攻城。在攻城途中，蒙古军提出建议说，如果西夏人投降，可以保持它现在的国制，只是降为附属国。这时鉴于兴庆府已被围半年，粮尽弹绝，西夏王朝末代皇帝李睍，于是献城以降。

眼见得城门洞大开，兴庆府已成坦途，攻城的元军这才披麻戴孝，失声痛哭。

蜂拥入城的元军屠城七日，将兴庆府中的居民，一个不剩杀戮殆尽。献城以降的末代皇帝李睍，也被执杀。屠城后，元军觉得还不解恨，于是策马赶到西夏王陵，将历代帝王的陵墓掘开，将白骨曝于荒野。

于是乎，这个历经二百多年历史，经十代君王，曾经雄踞于河套地区的西夏王朝，从此从中国历史上消失了。它的种族，它的人民，它的文字，也同时在一瞬间消失了。人民流亡，茫茫然而不知其所终，只给这世界上留下几个无言的冢疙瘩，以任后人做无凭的猜测。

如今这块地面上，以回族同胞居多。所以这块地面现在叫宁夏回族自治区。而兴庆府，如今叫银川市。

回族同胞是在那遥远的年代里，从阿拉伯，从小亚细亚迁徙过来的。也许从那时候起，随着丝绸之路的日渐繁荣，这些波斯商人便骑着马，骑着骆驼，从远方来到中国。而他们中的一些人，便永远地羁留在这块地面上了。

回族大量的迁徙是在唐朝。那时在唐都城长安的外国使团和侨居人口，占长安城总人口的十分之一。其中，居住四十年之上的回族常住人口是四千多家。回族的另一次大迁徙则是在宋末元初，这是被西征得胜归来的成吉思汗押解回来的手工匠人。西夏王朝既灭，那么，为了填补这一块地面的域内之空，这些回族人被顺理成章地安置在这一块地面上。

那么，宋末元初期间，迁入中国境内的回族人大约有多少呢？

《宁夏通史》中说："大批阿拉伯人、波斯人和伊斯兰化的突厥人被蒙古军队作为工匠、士兵带入中国，其数量很难估计，大约也有百万之多，大大超过了唐宋时期的'土生蕃客'。……他们在回族形成的过程中，比唐宋时期的回族先民（即'土生蕃客'）占有更重要的地位。"

这百万之众当然不仅仅只在宁夏地面定居，他们中有许多去了元大都北京，许多流落在中原一带，只是大西北尤其是宁夏境内数量多一些而已。

不过回族成为宁夏这一块地面的主要民族，是在清末。

当叙述到这里的时候，不由得叫人感慨万端。

这就叫历史，这就叫土地。

这就叫土地上像刮老黄风一样刮过的历史岁月。

那么，此刻且让我们回过头来，再关注一下从西夏消亡到回族定居这中间的历史断层。我们的问题是，那些亡国之后的西夏人后来都到哪里去了呢？正如我们曾经探寻过西夏人的来路一样，我们也不妨怀着拳拳之心，注视一下他们的归途。

尽管所有的史书都信誓旦旦地认为，西夏它的国家，它的人民，它的文字都像传说中的玛雅文明一样，突然从大地上消失。但是我不这样认为。冥冥之中，我一直有这种感觉，即这些顽强的党项人正如当初呼啸而起一样，他们在大灾难面前，并没有根绝，而是重新归附到大地上，并且落地生根了。

斯巴达克式、堂吉诃德式的陕北英雄李自成，他的籍贯是米脂县桃镇李继迁寨。

米脂县即党项李家最初起事的银州，而李继迁寨是这拨党项人最初落脚陕北高原时安营扎寨的地方，或者换言之，是党项李家的老巢。当西夏王朝为成吉思汗所灭，国家、民族、文化都消亡之后，失败者又回到他们祖先居住的地方隐姓埋名，以防迫害，继续生存下去。这是合乎逻辑的推理。

李自成兵败九宫山以后，当时陕北地面一个大文化人叫高汉士，曾经作过一首《李自成咏》：

> 姻党当年并赫扬，远以西夏溯天潢。
>
> 一朝兵败防株累，尽说斯儿起牧羊。

这首诗的前两句，有些含糊不清，仿佛谜语，什么叫"姻党"，什么叫"并赫扬"，什么叫"溯天潢"，面对这谜一样的话，我们不敢主观臆断。

不过它的后两句，却是清清如水、明白如话的：李自成兵败以后，陕北地面李继迁寨的李姓人家，害怕受到株连，于是纷纷说彼李家非此李家，李自成是北草地上过来的牧羊人，是从西夏那边过来的，和我们陕北的李家无关。

到了后来朝代更迭、时过境迁之后，李继迁寨的李家终于承认了李自成是他们的先祖，并以此为荣。

20世纪40年代初，米脂桃镇有个陕北开明士绅叫李鼎铭的，曾经给当时居住在延安的毛泽东献策，提出"精兵简政"这个口号。这个李鼎铭先生就是李自成的后裔。

这样，从西羌到党项，再到西夏李氏王朝，再到李自成，最后落脚到米脂桃镇李继迁寨的李姓家族，我们便清晰地看到了生生不息的一条红线。

我们也知道了，在西夏灭亡之后，它的人民则消融到四周的各民族中去了。

当然消融到汉民族中间的居多，例如桃镇李家。

"人活低了就按低的来！"陕北人这一句时常挂在嘴边的口头禅里，包含着太多的历史况味。

还有一件需要提及的事是：去年，见报载，西安几户李姓的老板，向媒体披露了他们的家谱，表明他们曾是西夏王公贵族的后裔。古长安是个大地方，他们流落到这里，混入市井应当说是正常的。是不是?！

另外，南京一所大学的教授们也和我联系过几次，称他们是李自成的后裔，并且握有家谱。

# 第七章　成吉思汗和他的帝国

# 38　历史的十字路口

　　南宋王朝这辆破车，早该散架了。仅仅凭一种历史的惯性，它才又跟跟跄跄地行驶了那么多年。它早该灭亡！它的灭亡是注定的！它是多么孱弱！历史留给我们的悬念仅仅是：它会灭给谁？或者用帝王家自己的话说，这一颗好头颅，不知道要被谁割了去?!

　　它将亡给一个马上民族。

　　高大威猛的这个东方民族，这时候已经被封建儒家文化禁锢得从巨人变成侏儒。女人被缠脚，这是有形的。男人则被禁锢了思想，这是无形的。程朱理学的先生们在一个叫岳麓山的地方侃侃而谈、坐而论道，那是多么可笑啊！他们能不能让世界简单一点，让中国人简单一点。这时候的中国人已经被沉重的因袭压得快走不动了，这些才子们还要给他们的背上再加一点负荷。千疮百孔的宋王朝是谁也救不了的，无论是忠贞刚烈的杨家将，还是整日做着"收拾旧山河"之梦的岳飞，或是"把吴钩看了，栏杆拍遍"的辛弃疾。那个时代中原大地上出现过多少优秀的人物啊，但是，谁也救不了谁。而就他们自己来说，用一句话来总结他们的命运，则最合适，那就是"才自清明志自高，生于末世运偏消"。

　　这不是南宋一个王朝的悲剧，而是整个农耕文明的悲剧。

中华文明需要一股强健的、暴戾的力来充实它，来打击它，来变复杂为简单。他们因为近亲联姻而日渐孱弱的血液里需要增加外来成分。

这力量来自大漠深处，这血液来自马上民族。

或者是契丹辽国，或者是来自白山黑水的金国，或者是起自大漠深处的元朝，他们都有取代南宋、入主中原的理由和实力。而实际上，如果不是他们之间的战争，南宋早就被其中之一早早地鲸吞入腹了。

元大帝铁木真在与辽国的对局中，在与金国的对局中，在每一座城池的争夺中，其战斗都残酷得令人咋舌。他们之间完全是强强对话。我曾经看过北方一些地方志，这些志书几乎都用"血流漂杵"这句老话来记载当年的残酷战争场面。它们每一个的军事实力都是偏安一隅的南宋王朝所无法比拟的。

成吉思汗是在打败了西夏，打败了辽国，打败了金国，铁骑横扫欧亚大平原以后，最后才吃掉南宋这块口边的腐肉的。这就是在中国正史上，南宋这个偏安王朝，还能滑稽地苟延残喘那么些年的原因。

农耕文化和游牧文化，这哺育了中华文明成长的两种文化，在那个年代完成了又一次交汇。

成吉思汗的铁矛像生殖器一样，深深地戳入中原腹地，让中华民族又一次再生。

这是一个历史的十字路口。

要么，中华古国像古印度、古埃及、古巴比伦那些另外的文明古国一样，搁浅、消失，最后成为历史的一部分；要么，它接受游牧文化的侵入，完成它的凤凰涅槃。

所幸的是它选择了后者。

"崖山以后无中国。"在这里，我们还应该把最高的敬意，给随着末代皇帝赵昺跳海的那十万军民。那个惊天地泣鬼神的场面，令人动容。它为后来农耕文明的"咸鱼翻身"、延续传统，显示了力量，做了铺垫。农耕文明虽然悲惨到这般境地了，但是它的底气还在，人气还在，向心力和凝聚力还在。

# 39　草原献给这个世界的伟大儿子

"我们不知道的部落来了！没有人知道他们是什么人，他们是从哪里来的——只有上帝知道他们是什么人！"这是当成吉思汗的铁蹄到达莫斯科城下的时候，一位俄国史学家的惊呼。

相信在当时的世界上，许多国家的许多人都这样惊呼过。

当他们早上一觉醒来，睡眼惺忪，登上城堡，偶然一看时，顿时惊呆了。只见在城外，像聚集一团又一团乌云似的，布满了蒙古大兵。马在嘶鸣，剑在骑手的手中忽忽生风，马蹄的蹄铁焦急地敲着土地，等待冲锋的信号。他们是谁？是天外来客，是火星人吗？

翻开大蒙古地图，我们看到，它那时大约占据了世界三分之二的开化地区，除了西欧以外，除了一部分的印度，一部分的非洲以外，除了尚待开发的美洲以外，蒙古人差不多用它的马蹄，把这个世界重新犁了一遍。

中原大地成为蒙古国的大汗领地。辽阔的西域成了蒙古国的察合台汗国。现在的庞大的俄罗斯成了蒙古国的金帐汗国。而两河文明的发源地波斯湾，那时是蒙古国的伊尔汗国。

世界在蒙古军队到来之前和到来之后，完全成了两个样子。正如汤因比所说，是成吉思汗把东西方世界联系在一起的，是成吉思汗把各文明板块系在一起的，是成古思汗把静止的割据的局面打破的。

以俄罗斯为例。

在成吉思汗到来之前，俄罗斯的原野上散布着许多小公国，他们一个城堡就是一个国家，一条流域就是一个民族。这时成吉思汗的铁骑来了。他把它们统一在一个叫金帐汗的蒙古王国里，而在金帐汗国慢慢衰落之后，在莫斯科，从这个蒙古国的废墟上，俄罗斯大公国诞生了。它成长为一个大国。

成吉思汗完全敢这样说：这个世界是可以以他来划分的，即他没有到来的阶段和到来之后的阶段。

不久前，2018年的时候，本文的作者穿越塔里木盆地，然后从喀什地面帕米尔高原与天山形成的那个夹角，顺着慕士塔格峰的东侧，进入费尔干那盆地。而后，穿越里海，从高加索地面顺着当年被称为成吉思汗的三千里"草原黄金道"，抵达莫斯科的时候，"亚细亚在东，欧罗巴在西"。作者在他的莫斯科演讲中，屡屡提到成吉思汗这个历史人物。作者在此，不予置评。他只说，所有发生过的事情都是应该发生的。他又谈起法国勒尼·格鲁塞的历史地理法则。

当你在西域大地上行走的时候，你会发觉，大地上所有那些重要的地理名称，都是以蒙语来命名的。在那时候，你能强烈地感觉到，成吉思汗的印迹是如此深入地楔入历史深处和大地深处。

阿尔泰山第一高峰叫奎屯山，这是成吉思汗为它命名的，意思是"多么寒冷的山岗啊！"东西走向的阿尔泰山，至这里，结成一个海拔四千三百七十四米高度的冰疙瘩，寒光闪闪地横亘在中亚细亚地面，威严、圣洁、厚重。

奎屯山的西侧，是一个三十公里长的大峡谷。这大峡谷自峰顶向西，连转六个弯子。奎屯山消融的雪水，在这六个湾子中积水成湖，于是形成六个清澈幽蓝、寒气逼人的湖泊。这六个湖泊是连在一起的，像一串项链。

五个湖泊在蒙古境内，最后一个湖泊在中国境内。这个湖泊的名字叫喀纳斯。它的名字亦是成吉思汗给起的，意思是"美丽的湖泊"。

而阿尔泰也是蒙语，意思是"盛产金子的山"。

你如果不身临其境，永远无法想象出，这些高山、湖泊、草原、河流多么高贵和美丽。高大挺拔的西伯利亚冷杉、西伯利亚云松、西伯利亚落叶松与山峰同高，它们在中亚梦幻般的阳光下闪现着妖娆的身姿。湖边的草地上开满了野牡丹花，而在每一棵野牡丹花的旁边，都伴生着冬虫夏草。图瓦族小姑娘背着背篓，穿着裙子，正在草原的深处采野草莓——野草莓密密麻麻地布满了草原，将大地染成朝霞的颜色。

喀纳斯曾是成吉思汗的军马场。

如今，他的那些养马人的后裔还在。他们是蒙古族中的图瓦人部落。他们在喀纳斯湖边搭建一座又一座的木屋居住，他们把这个村子叫北哈巴。

这里是成吉思汗率领蒙古大军，踏上征服世界道路所开始的地方。成吉思汗率领他的庞大的帝国军队，在这里修整了三年。尔后兵分两路，一路穿越奎屯山冰大坂，一路打通伊犁河谷，然后两支部队成钳形攻势，直扑欧亚大平原。

阿勒泰城的旁边，额尔齐斯河北岸，有个平顶的石头山，叫平顶山，据说，成吉思汗就是站在这山上，召开西征誓师大会的。现在这个地方，建立起了一座中国最北方的城市，名叫北屯。

而在天山与阿拉套山的夹角，赛里木湖畔，有块美丽的草原，叫博尔塔拉。

博尔塔拉，蒙语，"青色的草原"之意。据说，这里是蒙古族吐尔扈特部落回归祖国以后落脚的地方。当年西征的一支队伍，在东欧平原停驻了几百年以后，突然思念起了家乡，于是他们一路打仗，开辟了一条道路，又回到了故乡。清政府把他们安置在这一块青色的草原上。

我曾经在赛里木湖畔小住过几天。这个湖泊的水是咸的，据说它与遥远的里海的水是相通的。湖水在白天的时候，湖面的色彩随着太阳的色彩、乌云的色彩、天山山峰的色彩随时变化，一会儿整个湖面闪耀着银光，一会儿则幽蓝，一会儿又变成乌黑乌黑的颜色。四周的天山峰峦，像高擎的手掌，伸开五指将这座山顶湖泊高高托起。

最美丽的时刻是太阳将要从天山的那一面落下去的那一刻。

落日通红，太阳透过垭口和伟岸的塔松，将它圣洁的佛光像探照灯一样斜射过来。整个湖面笼罩在一片如梦如幻的红光中。湖边零零散散围湖而设的蒙古包和哈萨克毡房，冒着一股股炊烟。用膳的时候到了，毡房或蒙古包门口，每每可见有老太太或老大爷，在地上铺一块毡子，正虔诚地跪在那里，面对太阳落下的那个方向，双手合十，一边深深地叩头，一边嘟嘟囔囔地祈祷。

而乘着晚霞归来的牧羊人，正在唱歌。他一边唱一边用马鞭轻轻地磕击着马镫。

他唱的歌名叫《美丽的博尔塔拉》：

> 在那阿拉套山辽阔的地方，
> 在赛里木湖环绕的地方，
> 有一座美丽富饶的城市，

那就是我那可爱的家乡，

　　美丽的博尔塔拉。

　　啊……啊……

　　那就是我那可爱的家乡，

　　美丽的博尔塔拉。


　　唱完一首《美丽的博尔塔拉》，骑手兴犹未尽。这时，看见草原深处那像一条银色的带子一样的克鲁伦河，正缓缓地如同蜜汁一样流过，骑手于是又即兴唱起关于它的歌。

　　一位蒙古族诗人说过，你要知道蒙古人的长调有多长，告诉你吧，它和一个人的一生一样长。现在，正是在这样的长调中，牧人回到了家里。家中的祈祷已经结束，手抓羊肉和奶茶已经摆在帐篷外的方桌上了，香气弥漫，于是人们开始用晚餐。

　　而夜，慢慢地深了。

　　草原之夜像海一样深沉、静寂、安详。大地一呼一吸，在吐绽着芬芳。群星像野花一样布满了天空。哦，忘了告诉你了，这里不远处，穿过成吉思汗西征大军开辟的那个果子沟，沟的那边，伊犁附近，就是那著名歌曲《草原之夜》的诞生地。那地方叫克克达拉草原。

　　上面我仅仅谈的是一些居住着西征军后裔地面的蒙语命名。读者读到这里的时候，千万不要产生误会，以为这些蒙语命名只存在于那些光荣的后裔们居住的地方。不是这样子的，蒙语命名存在于欧亚大平原上那些广大的山川河湖、村镇城乡中，叙述者的我本来想一口气列举出许多个，谁知道自己像贪恋草原景色的马儿一样，仅仅只说了几个，就陷入进去了，以至于说了那么多。那么下面简说。

闻名遐迩的罗布泊，它也是蒙语。蒙古人叫它罗布淖尔。"淖尔"是湖泊、海子的意思，所以现代人将它简称为罗布泊。不过罗布淖尔荒原这个称谓现在还叫。

罗布淖尔荒原与吐（鲁番）哈（密）盆地中间，隔着一座东西走向的大山。当我从这座山的一个垭口穿过时，我问随行的地质队员这山叫什么名字，他们说这山叫库鲁克塔格山，而旁边靠近迪坎尔绿洲的那山叫觉罗塔格山。库鲁克，蒙语，"干"的意思，塔格，蒙语，"山"的意思。觉罗塔格山是什么意思呢？我当时也问过，可惜没有记住。

"呼图壁"这个有些怪异、有些凶险的地名，三十年前我曾在那里住过一夜。是夜，玛纳斯河的流水哗哗作响，令我很久不能成眠。谁给这荒凉空旷的地方起了这么一个名字呢？后来我知道了，它是"高僧"的意思。在那遥远的年代里，真的曾有一位像武侠小说中所描写的转轮法王那样的蒙古高僧，在这地方修炼或者布道过吗？我们不知道。因为历史仅仅为我们留下了这么一个地名而已。

横贯河西走廊那里的山脉叫祁连山，祁连亦是"天"的意思。所以它又被称为东天山。而乌鲁木齐则是"美丽的牧场"的意思。

例如俄罗斯境内的喀山、克利米亚等，它们都是蒙语命名。

2000年秋天在新疆乌鲁木齐，我遇见六个面容枯槁、衣着朴素的台湾人。递过名片，我知道了，他们是一个名叫"山河探险——寻找成吉思汗西征足迹考察团"的组织，其时正在用三年时间，准备将那一段历史徒步走遍。

他们告诉我说，先前他们已经在蒙古国境内走了半年，而这半年，是在中国境内走的。最近则是从喀纳斯湖方向回来的。接着，他们的行程是从中哈边境吉木乃口岸出境，继续往前走。

他们中有蒙古族人，也有汉族人。

我问他们：那一段历史已经十分久远，你们能找回来多少呢？领队扬了扬手中的地图说，有这张地图，除此之外，还有比历史记载更准确的，那就是大地的记载，只要你寻访那些有蒙语命名的地方，就肯定错不了。

听完这话，我在一瞬间觉得成吉思汗这个历史人物真了不起，他是不朽的，那些地名像纪念碑一样，是他不朽的最可靠的保证。

这些台湾人后来果然用三年时间走完了全程。

我是在春节时得到一张台湾寄来的贺卡后知道的。领队在贺卡上说，对我给予他们的支持表示谢意。我记不清同样是在旅途中的我，给过他们什么支持了，因此对这话有些不解。后来才想起，我给他们写了一幅字，叫"追寻着成吉思汗的马蹄印"，他们后来的路程，就是举着这幅字走过的。

成吉思汗从西域大地上走过以后，将他的四个儿子分封在这四个地面。蒙古四大汗国就是钦察汗国（金帐汗国）、伊尔汗国、窝阔台汗国、察合台汗国，它们同蒙古汗国乃至后来的元朝，一直保持形式上的藩属关系。

## 40 天似穹庐，地似衾枕

这个骑手那博大的灵魂，将会安歇在大地的哪一处呢？

这地方应该是一块青色的草原。在草原上，牛羊安详地吃草；马群则长长地嘶鸣着，像风一样掠过；鲜花在每年春天，应时开放。日月星辰轮回地照耀着他。

仅有草原是不够的，还应当有一块像天空一样辽阔的大漠，横躺在他身边。黑戈壁、红戈壁、白戈壁相杂在大漠之间，高高低低的沙丘分列左右。

而仅有草原和大漠还是不够的，还应当有一座大青山，闪烁在视野可及的地方。

然后，这个疲惫的骑手，像回到家里以后，在那里安睡。

这是在没有见到成陵之前，我为这位叱咤风云的一代天之骄子所设想的安歇之处。想不到的是，我的设想竟和看到的完全吻合。

出明长城线上的塞上名城榆林，便进入鄂尔多斯高原和毛乌素沙漠里了。过窟野河边的神木县城，过红碱淖，但见铺天盖地的黄沙扑面而来，眼底空旷、寂寥，高高的天空中，偶尔有雄鹰的影子一掠而过。当汽车在不经意地攀上一个沙丘时，突然，在沙丘的怀抱中，有一块狭长形的平坦的草原，而草原的远处，有三顶白蘑菇般的蒙古式帐篷。

这三座穹庐式的建筑就是成吉思汗的敖包。

穹庐建在一座矮矮的山岗上。虽然山岗不高，但是由于四周都是一马平川，而这里是唯一的制高点，所以，穹庐倒也显得伟岸、肃穆、醒目，几十里外都能看见，而且要仰视才行。

这里是内蒙古自治区伊克昭盟伊金霍洛旗地面。伊金霍洛旗的蒙古人，自成陵修筑之后，就居住在这里，开始一代接一代地做守陵人。三座穹庐式建筑，迎门且居于正中位置的这座，是成吉思汗灵寝搁放的地方，后面的两座则是他的两位王妃的。正庭大殿里放着成吉思汗用过的马鞍、马鞭，蒙古军西征时驾驭的勒勒车等，墙壁上则挂满了画像。这些画像除大汗本人之外，还有他的那些封王封侯、南征北战的儿孙们，例如元世祖忽必烈，例如前面提到的金帐汗国的国王术赤，伊尔汗国的国王托雷之子旭烈兀，察合台国的国王察合台，窝阔台国的国王窝阔台，等等。他们都排列在大汗之侧，好像正在召开一个家庭会议似的。

成吉思汗和妻子的棺木，则在后殿的一个密室里停着。

酥油灯长明不熄，一种淡淡的焦糊味弥漫在空气中，从而给人一种宗教般的恍惚感觉。从大门到正殿，要走过一段长的台阶，大约有二百米长吧！这二百米的距离足以让人收拢思绪，做好走进历史空间的思想准备。

在正殿的大门口，通常坐着一个有了一把年纪的看门人。他恭迎着每一个人。当他静静地一个人坐在那里的时刻，内心和外表都表现出一种宁静安详的状态。

正是这个看门人，给我讲述了一些关于成陵的故事。这些故事在此之前，我从来没有听说过，它们也许该是蒙古秘史的一部分。

大汗在攻打西夏王都兴庆府时中箭，一个月后箭伤不治，死于甘肃省清水县。攻城的元军在破了兴庆府、灭了西夏之后，他们接下来做的一件事情，就是将大汗的遗体装在灵车上，翻过六盘山，穿过鄂尔多斯高原，运往故乡地——元旧都哈拉和林。

　　途中，在鄂尔多斯高原上，如今这建筑成陵的地方，运送灵车的队伍与一支不明身份的庞大队伍相遇。他们或是辽，或是金，或是吐蕃，或是回鹘，不得而知了。总之这支运送灵车的队伍面临危险。

　　这时候他们决定将装殓着大汗遗体的棺木，先埋在地上，待战事结束后再来搬迁。

　　棺木埋好以后，他们的心放下来了。但是接着又出现了一个难题。四周空荡荡的，没有任何地形地貌作为标志，倘若以后再来寻找的时候，怎么才能找到呢？这时候他们想出来一个办法。

　　随队伍一起行进的，往往还有牛群。母牛的奶水是他们行车打仗的干粮，公牛是驮牛，士兵们用它来驮载帐篷辎重之类。于是士兵们从母牛群中挑选了一头带着牛犊的母牛。他们把那牛犊从母牛的奶上摘下来，杀死在埋葬大汗的那块地面上，然后投入战斗。

　　第二年春天的时候，这块地面平息了。士兵们领着那头母牛，来到这一块草原上。

　　草原上这时候青草已经泛绿。士兵们放了缰绳，让母牛在这一处地面上寻找。

　　母牛在草原上转悠了很久，终于，停在一块绿草茂盛的地方，四蹄跪倒，双目流泪，哞哞地叫起来。

　　士兵们刨开地面，看见了大汗的棺木，正安安静静地躺在那里。

　　蒙古人于是决定不再搬迁了，就在这一块地面上就地起陵，让这位骑手永远地躺在鄂尔多斯高原和黄河母亲的怀抱里。

这是看门人讲的第一个故事。

而第二个故事也是关于这棺木的。

抗日战争期间，中国政府担心成陵会落入侵华的日本军队之手，于是做出了一个大胆的决定，把成吉思汗的陵寝，从成陵搬出，经榆林、延安，运往陕北高原南沿的黄帝陵藏匿。

这事后来经过周密的安排，被稳妥地实行了。

这样，成吉思汗的灵寝曾在黄帝陵下面的黄帝庙中藏匿了好多年，直到抗日战争胜利，灵寝才又经原路运回原处。

这件事下面还有一段安排，如果黄河天堑不保，桥山之巅的黄帝陵再被日寇侵占，陵寝将搬往西安，藏入清政府在这里为藏族活佛进京所设的行宫——广仁寺。如果西安再不保，那么最后一个藏匿点，就是青海的塔尔寺了。

这事当时是最高国家机密之一，因此，世人不知。

第三个故事亦是关于这棺木的。

20世纪50年代初，乌兰夫曾经来拜谒成陵。那时，这位看门人还是一个年轻人。参观途中，乌兰夫说，他有一个请求，不知道说出来合不合适。看门人说，你有什么你就说吧！乌兰夫迟疑了片刻说，他想打开棺木看一看，不知道行不行。

看门人也迟疑了一下，最后说："你当然可以看！因为你就是今天蒙古人的汗！"

这样，摒去左右，乌兰夫走进了停放棺木的那间密室。

这停放在成吉思汗陵密室里的棺木中，到底是装殓着大汗本人的遗骸呢，还是只是一个衣冠冢，或者是像民间传说中的那样，放着成吉思汗的两个马镫？这一直是一个谜。

这情形，正如黄陵桥山那一抔黄土下，到底埋的是轩辕氏的真身呢，还是仅是一个衣冠冢，或者如民间传说的那样，是一只靴子呢？（传说轩辕黄帝乘龙飞天的时候，臣民们拽着他的一条腿不放。但是轩辕氏还是飞天走了，臣民们只拽下来了一只靴子。当代有一位青年诗人说，自从黄帝丢失了一只靴子，从此历史就一瘸一瘸地前进！）这一直是一个谜。

"那么，乌兰夫在打开棺木以后，看到了什么呢？是真身吗？"我问。

看门人说，乌兰夫在走出密室之后，神色严肃。他也问了一句和我上面同样的问话，但是，乌兰夫什么也没有说。而他，也就不敢再问了。

乌兰夫是这个世界上，唯一有理由打开和曾经打开过这棺木的人，而如今，随着他的作古，这个秘密则还作为秘密继续存在着。

在依依不舍地告别成陵时，我从陵下的那个伊金霍洛旗的小商店里，买了一把蒙古式的弯月牛角刀和一根马鞭，作为纪念。那刀的刀鞘是用长长的弯弯的牛角做的，骑马时挂在腰间最合适。鞭子则是牛皮做的著名的成吉思汗"上帝之鞭"。售货员是一位面色黑红、脸蛋俊俏的蒙古族姑娘，名叫乌日娜（花儿）。当我从她手中接过马刀和马鞭的时候，突然感到，当年那些勇猛的蒙古骑士，大约就是在一个早晨，这样接过女人们递给他的马刀和马鞭，从而踏上征服世界的征途的。

# 41　六道轮回图与成吉思汗秘葬之地

行文至此，有一个大秘密，我想趁活着的时候把它告诉给世人，从而给成吉思汗研究提供一些参考。我想这个秘密，肯定许多人是知道的，起码，那些每年在成吉思汗忌日之时，千里迢迢去那个地方祭祀的人们，他们是知道的，但是，大约是出于一种约定或规定，他们秘而不宣。从这个角度来说，我不知道我写这段文字合不合适。犹豫了两年，我才决定写它。

世界的伟大征服者，一代天骄成吉思汗，死后葬身何处，这一直是一个大谜。现今位于内蒙古伊克昭盟伊金霍洛旗的成吉思汗陵，仅是一个衣冠冢，这是得到大家公认的事情。

在前面，我写了成吉思汗在率兵攻打西夏王城时，不幸中箭，半月之后不治而亡的事情，写了围绕如今的成陵而产生的许多美丽动人的民间传说，写了乌兰夫20世纪50年代初去拜谒成陵的情景。

记得那次（1989年7月）我问这位年迈的守陵人，棺木里到底放着什么圣物呢？守陵人告诉我，里面放着成吉思汗东征西讨时的两只马镫，大约还有一些王妃们的衣物。而这次（2008年9月）在银川，王先生和巴图先生则告诉我，灵柩中放的是骆驼毛，大约是大汗行军歇息时御寒用的。

既然成陵里安停的是一具空棺，那么，这位伟大人物，他的安寝之处到底在哪里呢？这件事成为这几年史学界、考古界一个热议的话题。

下面我先谈谈巴图吉日嘎拉和阿尔寨石窟，以及成吉思汗六道轮回图，再谈谈王先生，贺兰山，以及贺兰山口的塔寺口和卧佛山——这推理出的成吉思汗秘葬之所。

现今的成吉思汗陵地面，属伊金霍洛旗。而阿尔寨石窟，属鄂托克旗。它们都属于当年的伊克昭盟，现今的鄂尔多斯市管辖，两地相距应该在一百多公里范围，都属于鄂尔多斯台地的腹心地带。

鄂尔多斯部，按照蒙古人的说法，是"祭祀者集团"的意思。鄂尔多斯台地，是一个幅员辽阔的地理概念。这个地理概念，其实还可以有另外一个叫法，黄河大河套地区。自青海，而甘肃，而宁夏，而内蒙古，而陕西，而山西，黄河流经的这一片丰饶的冲积区平原，有个杀气腾腾的名字，叫大河套。

巴图先生写了一本书，叫《阿尔寨石窟》，为了省力和准确，我在下面引用他对石窟的描述。

阿尔寨石窟位于中华人民共和国内蒙古自治区鄂尔多斯市鄂托克旗西北部的阿尔巴斯山中。石窟又称百眼窟。而周围的这一片戈壁上，有许多人工挖掘的废弃了的水井。那块地面又被称为"百眼井"。

被称阿尔寨的山岗共有三座，即苏美图阿尔寨、伊克阿尔寨和巴嘎阿尔寨。三座山岗相接，以前者为最大，苏美图是蒙语，有庙的，伊克是大，巴嘎为小。

石窟群分布在苏美图阿尔寨山岗上。洞窟多分布在崖顶以下高约30米左右的范围内。目前得到确认的有67个石窟，集中分布在山岗的南壁上，可分为上、中、下三层。山岗岩壁上还存有20座浮雕石塔，其中一座为密檐式塔，其余为覆钵式塔。此外，山岗的平顶部有6座建筑遗址。

伊克阿尔寨即大阿尔寨，山顶上有一座察哈尔蒙古部的鄂博圣地。每年阴历五月十三日举行盛大祭奠，由居住于鄂尔多斯地区和阿拉善地区的蒙古人参加，当地鄂尔多斯蒙古人不能参与其独特的祭祀活动。此外，在巴嘎阿尔寨即小阿尔寨的南壁上凿有两个石窟，雕有4座佛塔。

一条叫察哈尔的季节河在阿尔寨石窟的西南处。平时是一条干沟，雨季时会出现滔滔洪流。从察哈尔河向北，居住有大约二十几户察哈尔蒙古人，据说，他们是17世纪30年代左右，蒙古最后大汗林丹汗经过鄂尔多斯西进青海时，留居鄂尔多斯者的后裔。也有人认为，他们是林丹汗在青海地区长逝之后，由其统帅的察哈尔部不得不东归的遗民。有着如此背景的察哈尔人在鄂尔多斯七旗皆有分布。

阿尔寨石窟位于一处通往东西南北的交通要冲。北渡黄河可以直达13世纪蒙古帝国之首都哈剌和林与库伦（即今乌兰巴托），南越长城可以过榆林府及延安府而奔西京长安，往东则可以抵呼和浩特而控大同和宣化，赴西即可据宁夏而望青海。

感谢我们的朋友巴图，他是如此翔实地为我们描绘了阿尔寨的情景。在我的印象中，他大约是这一带的人，所以话语中充满乡情色彩。这位文化学者好像还是个文化官员，在旗的文化局或文物局供职。

阿尔寨石窟像中国地面上的大部分石窟一样，它最初的启动工程是在魏晋南北朝，后来历朝历代都在修缮和扩展，而在成吉思汗大行之后，这座石窟被扩建和改造成成吉思汗纪念堂，以作祭祀和礼佛之用。其主旨是：

> 成吉思汗在世时，镇守蒙元汗室，是政教合一的最高统治者。成吉思汗大行之后，经过六道轮回，升天化作佛教四大天王之一多闻天王的形象，继续镇守世界的北方，成为社稷守护神。

阿尔寨这块大河套的腹心地带，这块成吉思汗当年曾鞍马劳顿，多次历经的地方，这块他曾在此摔伤和养伤的地方（据《蒙古秘史》），在他长逝后，人们将这座石窟，扩建和改造成寄托哀思之所。

阿尔寨石窟2003年被国务院增补为第五批全国重点文物保护单位。

阿尔寨第28号窟内画有成吉思汗御容图。图中，成吉思汗以阿尔寨石窟为背景端坐中央，环绕在他周围的三女子则右手依次为孛儿帖哈顿与忽兰夫人，左手为耶速干夫人。成吉思汗左方的四男子当为皇子术赤、察合台、窝阔台和拖雷。

阿尔寨石窟第32号窟，描绘了众多的度母形象，并用回鹘蒙古文刻写了许多经书，诸如《忏悔三十五佛之赞歌》《圣救度佛母二十一礼赞经》《十六罗汉颂》《男居士达摩达拉赞歌》《四天王赞歌》等。

阿尔寨石窟第31号窟，是一个内容更为丰富的窟，里面有成吉思汗镇守蒙元汗室壁画，有宰相八思巴为蒙元汗室成员举行灌顶仪式壁画，有八思巴讲经图，有诸多的绿度母故事，有供养菩萨像，有轮回图。而其中最应该引起我们注意的，或者说启动了王先生和巴图先生智慧大脑，展开推测和想象的，当是这31号石窟中的《成吉思汗六道轮回图》。

该图自下而上共有七层，仿佛有七重天一样。第一层，斑驳的画面上，隐约可见居于画面中央的山门，以及山门旁边的佛塔，佛塔之侧，似有小山岗一样的敖包。

第二层，斑驳中可以看见许多的房子，它们大约是寺院，还有人们礼佛的情景。

第三层，一座隆起的绿色的山，正中央是一个端坐的千手观音形象，左边是一座高高的三层建筑，像威严的城堡，右边也是一座城堡，房屋错落。那千手观音极具妖媚之状，似乎有犍陀罗风格。

第四层宛若仙境，出现有五座山头，每一座山头上都有佛在静修，生灵万物沐浴在梵音仙乐中。

第五层有许多的建筑，石砌的山门，山门左侧是两个硕大的蒙古人帐篷。画面左侧有着高大的建筑，仿佛辉煌楼阁。画面右侧，是蒙元丧葬场面，三个蒙古大汉抬着棺木，两个大汉的头发垂下来，一个大汉则戴着蒙古式的宽檐礼帽。那棺木与我们在成陵中看到的棺木十分相似，长条形的，棺盖与棺身连接处，打三个扣。棺木的后方，是倒毙在地的战马，前面则是一位绿度母在引魂，下方端坐的正在诵经的大约是女萨满。

第六层，正中端坐的是一位通体乌黑的大佛。画面下方，是依山而筑三溜或四溜占满画面的房子。画面上方，则是为成吉思汗歌功颂德的战争场面。佛的左右两侧，各有两匹马，驮着辎重，嘶鸣而来。佛的下方亦有马在奔驰。

第七层，《成吉思汗六道轮回图》的顶端一层，是高高的山顶，山的顶端，那端坐的应当是已经经过六道轮回，升天成为北方之神多闻天王的成吉思汗本人。山顶祥云朵朵，楼阁辉煌巍峨，宛如幻境。

这就是阿尔寨石窟第31号窟那幅著名的《成吉思汗六道轮回图》的实景描写。

我的学识有限，所以在这件圣物面前，我唯一能做到的是亦步亦趋的描写，把我看到的告诉大家。

我想当年的王先生和当年的巴图先生，一定也像我今天这样细致地观看过，但是他们比我高明，他们是专家，他们是有备而来，所以他们能从这图中，看出创作者当初那隐秘的暗示和昭示。

这暗示和昭示是说，这六道轮回图并不是虚构的东西，也不是想象的产物，它是对真实发生的一件重要事情的记载。这件事情就是一代天骄成吉思汗的秘葬场面。

也许，那描绘这幅图画的人是在等待有一天有人来看出这图画中的秘密，结果他的良苦用心得到了回报。他等到了这个人，而且一次等来了两个。

天开一眼，王先生和巴图先生面对《成吉思汗六道轮回图》激动不已，他们认定，这幅图画并不是虚构的六道轮回图景，而是真实的成吉思汗秘葬场面。继而，他们便开始了在大河套地区，寻找与图案中相近似的山岗地貌的漫长过程。

他们后来找到了，这地方就是银川城附近的贺兰山塔寺口。

2008年9月初，银川城铺满了阳光，处于巴丹吉林沙漠与黄河挟持下的贺兰山，逶迤地伸向地平线的远方。在银川城，我见到了王先生。

那次银川之行我有两件事：第一件是央视四频道《走遍中国》

栏目，要拍一部专题片《贺兰山》，邀我做文学顾问；第二件则是参加自治区政府举办的贺兰山岩画节。

这样我见到了居住在银川城的王先生。

我曾经说过，我此生注定会遇到一些重要人物，那么这次银川之行遇到的王先生，就是其中一个。他是东北人，大约是锡伯族，高大，爽朗，有着野外工作者那样的体质和面孔。他大约已经退休，赋闲在家。

他的家中有许多收藏。他像小孩子玩积木一样，将这些收藏从里屋拿出，让我们观赏后又搬进去。他在茶几上摆满了蓝田玉，然后告诉我们说，这是新玉，这是老玉，他用光谱仪测试过，这新玉并不是当年那种意义上的蓝田玉，当年的蓝田玉当采自骊山。

他说，骊山是一座宝山，那地下因采玉而掏空，当年他曾经扛着仪器，在山腰间女娲庙附近探测到这坑道的入口。《山海经》中说，共工怒触不周山，天柱折，天倾西北，地陷东南，这句话不是传说，真正的事实的确是这样的。从昆仑山（南山），再到喀喇昆仑山（美丽的南山），再到南山到此终结的终南山，山在结束的时候向东北伸出了一条腿，这条腿就是骊山，宝物就藏在这山中。

看来，这位地质工程师出身的人，是一个帝陵方面的研究专家。关于西夏王陵，他也提出了自己的看法。他认为现在公认的那六七个大土包，并不是西夏王陵，而是王陵区门迎前面的楼阁，真正的王陵要靠后，往贺兰山方向再走二十多公里，那条公路转弯处的峰峦之下。为了加强他的说法，王先生还带领我们摄制组，来到那个地方。"唐承汉制，宋承唐制，以山为陵，"王先生说。他领我们来到一条低洼的从山脚通下来的地沟前，告诉我们，他曾经扛着可以探测到地下六米的地质探测仪，细心地探测过，证明他的推断是正确的。

王先生关于西夏王陵的推断，我是完全同意的。因为我每次去看西夏王陵，也都有这样的疑惑：西夏诸王是不会这样坦然把自己的陵墓裸露地建立在这一马平川上的！我曾经说过，西夏王朝是一个为战争而生的国家。从李元昊称帝后，战争一直伴随着这个可怜的国家，此其一；其二，西夏的文字、礼仪等等，都在亦步亦趋地效仿宋朝，以山为陵这件事，也是应在效仿之列的。况且，战事频仍，那些西夏国王们也不会傻到把自己的陵墓放在赤裸裸的一马平川上。

闲言少叙。记得那天在王先生家中，当我们从蓝田玉谈到和田玉时，先生颤巍巍地，从里屋抱出了个牛头大的两块，告诉我们说，这种籽玉，现在已经采不到了。他的夫人，还抱出一块好像里面装有水胆的宝石，蓝汪汪的，她说，中国地质博物馆也有一块，比我家这块小一些。记得，王先生还拿出两副用玉做成的眼镜，让我们戴。那眼镜对着太阳直视过去，一副发出一圈一圈的菩提光，一副则发出一束束的莲花光。

不过王先生最好的私藏，却还不是这些，而是六世达赖喇嘛仓央嘉措的护身符。那是一件用纯金做出的手掌大小的圆形物件，中央部位镶有一枚大拇指大小的祖母绿宝石，环绕宝石，镌刻着藏传佛教"唵嘛呢叭咪吽"六字真言。当年，这位天才诗人，命运多舛的传奇人物，大约就是佩着这护身符流浪四方，最后倒毙在额济纳胡杨林地面的路旁的。

王先生是在剧组的一再请求下，有些不情愿拿出来让我们看的。不过好东西总要示人的，所以他后来也高兴了。这件圣物是如何到他手中的呢？他说，仓央嘉措过世之后，他的遗体被涂以泥巴，塑成真身，供奉在额济纳地面的一座小庙里。前些年地震，真身垮塌了，庙也倒了，游牧经过此处的牧民捡了这护身符，然后几经倒手，到了他手里。

我想由于有了上面的描述，你们对这位王先生大约也就有了一些了解，从而也明白了，由这样一个人物来发现和揭示成吉思汗秘葬之地的秘密，就是可以理解的了。

不过王先生说，还有一个人，比他更具智慧，这个人叫巴图吉日嘎拉，他这次也来参加贺兰山岩画节。我们已经相约，明天去塔寺口，实地勘察。

第二天上午，秋阳灿烂，在贺兰山口那个新建的贺兰山世界岩画博物馆门前参加完岩画节开幕仪式后，王先生、巴图先生、我、专题片导演、策划、编辑、摄像，我们一同驱车赶往贺兰山塔寺口，实地勘察这阿尔寨石窟《成吉思汗六道轮回图》所向我们揭示的成吉思汗秘葬之地。

山很高。这大约是贺兰山行驶到这一段后，最高的几座山峰了。远远望去，山峰隐现在蓝天白云中，那最高的一座山峰，仿佛轮回图中那座睡佛一样，横卧在山巅之处：鼻梁，眼睛，嘴唇，下巴，隆起的双乳，肥厚的臀部，长舒的裙裾，活灵活现。

往下一层一层，站在山脚下，用我们的肉眼判断，果然像六道轮回图中所描绘的那样，从山顶到山根，有那么六阶到七阶的样子。

不过这山阶之上，六道轮回图中所描绘的那琳琅满目、拥拥挤挤的建筑物，已经像被一场风刮去一样，荡然无存了。王先生手捧着巴图的这本书，打开六道轮回图这一页，对着图，指着这眼前的大山，与巴图先生交谈。我们的摄影机作为资料，录下了这些画面。

那寺院、楼阁、一道一道的山门，经过八百年沧桑，都已荡然无存，只有这山坡的轮廓、这山峦的走势，对照地图，能看出这卧佛山与六道轮回图的酷似。山脚下，还有两座白色的塔，兀立在那里。据说，这地方原来有一百零八座白塔，从山脚一直排列而上，直到山腰。如今，不知道是因为风雨剥蚀，还是人为破坏，只剩下这孤零零的两座了。这地方叫塔寺口，大约就是因此而来。

唯一没有发生变化的，就是这倚着白塔的左侧，顺贺兰山山脚堆起的那九座敖包。它们像九座小山一样，顺着川道排开。据说，当年这九座敖包的堆砌，是三万蒙元大兵，每人从戈壁滩上拣一块大石头，堆砌而成的。

王先生和巴图先生在交谈，对证那每一层上的当年建筑物的位置。王先生说，在他的记忆中，白塔之侧那座山门，"文革"期间还在，而那寺庙群的坍塌，好像也应当是不算太久远的事情。

王先生说，卧佛山塔寺口这一块地面，十分奇怪。蒙元帝国结束后，从明到清，到民国年间，这块地面好像得到了某种默许，或达成了某种默契，它一直没有被占领过。

他还说，自成吉思汗大行之后，每年的某个季节，都会有一支从东北方向过来的蒙古骑兵，杀开一条血路，来到这塔寺口山门前，举行祭祀活动。祭祀者所烧的纸灰竟有一尺多厚。他在小的时候，见到过这祭祀的场面，还看到祭祀活动结束后，当地人挥舞着铁锨，收拾纸灰的情景。

王先生说，这样一支已经消失的帝国的骑兵，他们千里迢迢，长途奔袭，为一场祭祀而来，说明这卧佛山下，一定安葬着一位重要人物。而他们年年如此，如期而赴，说明他们在遵从着一种古训。

王先生说，这样一支祭祀的队伍，也许知道这卧佛山上所祭祀的是谁，也许不知道。不过，他推测，他们中起码有些老人是知道的，但是遵照古训，守口如瓶，向世界保守着这个巨大的秘密。

所以从这个角度讲来，知道一代天骄成吉思汗葬在贺兰山塔寺口卧佛山下的人们，不止是我们几个，那些年年前来祭祀的人中，一定也有人知道，只是他们守口如瓶而已。

透过层层为岁月所遮掩的历史尘埃，我们在试图走近和试图揭开一个巨大的历史秘密。我们做到了吗？也许做到了，也许没有做到。

站在山脚下，望着那睡佛安详地躺在山峰之巅，它身上那蓝色的贺兰石、白色的贺兰玉、金黄色的贺兰麻黄石闪闪发光，而母亲河黄河，在我们的身后，发出千年不改的叹息。

我在凤凰世纪大讲堂讲演时说，世界上几个文明古国都消失了，中华文明能一直郁郁葱葱，直到今天，原因之一就是中华文明靠两条腿走路，一左一右倒着步子前行。这两条腿，一条是农耕文化，一条是游牧文化。

我还说，我是一个世界主义者。当某一年的夏天，我沿着中亚地面的额尔齐斯河前行的时候，流域两侧有着许多的各民族的坟墓。我脱帽向每一座坟墓致敬，我觉得他们是我的共同祖先，而我，是他们打发到21世纪阳光下的一个代表。

这段文字有些冗长了，那么就此打住吧！我把我所知道的，诚实地报告给了这世界。我是真诚的，如果这段文字，能给我们认知的领域，哪怕增加一点点新的东西，那就是对我的报偿了。当然最后，请允许我和亲爱的读者一起，在这里感谢王先生，感谢巴图先生，没有他俩，就没有这一段文字了。

## 42  中亚枭雄跛子帖木儿

在世界史的叙述中，我们把三个草原英雄并列，一个是铁蹄踏遍欧罗巴大地的阿提拉，一个是建立横跨欧亚大帝国的成吉思汗，一个是中亚枭雄跛子帖木儿。

你要了解中亚的历史，了解中亚的现状，了解伊斯兰教如何在中亚、在北印度、在中国塔里木盆地扎根，都需要通过跛子帖木儿这个人物来进入。

帖木儿是撒马尔罕那个地方的人，他出生在城外郊区的一个普通牧民的家庭中。尽管他称自己为成吉思汗黄金家族的后裔，但是史学家们否定了他的这一说法，说他是攀亲，说他和成吉思汗唯一的联系是，他娶了一个成吉思汗黄金家族的女人做妃子而已。史学家们给他的族籍定位是突厥化了的蒙古人。

后来，他在撒马尔罕建立强大的帖木儿帝国。他最初征服了中亚五国这一片草原，土库曼斯坦的最后一代国王就是被他杀死的。他占领了老梅尔城。老梅尔城被认为是中亚最早的城市，距现在两千八百余年。老梅尔城也是历史上三大古游牧民族之一雅利安人的发源地，还是伊斯兰教在中亚建立第一座清真寺的地方。帖木儿将这座古老的城市销毁，将土库曼斯坦苏丹斩于马下，令这座城市现在成为一座废墟。

我曾经开着车，在城里边走了一圈，这座城市的形制与陕北的统万城一模一样，一眼就看出是游牧民族所筑，甚至这座城市有马面这个城防设置的存在。我一直认为统万城的马面和西宁城的马面可能是较早的马面。现在知道了它在两千八百年前就出现在了老梅尔城。农耕文明时期把这种城防设施改造成瓮城。尽管土库曼斯坦当时已经信仰伊斯兰教，帖木儿还是毫不客气地将这座城市毁于一旦。

他的帝国还向西发展，占领了当年的波斯，占领了当时同样强大的奥斯曼帝国的一部分领土。现在的历史学家们叹息地说，正是帖木儿的铁蹄，极大地削弱了奥斯曼帝国。

他的帝国翻越帕米尔高原，进入北印度，占领当时的印度首都德里。所以，北印度后来摒弃佛教，进入伊斯兰教势力范围。他从印度退出以后，他的后裔后来又完成了一次对印度的占领，进入德里，而后在那里建立了强大的莫卧尔王朝，留下一个著名的建筑叫泰姬陵。

在完成了这些以后，他从慕士塔格峰下面的帕米尔高原与天山的接壤处，走三百多公里路程，翻越帕米尔古海，进入塔里木盆地。他这一次用兵喊出的口号是为了复辟蒙元帝国。当他听说明朝的朱元璋刚刚去世，朝中正在争位之时，认为是个大好机会。于是，他倾一国之力，率领骑兵来犯。而当帖木儿率领他的大军走到嘉峪关的时候，突然暴病而亡。

大明王朝避免了一场与草原帝国的对决。这也就是明朝修筑长城，东至山海关，西至嘉峪关的原因。

帖木儿的陵墓在哪里呢？塔什干好像有一座他的陵墓，撒马尔罕也有他的陵墓。这两座陵墓我都去拜谒过，我不知道哪一座更真。在一个早晨，我来到塔什干的帖木儿广场，向这位历史人物致敬。我为他朗诵了一首诗，这首诗是拜伦的。诗如下：

> 纪念碑倾圮了，
> 花岗岩腐烂了，
> 流传他的英名，
> 要靠农夫悲凉的小调。

撒马尔罕的帖木儿坟墓在老城北边，现在是清真寺建筑。据说，斯大林当年曾经下令要掘开帖木儿的坟墓，探个究竟，而这一天正是二战时期德军大举进攻苏联的那一天，所以这件事当时就停止了。这是有历史记载的，应当准确无误。

在这本书中，如果不提及帖木儿这个人物，那么这本书就是不完整的。

# 第八章　沧海桑田罗布泊

# 43 谜语一样的楼兰国

　　在长期的历史进程中，在中原人对西域的想象中，楼兰是一个备受瞩目的关注点。

　　对他们来说，楼兰简直就是西域的同义词，是大漠的同义词，是战争的同义词，是死亡的同义词，是建功立业的同义词。楼兰成了一个标志性称谓，一段历史记忆的方尖碑，一个中国人关于西地平线的玫瑰色的梦想。

　　而丰富这一代一代人想象力的，是那些碑载文化，是那史书中的描写和汉唐诗人那天才的吟唱。

　　这也就是在这本书中楼兰话题占了这么多篇幅的原因。

　　其实那时候的西域，有许多国家。楼兰仅仅是其中之一。那么有多少个国家呢？"西域一十六国"这个说法，来自冒顿文书，这说明匈奴那时候还没有涉及西域纵深。后来大约是张骞回来说有二十六个，再后来大约是班超回来说有三十六个。再后来，不断又有发现，远处还有一个波斯，山那边还有一个五印大地。于是人们厌倦了确切的数目，而以"西域三十六国"统称。

　　那个时候的西域，人流的大迁徙像潮水一样奔涌不定，英雄美人们列队走过，御风而行，驼铃叮咚响彻晨昏。那一个一个小国也许在早上立国而黄昏就告终。那真是一个令人着迷的时期。那里面该有多少精彩的历史细节在的。

史学家把那个时期叫作中亚古族大移位时期。

汤因比曾经无限向往地说，假如让我重新出生一次，我愿意生在中亚，因为那是一块多么神奇的土地啊！汤因比还称那一块地面是世界的"人种博物馆"，因为世界三大游牧民族古欧罗巴游牧民族、古雅利安游牧民族、古阿尔泰语系游牧民族，后两者都消失和沉淀在茫茫大漠中了。

这西域三十六国后来大部分都迷失在路途上了，将它们如何发生和如何结束写出来，那会是一本大书的容量。

因此我们还是将我们的焦点放在楼兰这个话题上。我们毕竟对楼兰知道得稍微要多一点，它毕竟是我们中原人心目中的一个西域标志。

在有了本书上面谈到的那些充满传奇色彩的经历之后，这个从遥远的爱琴海迁徙至罗布泊的欧洲种族，后来怎么样了呢？它是如何灭亡的？那些楼兰遗民最后的去踪又如何？那楼兰城还在吗？那充满神奇的千棺之山是臆造还是确实存在过？而那罗布泊，它如今的情形又怎么样了呢？

古楼兰国大约在公元前3世纪中叶的时候，亡于一个叫丁零的中亚古族手里。

丁零是谁？我的朋友担任主编的《中国伊斯兰百科全书》告诉我们，现在的维吾尔族，在成吉思汗之前，称回鹘、回纥，而在回鹘、回纥之前，称丁零。这样我们知道了，楼兰国是这样灭亡的。它还曾经被称作高车。专家们推断，这个民族是乘坐着高车，从贝加尔湖畔游历过来的。

北匈奴是公元2世纪开始西迁的。大约在匈奴离开这块地域之后，力量对比失衡，中亚古族之间开始进行新的一轮大移位、大兼并，这时候，在某一个早晨或黄昏，楼兰为丁零所灭。

楼兰那时候已经不叫楼兰，而称鄯善，它是在耆公子即位后易名的。

楼兰国的国都那时候也不在罗布泊岸边的楼兰城了，抑或是由于战争，抑或是由于瘟疫，抑或是由于罗布泊位移而引起的干旱，它的国都曾数度搬迁。

灭亡之前的楼兰城的子民，除了那些遥远的迁徙者之外，还有公元2世纪从阿富汗高原上过来的贵霜王朝遗民。

贵霜王朝在公元3世纪时分裂，5世纪时灭亡，这是《辞海》中的说法。本书在这里采用的是中国社科院楼兰问题专家杨镰先生的观点，仅为一家之言而已。而欧洲一些学者认为，原来在塔里木盆地生活着一些印欧语系的种族，使用佉卢文。后来他们迁徙到阿富汗高原上，建立了贵霜王朝。这一王朝后为迁徙的匈奴人所灭。勤勉的卓有成就的西域史研究专家杨镰先生，几年前在一次前往楼兰考察的途中，车祸身亡。在这里让我们悼念他。

贵霜王朝是当时与中华帝国、罗马帝国、安息王朝并称的世界四大帝国之一，然而由于至今我们还不知道的某种原因，它突然灭亡了。于是，它的子民们大量涌向中亚地面，而以涌入楼兰国的人数为最多。——为我们提供这一段历史的，是一种叫佉卢文的消亡了的古文字。

佉卢文最早起源于古代犍陀罗，最早在印度西北部和今巴基斯坦一带使用。印度孔雀王朝阿育王时期，它成为官方文字，而后来又成为贵霜王朝的官方文字。奇怪的是，贵霜王朝灭亡之后，佉卢文却又在新疆的于阗、龟兹、楼兰等王国流行起来了。

而在楼兰国，佉卢文甚至成为与汉文并用的官方文书用字。

是那些19世纪末20世纪初的探险者和考古工作者们，从和田地面发现的马钱上，从楼兰城遗址找到的木简上，发现这种文字的，然后进一步追根溯源，从而推理出这一段历史走向的。

这样我们就对大月氏人他们的迁徙走向有了一个比较清晰的脉络了。他们原居住地在敦煌、星星峡及东天山一带，后来，为匈奴人所驱赶，迁徙到巴尔喀什湖一带。再后来，为乌孙人所驱赶，迁徙到撒马尔罕。以撒马尔罕作为跳板，他们翻越帕米尔高原最大的一个垭口，来到阿富汗喀布尔城，在那里建立贵霜王朝。贵霜王朝为西迁的白匈奴所灭，于是，他们举国举族重新翻越帕米尔高原进入塔里木盆地，最后涌入塔里木盆地各民族了。

西北大学王建新教授带领他们的团队，正在做着这样的挖掘工作。他们主要是挖掘古墓，为上面的说法寻找佐证。

但不管是这些先到的人还是后来加入的人，都随着楼兰国的灭亡，像水一样在沙漠中蒸发了。所有的史书都以惆怅的口吻说：人民流亡，茫茫然而不知其所终。

人类的生命力是顽强的和值得赞叹的，如果我们不满足于史书上大而化之的记载而硬要刨根问底，寻找这些楼兰人最后的流向，那么我们会看到什么呢？历史又将向我们展示一幅怎样的情景呢？

苦难的楼兰人，在楼兰城因为干旱缺水而被放弃之后，他们来到千棺之山，向列宗列祖做最后一次的祭奠，尔后，便拖家带口，向注入罗布泊的一条支流——米兰河的上游搬迁。水流是在那里断流，楼兰人便搬迁到可以遇见水的地方，然后水流又一次断流，于是他们又一次往上游撵。

他们把自己新建的村子叫阿不旦，意即"有水有草适宜于人类居住的地方"。他们把每一个阿不旦都当作自己永远的阿不旦，开始以最大的热情建设它，但是居住上十年、百年之后，发现定居的想法只是自己的一厢情愿。水没有了，流淌村口的河流断流了，于是他们还得往前撵。

楼兰遗民在长期的演变中，被人们称为罗布泊人。

清朝的一位地理官员在撰写《西域水道记》时，曾经偶然走进过这罗布人最后的阿不旦。在他面前，这里是一幅凄凉的人类生存图景：他们几乎衣不遮体，他们居住在用芦苇和红柳条搭建的简易房屋中，他们的主要食物是从水中捞出来的大白鱼，他们生活在一群嗡嗡乱飞的苍蝇中间。

这位叫徐松的官员将他的惊人发现报告给了清朝政府。政府于是授予这个村子的族长伯克之职，算是承认这些罗布人是他的子民。

1900年，当瑞典探险家斯文·赫定，组织驼队，寻找罗布泊确切位置，并因此意外地发现楼兰古城的时候，他曾经从这个村子里，聘请了一位罗布人奥尔得克做向导。

罗布人最后的消亡之地，是我们前面谈到的二十壮士屯垦的伊循城。

伊循城是一个著名的所在，高僧玄奘在五印大地取经归来之后，曾在那里设坛讲道，时间长达半年之久。它还是马可·波罗丝绸之路之行路经和歇息的地方。

伊循城在历史上曾多次改名。它现在的名字叫米兰市。这是兵团人为它取的，理由是城市的旁边有一条米兰河。它现在属若羌县辖治，新疆生产建设兵团的一个团场驻扎在这里。

罗布人是在1921年离开阿不旦村的，罗布泊新湖——喀拉库顺湖的湖水一天天干涸，迫使罗布人只好一步一步地离开那凶险的地方，向后撤退，向塔里木水系尚留有一点水的终结处迁徙，而在50

年代中后期，随着新疆生产建设兵团的成立，他们被接纳为兵团民族连的农工。

刚来兵团时，他们大约还有几十位吧！1998年秋天，当我随央视《中国大西北》专题片摄制组来到这里寻找最后的罗布人的踪迹的时候，只剩下两个人了。一个当时一百零五岁，叫热合曼；一个当时一百零二岁，叫亚生。

在参观了那玄奘高僧曾经在此布坛讲道的著名的米兰佛塔之后，在参观了那有着犍陀罗艺术风格、吐蕃文化痕迹的米兰大寺之后，在那辽阔的郊外旷野上寻找罢那些人头骨、马蹄铁等历史残片以后，我在最后的两位罗布人热合曼和亚生的向导下，穿过米兰河上的米兰桥，来到一个叫阿拉干的地方。

阿拉干是一个地名。一百年前，这里是塔里木河咆哮地注入罗布泊的入海口。

塔里木河发源于葱岭。它在塔里木盆地绕了一个新月形的半圆之后，在收容了叶尔羌河、喀什喀尔河、阿克苏河、和田河、开都河等一系列水流之后，从此处注入罗布泊。关于塔里木河、塔里木盆地，我们在下面的章节，还要为它们进行一次巡礼。

胡杨是中亚细亚的树木。胡杨是苦难的树木，和伴生它的楼兰民族一样苦难。当年，这里曾是一片遮天蔽日的林木，如今，它已经全部死亡了。

有些树木倒毙了，横躺在那里，你得迈过去。有些树木虽然死了许多年了，但是还端端地立在那里，在完成着它们早已确定的宿命。这些树木或站或立，模样却十分庞大、粗糙、丑陋、可怕。那些像狮、像虎、像蟒蛇的丑陋外形，是时间的刀功，是岁月的产物。

出了林子，透一口气，向远处望去。流动的黄沙已经将塔里木河古河道填满，流沙呈现出一层一层的波浪，那是风的形状。远处有些沙包，那沙包也许是当年塔里木河高高的堤岸。沙包上，偶尔会有一棵高大的胡杨，只剩下斑驳的树身了，像某动物的生殖器一样直翘翘地立在那里，苍凉，悲壮，举目望天。

执着我的手，最后的罗布人，一百零五岁的热合曼眼含热泪地说："罗布人有许多东西遗忘在路上了，但是，有一条关于胡杨的俚语，我还记得，胡杨有三条命——生长不死一千年，死后不倒一千年，倒地不朽一千年！"

我把老人的这段话，用作这一节的总结，以及对那些所有消失在路途上的人类子孙的挽歌。

## 44　千棺之山

　　在迄今为止所有关于西域近代探险史的叙述中，关于楼兰城的被发现，荣誉都给了瑞典探险家斯文·赫定，这是有欠公允的。其实，在1900年那个大风天，正是赫定的向导、罗布人奥尔得克的迷路，才得以闯入那座被沙漠淹没的古城废墟，从而令这座著名历史城廓为世人所发现。这个卑微的罗布人，他起码应当属于荣誉的一部分。

　　因此我们在讲这节的时候，以他为叙述视角。

　　在一个用红柳树枝和芦苇搭建的低矮茅屋中，在苍蝇和蚊子的嗡嗡声中，在满屋子挥之不去的鱼腥味中，在屋外不远处那新疆虎低沉的长啸中，在旷野上野骆驼和普尔热瓦尔斯基马那风一样的奔驰中，在罗布泊深重的叹息中，阿不旦村有一个小男孩降生了。那大约是1880年前后的事。

　　这个卑微的人出生与死亡的具体时间，我们都茫然不知，这里之所以推断出他的出生日为1880年前后，是因为他和赫定是同时代人，我们是以赫定的年龄来推断他的。

　　他出生的季节大约在秋天，那时在罗布淖尔荒原上空，正有一群大雁排成人字从天空飞过。按照罗布人的习惯，婴儿出生以后遇到的第一件事物就是他的名字，因此，这个婴儿被叫成奥尔得克。

奥尔得克这个名字，还有另一种说法，这不是"大雁"，而是"野鸭子"的意思。

也就是说，在这个婴儿出生的时候，罗布泊旁边的芦苇丛中，一群野鸭子不知道被什么事情惊动了，于是飞出芦苇丛，在空中鸣啾着，迟迟不落，于是，这个孩子就被叫成奥尔得克。

大雁当然要高贵许多了，而野鸭子则太随意和卑微了，但是大约在罗布人的语言中，它们是一回事。这情形，正如楼兰人又被叫成罗布人一样，只是形式不同。那么我们在这里就不说了，反正他叫奥尔得克。

奥尔得克已经长大，他成为一个脸上抹着土灰，头发乱糟糟的，骑一匹骆驼在罗布淖尔荒原上无所事事的游荡者。这一天，在阿不旦村的村口，他遇见为探险罗布泊正在组织驼队的瑞典探险家斯文·赫定。斯文·赫定需要一个熟悉地理的向导。这样，奥尔得克就成了他的向导。

斯文·赫定是从南疆重镇喀什噶尔来的。那时候的喀什聚集了许多外国人。大英帝国在占领了东印度和南印度之后，成立了东印度公司，在喀什建立了领事馆。那些来自欧美或者日本的探险者一般都住在这里，斯文·赫定的三次中亚之行也都住在这里。

他们有的是旅游者，有的是探险者，有的是文物盗窃者，有的是沙俄、日本、英国这些国家的间谍，当然还有为数众多的外国使团官员。当时有一个好事者统计过，外国人占喀什全城居民的四分之一，约十四万五千人，这些还不包括那些混血。

在这为数众多的外国人中间就有斯文·赫定。这个苍白的瑞典青年，那时候正为一件事狂热，那就是寻找罗布泊。

嗣后，斯文·赫定带着几个助手，在向导罗布人奥尔得克的帮助下，踏上罗布淖尔荒原。

赫定氏此行的目的并不是寻找楼兰城，而是来这里确定罗布泊位置的。那时在欧洲地理界，这个年轻的瑞典人正在为罗布泊的具体位置在哪里一事，与俄国探险家普尔热瓦尔斯基笔战。因此他决定到中亚地面亲自踏勘一番，用事实说话。

赫定氏一行在荒原上行走了半个多月。他们走的正是罗布泊古湖盆地区，只是他们不知道。除了有六十公里的海岸线没有走到外，别的地方赫定一行都踏勘到了，但是由于罗布泊已经干涸和位移，所以他们茫然不知。

半个月过去了，给养已经用完，加之死亡的阴影时时威胁着赫定，于是他决定返回。

回程的路上，赫定突然发现随身携带的铁锹没有了。丢失铁锹是一件要命的事情，即便他们在荒原上能够侥幸找到罗布泊六十泉中的某一泉的话，没有铁锹，也无法挖泉了。这时奥尔得克自告奋勇，要回去寻找铁锹。这样做就等于送命，但赫定还是答应了。

更可怕的是，到了晚上，荒原上突然刮起了大风，赫定在他的书中称那风为"魔鬼的乐曲"。当赫定正在一个干涸的泉子旁边万念俱灰、默默等死时，突然一人一骑，迎着大风，像魔鬼一样飞抵到他的身边。

这正是神奇的罗布小子奥尔得克。奥尔得克除为赫定带回来铁锹外，还带回来一块雕花的木板。奥尔得克说，大风将他刮到了一座鬼气森森的大城堡里，城里有城墙，有房子，有塔，满地都是这种破旧的木板。

捧着雕花木板，听着奥尔得克关于鬼城的描述，赫定在那一刻惊呆了：罗布泊旁边如果能有这样一座如此规模的城市的话，那它一定是湮灭一千多年的楼兰古城了。而楼兰古城如果确定的话，旁边的这一片几百公里的洼地就一定是当年的罗布泊了。

第二年，赫定从瑞典国王和瑞典火药商诺贝尔那里又筹了些资金，重访楼兰。

依然是奥尔得克作为向导，他们乘船从塔里木河顺流而下，进入罗布泊水面。船只驶到离楼兰还有十多公里的地方搁浅，尔后一行人沿干涸了的运河河道进入楼兰城。楼兰之谜至此揭开。

楼兰国皇家公墓千棺之山的发现，也与奥尔得克有关。

传说在罗布淖尔荒原上，有一个去处叫千棺之山。那里是大沙漠的深处，那里拥拥挤挤的大沙山一座挨一座。而在沙山之上，排列着密密麻麻独树做的船形棺材。棺材里躺着高贵的武士、美丽的少女。虽历经数千年的岁月了，但是这些勇士、少女们仍面容姣好。传说在有月光的夜晚，他们会从棺木中走出，歌唱和欢愉。而在太阳出来之前，又回到棺材里，安静地躺下。

传说在每一具棺木的旁边，都立着一根高高的胡杨树干，从而令这一块地面像一座死亡了的胡杨林，充满阴郁的气息。而那雪白的树干苗条、高耸，像一群踮起脚尖跳舞的美女。

奥尔得克时常给人说起他见过这千棺之山，是顺一条古河道追猎几峰野骆驼时误入的。1934年，在赫定氏最后一次探险罗布泊时，当听到奥尔得克说起千棺之山时，他很感兴趣，敏锐地感到这个神秘所在也许会给他带来许多收获。赫定此行要去楼兰，不能分身，于是派他的助手法国人贝格曼去探寻千棺之山，并让奥尔得克当向导。

顺一条干涸的东南而流的小河故道，他们走了许多天都没能找到这千棺之山。而路途中奥尔得克的信口雌黄，也使贝格曼觉得这千棺之山一说也许是这位罗布人的虚构和想象而已。甚至到了后来，连奥尔得克本人也对自己的经历产生了怀疑。

然而有一天，正当所有人的信心和耐心都被折磨得丧失殆尽的时候，远处的沙丘上突然出现一片高耸的标帜。奥尔得克指着那个方向，高喊道："我没有骗你吧，外国人！瞧，那里就是千棺之山！"

　　探险队一片欢呼。驼铃叮咚，载着他们向千棺之山奔去。走到古墓群中，贝格曼跪下来，向亡灵们致敬，请他们原谅不速之客打搅了他们的安宁。继而，贝格曼打开就近的一具棺木，于是看到一位楼兰美女向他微笑。

　　千棺之山后来被贝格曼称为"奥尔得克的古墓群"。山上共有一百二十具棺材，周围标记了一百多根直立的木杆。罗布泊的沙漠极端干旱，所以墓葬里的尸体完好得令人吃惊。贝格曼打开棺盖后所见的那具女性木乃伊，有着高贵的衣着，神圣的表情，戴着一顶饰有红色帽带的黄色尖顶毡帽。她双目微合，好像刚刚入睡，并为后人留下永恒的微笑。贝格曼称她为"楼兰女王"。

　　"楼兰女王"这几个字叫我们心跳。如果读者朋友脑海里还残留着一些对楼兰国的记忆的话，他一定会在此刻想起那光艳照人的爱琴海，或者是那俊俏妖娆的苦命脱脱女。这木乃伊会是其中的某一个吗？很难说！

　　最后再说一说我们的奥尔得克。

　　说起这个人的结局来，真悲惨，瑞典人赫定一身荣誉，寿终正寝，我们的奥尔得克却始终贫贱和卑微，最后甚至连骨埋何处也不知道。据说，赫定1934年5月走后，奥尔得克仍假冒探险队的名义，向罗布部落的最高统治者伯克买了许多粮草，谈好将来由探险队付钱。这事败露后，愤怒的伯克扬言要把奥绳之以法。怕吃官司，奥尔得克只得仓惶逃逸，后来隐居于阿拉干附近的老英苏。他去世后，就安葬在老英苏的玛扎。当然这只是传说而已。罗布泊人长寿，奥尔得克说不定会多活几年，活到被兵团收留当几年农工，也是可能的事。赫定与奥尔得克同龄，赫定死于1952年。

在我的印象中，这个罗布奇人是一个浪子，他骑着马，御着罗布荒原的大风，在荒原上疾走。他一会儿出现在追赶野骆驼的猎手行列，一会儿又驾着独木舟泛塔里木河而上，奇迹般地出现在赫定面前。

他同时是我们通常意义上所说的那种"痞子"，衣衫不整，邋里邋遢。遇见的人都以半是轻蔑半是调侃的口吻与他打招呼。他的嘴里三分之一是谎言，三分之一是真实的阅历，三分之一是白日梦。这些特征混淆于一身，令世人对他的话只能半信半疑。

但是我还是深深地喜欢和同情奥尔得克。1901年3月2日，在奥尔得克的指引下，赫定得以来到楼兰古城。西域探险史上重要的一页揭开了。"快去捡那些木雕、木简和纸本文书吧，找到一件，我当场付你一块银元！"斯文·赫定喊道。于是，我们看到那俯身向下的奥尔得克佝偻的身影，他一边捡一边呲着白牙傻笑着。

## 45  罗布泊的十三天

1998年秋天，随新疆地质三大队，我进了一次罗布泊，并且在罗布泊的一个雅丹下面，支起帐篷，住了十三天的时间。

当罗布泊、楼兰古城、白龙堆雅丹和龙城雅丹突然在我面前变成活的时候，你能想象得出我当时那惊诧万分的心情吗？它们是和本书中那些古老年代的故事联系在一起的。故事已经结束，如果需要复活它们，只能在我们的想象中复活。而罗布泊依然故我，肩一天寂寞，千疮百孔，站立在这块中亚细亚大陆的中心地带。

罗布泊已经完全干涸了。它最后一滴水消失的年代大约在1972年。之所以以这个年代来纪事，是因为1972年尼克松访华时，曾送给中国人一组地球物理卫星拍摄的照片，那照片显示罗布泊已完全干涸，我们所能见到的，只是一片令人毛骨悚然的荒原，和荒原四周那清晰的海岸线。那海岸线的轮廓像人的一圈一圈的耳轮，所以地理学界称这照片为"中国的大耳朵"。

如今在我眼前，那昔日的海还在，只是那波涛万顷如今已经凝固为盐壳，不再遇风而起、兴风作浪。

那盐壳坚硬如铁，呈灰白色。盐壳在罗布泊湖心地带，厚度是一米五。我们居住的这海岸线附近，厚度是一米八。盐壳下面，仍然是湖水，不过这水已经成卤水了。这卤水遇冷遇热遇干遇湿发生变化，从而将盐壳拱起一个又一个小土堆。因此站在罗布泊海岸线上，举目望去，看到的是拥拥挤挤的一个接一个的小土堆。这些土堆有半人高，就像平原上的坟堆一样。

而曾经辉煌地闪现在西域大地上的楼兰城，则已经完全被黄沙掩埋，一点当年的影子都没有了。今天的人们推断它的规模，完全是以从沙土中刨出的墙根来推算的。如今这整个古城，已经与大漠混在一起，分辨不清了。它现在唯一的标志是城中那座高高的佛塔。这佛塔尽管因岁月已被无情剥蚀，但还没有完全坍塌。远远望去，佛塔像一座孤立的雅丹，一叶大荒原上的孤帆。

那些曾经鲜活地存在过的生命早已灰飞烟灭。在楼兰城，我们见到的唯一的生命是一种花翅膀的小苍蝇。每当有客人到来的时候，它们便嗡嗡飞来。——在这里，每一个生命都值得膜拜。我们称那些苍蝇是伟大的苍蝇。我请教地质队员，这些苍蝇是怎么活下来的。他们说，那盐翘上面早晨会渗出露水，苍蝇是靠吸吮这些露水活下来的。

白龙堆雅丹——这令我们一声长叹的白龙堆雅丹，它闪现在罗布泊古湖盆的正东方。

远看，它像一个平和的用哈萨克毡房组成的村落，平平地铺展在地平线上。走进其中，但见雅丹群狰狞万状，瘴气弥漫其间。

郦道元在《水经注》中描写过的龙城雅丹，在罗布泊的西北海岸线上。我们的古人不知道这奇异的雅丹地貌是如何形成的，所以郦道元在书中说，这里原来是一座古老城池，后来被罗布泊淹没，当它重新露出水面时，就变成现在这个样子。

龙城雅丹，从远处看像一支拖了很长距离的丝绸之路上的驼队，从近处看则像一座森严的中世纪城堡。

在罗布泊十三天的日子里，我做得最多的事情是一个人静静地坐在雅丹的顶上，面对眼前的一片洪荒，像一个高僧那样盘腿而坐。前不见古人，后不见来者，只一个孤独的我，独对这座荒漠。

宗教也许就是这样产生的。——面对铺天盖地而来的大压抑，人完全地麻木了，不再思想，不再说话。在大自然暴戾的力量面前，我感到自己如此渺小如此可怜如此无助。这时候我想到了神的力量，于是心中有一种暖烘烘的感觉。是的，宗教也许就是这样产生的。或者换言之，在罗布泊，面对大自然如此强大的破坏力，人是如此渺小，你就会明白宗教产生的原因了。

站在雅丹顶上瞭望远方的时候，我还想起尼采的"重新估价一切价值"这句话。从这个角度看世界，我们对世界会有许多全新的看法。

只有在这样的环境中，瞭望荒原以外的熙熙攘攘的人类世界，你才能些许明白现代文明的虚伪性，明白人类花了几千年时间所煞费苦心地建立起来的秩序大厦的可笑。

在雅丹顶上的十三天中，有一只黑乌鸦一直陪伴着我。

这只黑乌鸦是我们到达雅丹的第一天，便从东方的敦煌方向飞来的。

先前我们的行程曾到过敦煌。在莫高窟敦煌壁画中，有一个印度高僧，每日黄昏，都要来到恒河边上，剖开肚子，抽出自己的肠子，在这河水里洗呀洗。他试图在这日日必备的洗礼中，洗尽凡尘，到达大彻大悟之境。

我把我的罗布泊之行，当作一次精神的洗礼。

关于对罗布泊的感觉，如果要用一段话来概括的话，那么我的这段话是这样的——

罗布泊像一个地球的子宫。不过这是一个年迈的老妪的子宫。

它的风情万种的少女时代已经结束。这子宫苍老、干瘪，没有月月如期而至的月经来潮，也没有播种和收获。

而我像什么呢？像一个重访母体的当年的婴儿。我惊叹于这物是人非，我惊叹于这沧海桑田，我惊叹于这熟悉中的陌生和陌生中的熟悉。

我坐在雅丹上，呆呆地望着视野可及的远方。一片汪洋，怎么说干涸，就干涸得一点水都没有了呢？那么多曾经鲜活地存在过的人物和故事，怎么说没有了，就像不曾存在过一样没有了呢？望着眼前这凝固的海，望着灰蒙蒙的天空高处那缓缓行驶的太阳，望着远处的敦煌，远处的楼兰，远处的龟兹，远处的白龙堆雅丹，远处断流了的孔雀河、开都河、塔里木河，我感悟到一种可怕的、伟大的、暴戾的、足以摧毁一切的东西。

这东西就叫时间。

## 46  最后一滴眼泪

站在罗布泊一处奇异的雅丹上，我眼角涌出一滴冰凉的泪。

朋友说这是罗布泊的最后一滴水。

站在罗布泊一处奇异的雅丹上，我把自己站成一尊木乃伊，从而给后世留下一处人造的风景。

今年是我踏访罗布泊二十一周年。1998年9月19日，笔者随中央电视台大西北摄制组（我是总撰稿之一，另外两个总撰稿是毕淑敏和周涛），随新疆地质三大队抵达罗布泊。我当年待过的地方，是罗布泊的最深处，地质学上叫它罗布泊古湖盆，这是罗布泊最后的干涸之地。

先行的地质学家彭加木，他失踪的位置还没有到古湖盆，只是抵达古湖盆地缘的沙丘，红柳、芦苇、芨芨草地貌。罗布泊号称有六十泉，他是为寻找泉水而失踪的。他的考察团队是从马兰基地方向进入的。

彭加木死亡的原因有很多种说法，成为和罗布泊联系在一起的大谜。我所给出的判断是三种：第一，在罗布泊南边的库鲁克塔格山下，那里还有一个曾经的湖泊，比罗布泊小一点，现在为流沙所覆盖，深不可测。也许，彭加木一脚踩下去了，就被这流沙吞噬了。第二，罗布泊地面有一种龙卷风，俄罗斯人叫它黑风暴，新疆人叫它闹海风，属于局部气候。地质三大队的司机老任告诉我，他经历过这种风暴，黑呜呜的，像一堵墙从远处一步一步挪来，遇到人将人撕成碎片，遇到车将车撕成碎片。如果你把手塞到风里边去，它把你手就截断了。第三，他掉进了罗布泊古湖盆里，我们以前说过，干涸的古湖盆上面罩着一层盐翘，这盐翘坚硬如铁，盐翘的下面是二百多米深的卤水。这卤水遇到月亮引起的潮汐，会往上翻，直到把盐翘变成稀泥。不懂的人一脚踩下去，就掉入这卤水了。虽然有多种说法，我觉得比较靠谱的是我上面的这三种推断。

另一位先行者是探险家余纯顺。他则是从南疆的若羌方向，沿孔雀河古河道进入，只走到了古湖盆边缘就迷路了，然后心脏病猝发而死。

其实余纯顺在出发之前，身体已经不适，大约他也有一种不祥的预感，只是，当时六十几家中外媒体云集若羌，宣传态势已经造成，余先生被媒体绑架了，只好硬着头皮，背着行囊出发了。——把角色演到谢幕。

我眼前所见，罗布泊已经没有一点水，覆盖着十三米到十八米的盐翘，茫茫苍苍，像涌在地面的坟堆一样直铺天际。

我是从新疆地质一大队的营地鄯善出发，穿越著名的鲁克沁小镇，穿越库鲁克塔格山，穿越龟背山，进入罗布泊古湖盆，十三天后从原路返回。

返回途中，我在迪坎儿见到了奥尔得克的后人。奥尔得克是当年发现楼兰古城的瑞典探险家斯文·赫定的向导，被誉为最后的罗布人。

# 47 不周山的一声惊叹

它现在的名字叫帕米尔高原。它历史上的名字叫"葱岭"，别称为不周山。在佛教经典表述上，它又被称为大雪山，也就是喜马拉雅山。佛教有一个须弥山的概念，认为那是众神居住的地方。最上面一层居住的是佛陀，佛陀往来无定，有时候也会光顾这里，第二层居住的是诸位菩萨，第三层居住的是四大天王，第四层居住的是十八罗汉或三十六罗汉或五百罗汉，第五层居住的是佛家普通的僧人，统称和尚，又称比丘，女性则被称为比丘尼。须弥山东面白银，北面黄金，西面颇梨，南面青琉璃。所以玄奘在《大唐西域记》中说，须弥山又称妙高山，四宝所成曰妙，出过众山曰高。

为什么叫葱岭，专家的权威解释是，在山坡向阳的一面长着密密麻麻的野生小葱，所以叫葱岭。笔者觉得，一上葱茏四百旋，在这与天同高的世界屋脊上，它的腰部长着遮天蔽日的雪松，葱葱茏茏，蔚为壮观，顶部白色的雪峰像盔甲一样在中亚的阳光下闪耀着炫目的寒光。"噢！多么葱茏的一条大岭啊！"站在塔里木盆地的人们，仰头一望，会这样发出一声惊叹。

佛教经典记载，葱岭之巅有一座龙池。龙池在香山之南，大雪山之北，百八里方圆。香山就是人们现在说的昆仑山。大雪山就是人们现在说的喜马拉雅山。这里是众神居住的地方，由龙王看管。龙池的四个方位分别有四种动物向世界的四个方向喷着水。

龙池的东面有一头银牛张口向下喷水，水从葱岭跌宕而下，穿越五印大地，最后在佛教圣地、玄奘取经的那烂陀寺左近，注入孟加拉湾——这条河流叫恒河。

龙池的南面有一头大象张开金口，喷出水流。水流从葱岭一泻而下，曾经路经这里的玄奘告诉我们：河水喷溅，山峰耸立，路途十分凶险。他还告诉我们，路途上见到一座大佛，今天人们考证这就是被炸毁的巴米扬大佛。金象口喷出的这条水流，也流向五印大地，形成一条大河——印度河。印度河从阿拉伯湾注入印度洋。

龙池的西面有一匹琉璃马，望着中亚大地，也在向下喷水。它喷出的水流向葱岭的西面流去，穿越中亚五国，穿越今天的土耳其边境，注入咸海——这条河历史上叫乌浒河，现在则被叫作阿姆河。

龙池的北面有一头狮子，它应该是用珍珠玛瑙装饰的。这头狮子张开血盆大口，喷出水流，水流跌宕而下，注入塔里木盆地，它最初的名字叫叶尔羌河，接着叫塔里木河。塔里木河行进到巴颜喀喇山的时候遇到山的阻隔，急不得出，于是汇聚成海子，叫蒲昌海或罗布泊。然后水流变成潜流河，从巴颜喀喇山的另一面涌出地面，成为黄河的源头。

故《十三洲记》中说昆仑有四角大山，《淮南子》中说昆仑有四水也。这些说法和佛教经典中的说法相互印证。相互印证的还有中国阿里地区的两条河，一条叫象泉河，一条叫狮泉河。它们好像就是佛经中说的那两条从大象口中、狮子口中喷出的水流，进入印度境内后被称作印度河或恒河，分别注入阿拉伯湾和孟加拉湾。

张骞出使西域回来的时候，告诉我们，他在抵达撒马尔罕之前，趟过了乌浒河和药杀水，并且把乌浒河和药杀水中间的这一块草原叫作河中地。前不久我从那里经过的时候，那古药杀水如今叫锡尔河。它的支流从中亚名城塔什干穿过，最后绕了一个大弯，注入咸海的东北部。那乌浒河现在叫阿姆河，这条发源于帕米尔高原的河流，它从西南方向注入咸海。

　　我们说了中亚细亚地面侏罗纪时代伟大的造山运动，说了帕米尔高原何以被称作千山之祖、万水之源。相信有了以上的叙述，你对中亚地面的地理大结构应该有个大概的了解。下面我们谈黄河重源说，谈这个困扰了中国人几千年的地理命题。

# 48 黄河重源说

如上所说，塔里木河发源于帕米尔高原。塔里木是回语，"可耕之地"的意思。西域地面以沙漠与戈壁滩地貌为主要特征，但是一旦有水注入，立刻成为绿洲，立刻成为良田，立刻成为可耕可居之地。而河流的交汇处或拐弯处，由于绿洲相对大一些，于是筑起城池，供人类居住。

塔里木河蔚蓝色的激情之水自帕米尔高原奔腾而下，进入盆地以后，水势放缓，尤其是在每年五月以后的消冰时节，春潮泛滥，一河蔚蓝色的消冰之水仪态万方、母仪天下般地流过丰饶的土地。春潮越过河床，灌入两岸的低洼地带，于是森林和牧草疯狂地生长起来。积水会长久地留在这里形成湿地，形成绵延数百公里的胡杨林地带。积水期长达两个月。

《水经注》告诉我们，塔里木河在它的流程中一共接纳了六十多条支流。最著名的河流有伊尔羌河、喀什噶尔河、阿克苏河、和田河、渭干河、开都河等等。在走到沙雅尔城时，那里有个地名叫塔里木，于是塔里木成为这条大河的名字。

玄奘《大唐西域记》中记载，和田城外有三条河环绕，一条是白和田河，一条是乌和田河，一条是绿和田河。河里面盛产三样颜色的和田玉。他看见城里的人们在河水中淘玉的情景。玄奘还记载了和田城中三千名僧人居于一室、集体用斋的场面。他说，大厅里静悄悄的，一点声音都没有，用斋期间不准说话，义工们来回穿插着，为大家打饭，谁想添饭不能说话，只需用手轻轻地拽一下来往的义工的衣角。那种大场面充满庄严的感觉。寂静的地面上掉一根针都能听见。

玄奘还记载了和田城中五年一度迎接经像的情景。那种情形类似我们所说的法会。四头大象拉着载着佛祖的经车从城外驶入城中。为庄严起见，道路上不停有人洒水。大约后来唐朝的武则天、李治也举行过这种迎接经像的活动。法门寺佛祖的真身舍利被迎入长安城供奉，大约就是受玄奘这种说法的影响。文化人韩愈发了几句不满之词，于是被发配潮州。"云横秦岭家何在，雪拥蓝关马不前"，韩才子怏怏地去了。

那时的西域三十六国，家家门前起佛塔，户户家中供菩萨，所以称三十六国为佛国。那种尊佛、敬佛、礼佛的景象甚至要超过葱岭那边的五印大地。而塔里木盆地两个最为著名的佛国，就是塔里木河流经过的和田城与龟兹城。

开都河在中国的史典上叫海都河。它发源于东天山博格达峰左近一个叫海都山的地方。

它在库尔勒市附近，与塔里木河一起营造了一个中国最大的淡水湖，这就是博斯腾湖。烟波浩渺，芦苇丛生，野天鹅铺天盖地。库尔勒市是巴音郭楞蒙古自治州的首府。1771年，在伏尔加河生活了一个半世纪的土尔扈特部及和硕特部东归祖国，部分安置在和静巴音布鲁克草原及博斯腾湖附近和硕县一带。孔雀河发源于若羌地面，它的发源地应当在阿尔金山北麓，进入罗布淖尔荒原后携塔里木河注入罗布泊。

《河源纪略》中说："罗布淖尔为西域巨泽，其地在西域近东偏北，全受西偏众山水，共六大支，绵地五千里，经流四千五百里，其余沙碛限隔、潜伏不见者无算。以山势揆之，回旋迂折，无不趋归淖尔。淖尔东西二百余里，南北百余里，冬夏不盈不缩。极四十度三十分至四十五分、西二十八度十分至二十九度十分。"

清朝发配到新疆的朝廷命官徐松在他的《西域水道记》中说："（塔里木河）又东，注罗布淖尔而伏，再出为黄河。"

这一节我们暂且就讲到这里，下节说说张骞为我们提供的"黄河重源说"，《汉书》中记载的"黄河重源说"，《水经注》中所说的"黄河重源说"，西行求法第一人法显高僧为我们提供的"黄河重源说"，玄奘为我们提供的"黄河重源说"。尤其是重点谈一谈徐松这个人物，谈他的同时代人来到巴颜喀喇山东麓，探访塔里木河冲出地面，成为黄河源头的情景。

# 49　众水来汇

　　当年伟大的远行者玄奘，他看到并发出长长的一声惊叹的那尊大佛，今天的专家们考证说，就是被炸毁的巴米扬大佛。央视导演张彦峰先生曾给我发来一对中国年轻夫妇在那里用光影技术重现大佛的影像。

　　这个用光影重现具象的技术，叫我想起十三年前我在西安高新区挂职，当时他们汇报说，有个木塔寺遗址在科技五路。长安城有史以来最高的建筑不是大雁塔、小雁塔，也不是钟楼，而是隋文帝造的这个木质双塔。双塔比大雁塔还要高出三分之一。这座也许是中国历史上最高的一座建筑，毁于黄巢起义。黄巢占领长安城以后，一把火烧了这座塔。火光熊熊照亮长安城的夜空。

　　我去看时，塔自然已经没有了，大地上空空如也。塔旁栽种的那两株古龙爪槐还在，长得郁郁葱葱。树旁各卧着一只巨大的石头乌龟，好像是面北而卧。一只乌龟被人搬走了，已经抬到了门口，另一只乌龟还在。我说：赶快把这乌龟抬回去吧，这已经是一千五百多年的文物了。

　　记得当时社科院李院长不断给领导写建议，要保存或恢复木塔寺遗址。最后我在主任办公会上念出这封信，提出规划两千亩地来保护这个遗址，这个想法最后没有实现，只保留了两百亩地来建造木塔寺公园。

记得我的一位好朋友，号称长安第一风流才子的作家张敏，当时就提出过一个建议，用光影技术来重造木塔寺。他说，晚上把光影一打，整个西安市全城都能看见，相信会是奇异一景。可惜那时候，大家都不懂这个技术，所以张老师的宏伟设想没有实现。

现在看到有人用光影技术重造巴米扬大佛，让我想起这件事情。以上是题外话，下面回到正题。

张骞出使西域给我们带回来一个"黄河重源说"的概念，这个概念折磨了中国地理学界两千余年，有的专家说是真的，有的专家说是胡说的，众说纷纭，莫衷一是。

我在《我的菩提树》一书中说，张骞带给我们"黄河重源说"的概念，这至少说明两点：第一，这个说法在西域地面广为流传；第二，这个说法在西域地面是主流说法。

六十多支水流汇聚罗布泊，尔后变成潜流河，像新疆地面那种坎儿井一样穿过巴颜喀拉山，从山的另一面流出，从而成为黄河的源头。这种说法其实在张骞出使西域以前，已经在中国的史典有说辞。《尔雅》里面说："河出昆仑墟，色白。"河在这里专指黄河。那个年代的人们已经认为黄河的源头在昆仑山了。

另有一本神神秘秘的据说出自春秋时名为《河图始开图》的书中说："昆仑之墟，有五城十二楼，河水出焉，四维多玉。"清朝政府官方编纂的《一统志》中说："西藏有冈底斯山，在阿里之达克喇城东北三百一里，直陕西西宁府西南五千五百九十余里。其山高五百五十余丈，周一百四十余里。四面峰峦陡绝，高出于众山百余丈，积雪入悬崖，浩然洁白，顶上白泉流注，至山麓，即伏流地下。前后环绕诸山，皆巉崖峭峻，奇峰拱列。"

后来司马迁的《史记》、班固的《汉书》，这些被认为是正史的典籍中延续了这一说法。法显高僧、玄奘高僧他们的足迹曾经从罗布泊地面走过，他们也这样说。比法显稍晚的北魏时期的地理学家郦道元，在《水经注》中引《汉书·西域传》云："蒲昌海去玉门、阳关千三百余里也。渟尔水伏流东南千五百余里，涌出于巴颜喀喇山之麓，其地曰阿勒坦、噶达素齐老。极三十五度五分、西二十度三十五分，崖土黄赤，飞流歕薄，色成黄金色，是为阿勒坦郭勒。"

行文至此，需要特别提及的一位历史人物，就是清朝被发配到新疆的朝廷命官徐松。按年代推算，他应该比被发配到新疆的林则徐和征伐新疆的左宗棠都要早一些。他供职的地方在新疆的伊犁将军府。眼见仕途没有什么大的进展了，穷愁方著书，遐思郦道元。于是他放下身段，开始在西域广袤的大地上勘探水流，从而写出一部名叫《西域水道记》的重要典籍。

除对罗布泊地面做过勘测以外，徐松先生还对西域地面的四个大湖泊做了实地勘测。清朝年间，中国的疆域要大得多，这四个湖泊都在中国版图，物是人非，现在它们都是异国的土地了。

我此刻写这段文字的时候，正在哈萨克斯坦首都阿斯塔那讲学。此行，我将去巴尔喀什湖，它是伊犁河的产物。如果可能，我还将去一下斋桑泊，它是额尔齐斯河的产物。贝加尔湖要在更北的北方，道路迢遥，留待下次专程去吧。这个被中国人称为北海，苏武牧羊十九年的地方，亚洲第一大湖，它的来水地是叶尼塞河。

关于蒲昌海，大约徐松的脚力有限，没有能来到巴颜喀喇山的另一面实地勘测。但是他在《西域水道记》中，引用了他的同僚，一个叫阿尔达的做过实地勘探的人，写给朝廷的奏章："数出溪流，其出从北面。及中间流出者，水皆绿色，从西南流出者，水作黄色。臣沿溪行四十余里，水伏流入土，随其痕迹，又行二十余里，复见黄流涌出，又行三十里，至噶达素齐老地方，乃通藏大路也。西面一山，山根有二泉流出，其色黄，询之蒙、番等，其水名阿勒坦郭勒，此盖河源也。"

徐松告诉我们，这个地方人称星宿海。徐松还告诉我们，叶尔羌是回语，"宽广的土地"的意思。大约，河流从这里已经冲出葱岭，地面变得宽阔起来。

在回语中，喀什噶尔是"五颜六色、错落有致的砖屋"的意思，阿克苏河是"绿色的水"的意思，克孜勒河是"苦涩的水"的意思，罗布是"汇水之区或众水来汇"的意思，塔里木则是"可耕之地"的意思。前文已有交代，这里不再赘述。

# 50　过往，过往，过往

　　我们在前面谈到塔里木盆地的这些山川河流、城郭村庄，有许多是伊斯兰教的地名。下来我们在谈论伊斯兰教的时候，仍然延续我们古人的这种说法。

　　在班超经营西域都护府的时候，在法显高僧、玄奘高僧背着行囊完成他们的穿越的时候，那时这里应当有另外的地名。《佛国记》和《大唐西域记》都清晰地告诉了我们这一点。

　　西方世界长达六百年的罗马帝国的终结，传统的说法是日耳曼民族的入侵。他们在罗马帝国的废墟上建立拜占庭帝国。然而一些西方学者在对这段历史深入钩沉以后，认为拜占庭帝国依然延续了罗马帝国的形制、信仰、文化。也就是说，是后来者对拜占庭帝国的入侵，导致西方古典世界的灭亡。当然这是一个漫长的时间过程。

　　灭亡掉拜占庭帝国之后，安拉之剑挥师向东，从我们前面谈到的撒马尔罕——葱岭最大的一个垭口，进入五印大地。

　　远征军先随印度河流域一路掠过，从葱岭直达阿拉伯湾，然后回过头来再从葱岭到恒河流域，一路过去，直达孟加拉湾。佛教基本上就这样在印度衰亡了。当然这又是一个漫长的时间过程。

　　玄奘在《大唐西域记》中告诉我们，他在离开当时佛教的圣地——那烂陀寺时，曾经做了一个噩梦。他梦见十年以后，那烂陀寺毁于一场大火，从而成为一片废墟。玄奘的梦后来应验了。

远征军来到佛教圣地——那烂陀寺，在寺院围墙的每一块石头上都过了三刀。当时世界上最大的图书馆是那烂陀寺的佛教图书馆。远征军攻取那烂陀寺后，士兵们向将军报告图书馆的书还在，然后问怎样处理图书馆的书。将军的命令是这样的：如果书里包含的是经书中已有的内容，那我们已经有了，烧了它。如果书里包含的是经书没有的内容，那么这书就是错的，烧了它。

我曾经请教过来西安访问的印度现任美协主席，现在印度佛教徒占人口的比例多少，他说只有百分之七。他还说，现在印度最大的宗教是印度教，信众占人口的百分之四十。印度教是古老宗教。佛教就是当年从印度教（古式婆罗门教）派生出来的。佛教中的一些经典理念，比如：一千个小千世界构成一个中千世界；一千个中千世界构成一个大千世界；一个大千世界因里面有小千、中千、大千，被称为三千大千世界。三千大千世界为一佛之化摄也。这个理念就是从原始宗教中继承而来的。

我们要感谢玄奘高僧，是他将这些经典带回中国的。举例来说吧，佛教最重要的一部经典叫《大般若经》，玄奘在他的马背上竟然驮回了三种版本，过去的经书是写在贝多树树叶上的，所以叫贝叶经。释迦牟尼在贝多树下成佛，所以贝多树从此又叫菩提树。我们设想，光这三个版本的《大般若经》就是多么沉重的一个负载。然而玄奘还是把它驮回来了，使其成为中国人的文化财富。佛教在印度从此萧条而在中国大行其道，原因之一就是玄奘在那烂陀寺被焚烧之前，及时地为我们取得了这些经卷。

啊！伟大的僧人玄奘，他在六十岁生日的那一天，对高宗李治说，来日不多了，我得找一个僻静的地方把《大般若经》译完，了结我平生最大的心愿。接着他来到玉华宫，在玉华寺肃成院开始译经。六十四岁生日的时候，泱泱六百卷经书译完了，他坐化圆寂。圆寂之前他说，我早就厌恶我这有毒的身子了，我在这个世界上该做的事情也已经做完了，该是告别的时候了，既然这个世界不能长住，就让我速速归去吧。

接着前面的话说，远征军又重新翻越葱岭，进入塔里木盆地，灭掉了西域三十六佛国。塔里木盆地两个最主要的佛国——龟兹国、和田国。它们被占领时战斗的惨烈程度，文字不可表述。远征军继而又对安西都护府所在地——高昌城实施占领。这一场历史的大潮汐过后，塔里木盆地的人口损失过半。专家告诉我们：塔里木盆地伊斯兰化的过程用了长达六百年的时间。

远征军东扩的势头后来受到了遏制，历史阴差阳错，这时候从雪域高原上走下来一支强悍的队伍，就是吐蕃。在今天塔里木盆地一些佛教遗址上，例如楼兰佛塔，例如和田佛塔，例如库尔勒城外废弃了的寺院，我们仍然能看到一些吐蕃进入的痕迹，或者说藏传佛教进入的痕迹。

曾经从事丝绸之路塔里木盆地段研究的专家西北大学李刚教授说：他曾经开车沿塔里木盆地南沿走了一圈，在考察时，见到这块盆地的四周布满了佛教寺院遗址。

历史真有些阴差阳错，吐蕃松赞干布王朝的强盛，与唐朝中央政权下嫁到雪域高原的一位公主有关，这就是有名的文成公主。这一段历史我们在上面已经说了，这里不再复述。

吐蕃被认为是今天藏族的先民，尤其是阿里地区的古格王朝的遗民。专家们对此已经有翔实的考证。他们属于古羌族，古羌族的祖居地在曾经发生过大地震的汶川。

吐蕃从雪域高原走下来以后，党项人被迫向内地迁徙，迁到西平（今西宁），迁到黑城，迁到庆阳。后来李继迁在陕北高原米脂桃镇建李继迁寨。其子李德明移居当时的夏州城（当年赫连勃勃的统万城）。其孙李元昊跨过黄河，建银川城，建立西夏王朝。西夏王朝经历十位皇帝后，为成吉思汗所灭。这一段旧事，我们在前面也已经提过了。

徐松，这个清朝被发配的官员，在完成了重要的著作《西域水道记》以后，回到北京。这本书虽然受到高度的重视，宰相曾为他作序，百官传阅，但这并没有给他带来好运，他又被发配到陕北榆林城，担任知府。我们的统万城遗址就是徐松发现的。徐松来到榆林以后，他思考，在唐宋年间，陕北地面有一个著名的夏州城，这夏州城在哪里呢？它会不会是赫连勃勃的统万城呢？于是他骑着毛驴走到定边县，又拉着定边县令在沙漠中寻找。一座气势恢宏的古城废墟出现在徐松的眼前，徐松以手加额，长叹一声说：这就该是宋朝时期的夏州城了，这就该是五胡十六国时期的统万城了！

历史的每一个线头一旦扯出来，就会引起无数的故事。

不久前，笔者前往河南洛阳的陈河村，拜谒玄奘故里并题字：中国脊梁，万世玄奘。

可怜的玄奘，他原名叫陈祎，十三岁的时候离开陈河村，来到洛阳城，隋炀帝为他剃度，并赐名玄奘。六十岁生日的时候，他重回陈河村，他的父母已经双亡，他的亲人只有一个姐姐，这个姐姐嫁到外村。玄奘到外村找到了他的姐姐，在姐姐的指引下，来到父亲的坟墓前祭拜。这一拜后，他回到长安玉华宫肃成院中译经，六十四岁后圆寂。他的舍利塔现存于长安护国兴教寺。

走进历史总叫我们觉得无比沉重。我们对世界三大宗教都充满了敬畏之意。它们都是人类文明之树结出的成果。这是笔者在这里最后想说的话。

# 尾声：大地的密码

哦，大地，我们世世代代在你的怀抱里出生，我们世世代代在你的怀抱里死亡。我们怀着感恩戴德的心情，感恩你的所有承载和所有赐予。

在中亚细亚各民族中，流传着这样一个故事。

由于连年战争，西域大地上布满了阵亡者的鲜血——血流漂杵。大地拒绝接受这些鲜血，于是，黎民百姓只好在深及膝盖的鲜血中，和腥臭难闻的气味中度日。生活在苦难中的人们呐，这时候跪下来，向大地母亲祈祷。人们说：

"宽厚的大地，仁慈的大地，高贵的大地，安息着我们祖先灵魂的大地啊，请你，收容下这些鲜血吧！你收容的原因不是为别的，而仅仅只是为了这大地上还活着的并且还要继续一辈一辈活下去的人们！"

大地被这话说服了，大地被这话感动了，于是她张开阔然的大口，将这些鲜血吸吮了进去。

而在第二年，那被鲜血浇灌和育肥的大地上，出现了奇迹。那一年的牧草生长得更茂盛，鲜花开放得更娇艳。

面对这些，诗人曾说："血沃中原肥劲草，寒凝大地发春花。英雄多故谋夫病，泪洒崇陵噪暮鸦。"另一位诗人又说："骚客放言关须守，将士哀叹地太穷。只有农夫恋故土，干戈销后五谷生。"

大地收藏了世间多少秘密。他们成为大地的密码，等待人们揭开。当我们从辽阔大地上走过的时候，我们手持放大镜，细细地寻找。于是，一瞬间，历史的潮水奔涌到胸前。

司马迁的后人们将他们的姓氏改为同姓和冯姓。两个家族如今每年清明的时候，他们要在司马祠这座山头的下面，黄河岸边，举行"风追司马"的祭祀活动。司马迁死了，一族人说，给"司"字前面再安一道门，我们从此姓同，表示关门闭户，深居简出，从此不再与外部世界来往，以避祸端。另一族人则说，我们就用这个"马"字吧，一旦有战乱爆发，灾难来临，我们撒腿跑路。

再讲一个北魏皇族最后的流落地。

北魏的最后一个皇帝，名叫元修。我们知道强大的拓跋北魏后来衰微下去后，两个大将军分别自立为王。一个叫高欢，在邺城。一个叫宇文泰，在长安。

元修开始住在高欢那里，高欢后来搬迁到洛阳，此即东魏。高欢说，这个皇帝住在这里太讨厌了，咱们做一桌酒席把他毒死吧。元修得到消息，于是骑着马，领着皇族，星夜逃亡长安，投奔宇文泰。

宇文泰当时自立为王，建立的王朝叫西魏。现在的草堂寺当年是逍遥宫，皇帝居住的地方。草堂寺是皇宫后院的一个皇家寺院。元修逃到这里，大约住了三年，最后还是被宇文泰做了一桌酒饭下了毒药，毒死了。记得我们说过，那个时代，空气中布满了砒霜味。

元修既死，北魏的皇族们赶快逃命。他们顺着终南山山根往东跑，大约跑了六十里地以后，到了今天的蓝田县水陆庵一带，追兵在后面挥着刀，喊叫着：留头不留人，留人不留头。逃命的北魏皇族们说：不劳兵爷动手了，我们自己把自己的头割下来吧！他们取掉"元"字上面那一横，开始姓兀。

如今在这块地面，浅山沟里有着许多的兀家庄、兀家堡、兀家崖、兀家寨。它们当是北魏皇族最后的落脚处。

这件事最后还有一点尾声。

两百年后，玄奘取经归来，对李世民说："你给僧家寻找一个译经的地方吧。"

李世民说："咱们有皇家寺院草堂寺。"

当一行人来到草堂寺以后，只见战乱年间，和尚们已经跑光了，寺内长满了荒草。李世民随口吟了一句诗："草堂寺内草青青"。来到逍遥宫大殿，只见大殿中间停着一口棺材，把这个君王吓了一跳。叫来当地百姓一问，他们说这是元修的，当时不知道是什么原因，没有被掩埋。李世民于是把这个棺木掩埋安葬了，并配以帝王的等级规格。他把这个前朝帝王的陵墓，称之为出帝陵，意思是说，这是一位出走的皇帝的陵墓。出帝陵在西安城东南，汉风台附近。

赫连勃勃这一支最后的归属在哪里呢？距离前面说的那个地方不远，在蓝田县与长安区交界的地方，有五个以赫连为名的村庄，两个在长安区，三个在蓝田县。村庄里现在还能看到许多的防御工事，房屋底下布满了地道。村庄公墓的墓碑上有"赫连"字样。

有一位企业家叫赫连明利，他就是从这个村庄走出的人，他对我说，他还没有回统万城去看一看呢。我问，这些赫连村庄的人是统万城被破以后逃出来的吗？他说不是，赫连勃勃在灞上（白鹿原）称帝以后，后来又回到了统万城，他们不愿意跟着回去，于是就在这里居住了下来，就形成了这五个赫连村庄。

最后再说一个关于完颜金国皇族的归宿吧。

泾河自萧关发源，流经的地方有一座县城叫泾川，它属甘肃，与陕西的彬县接壤。泾川县城在泾河的南面。泾河上有一座桥。泾河的北面是一个有五千人口的大村庄，这个村庄的人全部姓完颜。该县一个姓完颜的副县长告诉我，这是金国灭亡以后，他们皇族最后的流落地。

完颜县长带着我去参观了他们的村子。村里有个小学校，现在改成了祠堂。祠堂的正对面墙壁上，挂着金国历代皇帝的画像，拥挤地排满了墙。小村是在半坡上建着的，完颜县长带着我登上山顶，高高的山顶上有两座坟墓，各立着一块碑子。碑文告诉我们，一个是金国最后一位皇帝的坟墓，另一个是金国大将、宰相金兀术的坟墓。

金兀术是我们在戏曲中的叫法，他真正的名字叫完颜兀术，这是他的女真名；身为皇族，他还有个文绉绉的汉名，叫完颜宗弼。

县长又说，这个末代皇帝的墓中埋葬的是他本人，他只做了不到一天的皇帝。金末帝叫完颜成麟。洛阳兵败，他被杀后，族人们把他背到这里埋葬。完颜兀术的墓葬是衣冠冢，他的埋身之处应当是在洛阳那个地方。

洛阳有个北邙山，那座山上葬埋着许多过去的人。当地人有几句诗叫作：北邙山上无闲土，新坟下面是旧坟。金兀术是在那里埋着的吗？没有人做过考证。

我感慨这一支人类族群他们的过往，感慨这生生不息的大地收留他们，给他们衣食住行。在我离开这个有些奇怪的村子时，县长请我给他们的留言簿上写几句话。于是我写道：在人类艰难的生存斗争中，每一个民族中为争得生存空间而努力过的人们，他们都值得尊敬。岳飞值得尊敬，金兀术也值得尊敬。我的留言让县长很高兴。

我们在历史空间里，长长地窒息了一段时间。我们与那些英雄美人们相逢，我们沉入那些历史故事，深陷其中，不能自拔。哒哒的马蹄给我们以叙述的节奏，到了这里，就该向历史挥手告别了。此一刻，我们是多么依恋和惆怅，就像走失于迷宫中的孩子一样，就像晚上暮色黄昏中找不着圈门的驮牛一样，茫然四顾。我们宁肯长久地处于这种激情和思考中。这个民族正在迈着她的左右腿行进，业已行走了五千年了。她的一条腿是农耕文明，一条腿是游牧文明。它们交错着前进，尽管步履蹒跚，但还是幸运地走到了今天。我们为她祝福！

我们是这些五千年来生生不息的链条中的一环，我们是这块土地的产物。多么幸运啊，我们家族的链条在苦难的宿命的行程中没有断裂，所以才有我们今天在这里说的话。

# 后记：万水千山走过，归来仍然少年。

## 一

敌方的坦克、装甲车黑压压地，在界河对面集结。轰隆隆的大地在震颤。界河这边中方的一个碉堡里，我肩扛着六九四〇火箭筒，弹头装上，爬在碉堡的一个射击孔前。我是六九四〇火箭筒射手。按照使用手册的说法，一个射手，发射到第十八颗火箭弹的时候，心脏就会因为这十八次剧烈震动而破裂。但我还是毫不犹豫地为自己准备了十八颗。我把火箭弹从条状的弹药箱取出，擦去上面的黄油，一字儿摆开。在那一刻我对自己说，我是一名士兵，我的身后就是祖国，我不能后退半步，我守卫的是左宗棠签署的一八八三条约线。

所幸的是这场边境武装冲突没有继续下去。由于两国的克制和理智，由于中方以人道主义的理由交还苏方的三名机组人员及越境的武装直升机（米格-42）。这场冲突以和谈形式解决。这事过去许多年了，每次提起，我都会叹息一声说，幸亏冲突没有继续，要不，当代文坛也许会少了一位不算太蹩脚的小说家。而我的业已面目沧桑的战友们，每逢聚会时都会边喝酒边说，如果那场冲突继续，我们现在都会在一个革命烈士陵园里。

那场边界冲突是1974年3月14日的事情。

## 二

1975年冬天是个多雪的冬天，一位老兵乘着吉普车，来中苏、中蒙边界视察。他来到白房子，本来准备只住一夜，第二天离开。谁知夜来下了一场大雪，积雪浅的地方有二尺厚，深的地方达两米。大雪封路，这样，这位主任在边防站住了十五天。

一天夜里，我是第一班哨，从晚上十一点到十二点半。下哨回到营房后，我先在火炉前，把自己冻得失去知觉的两条腿烤了烤，用手把膝盖摩挲了半天，然后趴在桌子上，先在瞭望登记簿上写完我上哨时的边界情况，写完后便在一个巴掌大的小本上写诗。我背的半自动步枪，先放在火墙上暖着，等枪管枪栓上的冰消了，水从铁中渗完以后，再用干布子擦一遍，最后再用擦枪油上一遍。

这时营房的门推开了，老兵带着他的干事走了进来。这是一项传统，叫查铺、查哨。老兵问我在写什么，我很害羞，用手掌捂住小本儿。我说我写得很潦草，等明天誊清了给他看。老兵执意要看，他推开了我的手，拿起了小本。他说他是政工干部出身，老延安，什么潦草的字都能认得。老兵拿起小本，翻了翻，轻声地念起我正在写的那首诗——

> 巡逻队夜驻小小的山岗，
> 晚霞给他们披上一身桔黄。
> 远方的妈妈，如果你想念儿子，
> 请踮起脚尖向这里眺望——
> 那一朵最美最亮的云霞，
> 是巡逻兵刚刚燃起的火光！

巡逻队行进在黎明的草原，

草原像一个偌大的花篮……


老兵在念的途中，面色越来越严峻，呼吸越来越急促，眼眶似乎也有一些湿润，他说，想不到这么遥远的地方，险恶的要塞，这远在祖国心脏的地方，竟然还有人在搞创作，还有这样的文学冲动。

老兵叫随行的干事，将我的这个小本拿走，明天用方格纸誊好，寄给《解放军文艺》。他说，《解放军文艺》诗歌散文组组长叫李瑛，《红花满山》的作者，编辑还有韩瑞亭、纪鹏、雷抒燕等。他和他们都熟，他们是他的老同事、老部下。

老兵叫那狄，满族，曾经担任过总政治部电影局局长。他见我时，是北疆军区政治部副主任，后来又担任主任。据说，他后来还担任过新疆军区政治部主任，中将。干事叫候堪虎，后来转业了，现在就和我生活在同一座城市里。


# 三


这样，由老兵推荐给《解放军文艺》的那些不成诗的诗，编辑选了三首，标题叫《边防线上》，署名"战士高建群"，发表在第二年的《解放军文艺》八月号上。边疆的邮件来得慢，等厚厚的一沓杂志寄到我的手中时，已经是九月份了。而恰好是举行毛主席追悼会的那一天。

我领着我们班正在菜地里收葵花子。马倌骑着马，飞也似的跑来，站在地头喊我的名字。他叫道："三班长，赶快回站，出大事了！"我问什么事。马倌说："天塌下来了，毛主席老了！一级战备！"我记得，所有人那一刻都有一种自己成了孤儿的感觉。就像林肯去世后，美国诗人惠特曼说"船长死了"；列宁去世后，俄国小说家奥斯特洛夫斯基说"父亲死了"的感觉一样。

我们所有人钻进了地道里。头剃成了光头，这样一旦受伤便于包扎。几件换洗衣服，加上一些零碎用品，打成个小包袱，缝好，写上家里地址和你的名字。这样一旦你战死了，如果有可能，这包袱会作为遗物寄往你那遥远的村庄。

所谓地道，其实是我们前两年修下的工事。地道绕整个边防站一圈。在戈壁滩上，先挖个坑道，坑道上再用水泥像箍窑洞一样箍起，最后再用推土机推上沙土覆盖。这地道一头通向我们的营地，一头通向那些碉堡（包括我扛着火箭筒趴过的碉堡）。

正是在这地道里举行追悼会，哀乐声中，两个人一排，站了有半里长。连队的小发电机在发着电。炊事员来送饭，穿着雨衣，对我说：有你的信，兵团的那个邮差正站在沙包外面喊你的名字。

我出了地道，翻过沙包，绿衣邮差骑着马，在那喊"挡狗！挡狗！我怕狗！"于是我踢了狗两脚，让它卧下，然后过去，接到那厚厚的写着"解放军文艺"字样的包裹。

从北京到阿勒泰，已经两个多月了，包裹才寄到。包裹在路途上，最少被重新包过两次。我打开包裹，是登载着我的作品的杂志，还有一本解放军文艺社采访本。

这就是我的处女作发表的经过。

我曾经许多次说过，自那开始，我就被文学绑架，一直到今天。


## 四

我是1972年12月14日离开那渭河边上的小村子的。一辆铁闷子火车载着我们，一直向西，四天五夜之后，到达乌市，尔后改乘大卡车，五天以后，抵达哈巴河。我曾经说过，这是生活在我没有丝毫心理准备的情况下，塞给我的一本书。

如今，我已经有三十多部著作问世了。我为我长期生活和工作的陕北高原，写出了高原史诗《最后一个匈奴》；我为我的家乡，写出了平原史诗《大平原》；我则为我从军年代的阿勒泰草原写出《大刈镰》；而今年，我又完成了《胡马北风大漠传》的改写。文学整个地将我的一生吞没，而它的起因，竟是因为有一场雪，一位老兵的缘故。

万水千山走遍，归来仍然少年。今年，当我在两万两千公里"欧亚大穿越，丝路万里行"行程中，路经额尔齐斯河的时候，我热泪盈眶。在那一刻我突然产生一种奇异的想法。我其实已经死亡于当年，死亡于那座碉堡里，后来回来的只是躯体，而灵魂，它这么些年来一直在中亚大地漂泊。

2019年5月20日于西安

# 高建群小传

高建群，男，汉族，1953年12月出生，祖籍陕西省西安市临潼区。国家一级作家，著名小说家、散文家、画家、文化学者，"陕军东征"现象代表人物，被誉为当代文坛难得的具有崇高感和理想主义的写作者，浪漫派文学"最后的骑士"。历任陕西省文联第四届、第五届副主席，陕西省作家协会第四届、第五届、第六届副主席，陕西文化交流协会名誉会长，西安交通大学、西北大学客座教授，西安航空学院人文学院院长，大秦印社名誉社长等。享受国务院政府特殊津贴。被《中国作家》杂志社授予当代最具影响力的作家，陕西省委省政府授予终身艺术成就奖等。

其代表作有《最后一个匈奴》《大平原》《统万城》《遥远的白房子》《伊犁马》《我的菩提树》《大刈镰》等。长篇小说《最后一个匈奴》在北京研讨会上引发中国文坛"陕军东征"现象。据此改编的35集电视连续剧《盘龙卧虎高山顶》在央视播出。《大平原》获中宣部"五个一工程奖"，名列长篇小说榜首；《统万城》获新闻出版广电总署优秀图书奖，名列长篇小说榜首，其英文版获加拿大"大雅风"文学奖。高建群也是第一个在凤凰卫视"世纪大讲堂"演讲的内地作家。

# 高建群履历

1976年，以组诗《边防线上》踏入文坛。

1987年，以中篇小说《遥远的白房子》引起文坛强烈轰动。

1989年，担任延安地区文联（代）主席兼《延安文学》主编。

1993年，当选为陕西省作家协会副主席。

1993年，长篇小说《最后一个匈奴》出版，被誉为中国式的《百年孤独》，陕北高原史诗。

1993年至1995年，挂职黄陵县委副书记，专职创作，其代表作《最后一个匈奴》即为挂职期间所作。

1997年，参与央视十频道开播策划，并与周涛、毕淑敏共同担纲央视纪录片《中国大西北》总撰稿。该片荣获中宣部"五个一工程奖"。

2002年，当选为陕西省文联副主席。

2005年至2007年，挂职西安高新区党工委委员、管委会副主任。长篇小说《大平原》即在此期间酝酿成型。

2013年7月，被聘为西安航空学院文学院首任院长。

2017年9月，被聘为西北大学丝绸之路研究院研究员。

2020年5月，被聘为大秦印社名誉社长。

2020年7月，西安高新区文联成立，当选为第一届主席。

# 高建群创作年表

《边防线上》（组诗）：发表于《解放军文艺》1976年8月号，责任编辑：李瑛、纪鹏、韩瑞亭、雷抒雁。

《0.01——血液与红泥》（诗歌）：发表于《延河》1979年2月号，责任编辑：汪炎。

《将军山》（诗歌）：发表于《延河》1979年8月号，责任编辑：闻频。

《杜梨花》（短篇小说）：发表于《延河》1980年2月号，责任编辑：杨明春。

《很久以前的一堆篝火》（散文）：发表于《延安日报》1984秋，责任编辑：杨葆铭。

《人生百味》（诗歌）：发表于《星星》诗刊1985年，责任编辑：叶延滨。

《五月的哀歌》（叙事诗）：发表于《叙事诗丛刊》1985年，责任编辑：潘万提。

《现代生活启示录》（系列散文）：发表于《文学家》1985年，责任编辑：陈泽顺。

《新千字散文》（散文集）：1987年，陕西人民教育出版社出版，约稿编辑：陈续万，责任编辑：赵常安。

《遥远的白房子》（中篇小说）：发表于《中国作家》1987年第5期，约稿编辑：朱小羊，责任编辑：陈卡。《中篇小说选刊》《小说选刊》《小说月报》《新华文摘》《解放军文艺》等进行了转载。2013年，台湾风云时代公司出版繁体单行本。2014年，陕西师范大学出版总社出版简体单行本。

《给妈妈》（诗歌）：发表于日本《福井新闻》1988年3月17日，责任编辑：前川幸雄。

《骑驴婆姨赶驴汉》（中篇小说）：发表于《中国作家》1988年第6期，责任编辑：杨志广。

《伊犁马》（中篇小说）：发表于《开拓文学》1989年第3、4期合刊，责任编辑：叶梅珂。2007年，四川文艺出版社出版单行本。

《老兵的母亲》（中篇小说）：发表于《中国作家》1989年第5期，责任编辑：杨志广。

《雕像》（中篇小说）：发表于《中国作家》1991年第4期，责任编辑：杨志广。

《为了第一个猴子开始的事业》（创作谈）：发表于《解放军文艺》1991年第8期，约稿编辑：周政保，责任编辑：丁临一。

《东方金蔷薇》（散文集）：1991年，陕西人民教育出版社出版，责任编辑：田和平。

《陕北论》（散文）：发表于《人民文学》1991年，责任编辑：韩作荣，《散文选刊》转载。

《你们与延安杨家岭同在》（散文）：发表于《人民文学》1992年第6期，约稿编辑：崔道怡。

《史诗与二十世纪》（创作谈）：发表于《文学报》1992年5月，责任编辑：李俊玉。

《达摩克利斯之剑》（短篇小说）：发表于《青年文学》1992年第10期，责任编辑：康洪伟。

《最后一个匈奴》（长篇小说）：1992年，作家出版社出版，责任编辑：朱珩青。

1994年，香港天地图书公司、台湾汉湘文化发展公司分别于香港、台湾出版繁体版。2001年，中国青年出版社出版。2006年，北京十月文艺出版社出版，2016年再版。2012年，长江文艺出版社出版，2014年再版。2012年，台湾风云时代公司再版繁体版。2013年，太白文艺出版社出版。2014年，陕西师范大学出版总社出版《最后一个匈奴》（手稿版）。2014年，陕西人民出版社出版《高建群图画最后一个匈奴》。

《我从白房子走来》（文学自传）：发表于《陕西日报》1993年6月，责任编辑：刘春生。

《出国的诱惑》（中篇小说）：发表于《延安文学》1993年第2期。

《我如何个死法》（散文）：发表于《美文》1993年第7期，责任编辑：刘亚丽。

《一个梦的三种诠释形式》（中篇小说）：发表于《飞天》1993年第5期，约稿编辑：孟丁山，责任编辑：刘岸。

《家族故事》（中篇小说）：发表于《漓江》1993年，约稿编辑：王蓬。

《祭奠美丽瞬间》（散文）：发表于《文友》1993年，责任编辑：王琪玖。

《茶摊》（中篇小说）：发表于《延河》1993年第7期，约稿编辑：陈忠实，责任编辑：张艳茜。

《白房子人物》（系列散文）：发表于《西北军事文学》1994年第2期，约稿编辑：王久辛，责任编辑：张春燕。

《匈奴与匈奴以外》（创作谈）：1994年，陕西人民教育出版社出版，策划编辑：张继华，责任编辑：刘孟泽。

《张家山幽默》（短篇小说系列）：发表于《延河》1994年第4期、第9期，责任编辑：张艳茜。

《陕北剪纸女》（散文）：发表于《美文》1994年第9期，责任编辑：刘亚丽。

《女人是巫》（散文）：发表于《女友》1994年第8期，责任编辑：孙琪。

《大顺店》（中篇小说）：1994年，陕西人民出版社出版。1995年，发表于《小说家》第1期，约稿编辑：闻树国。1995年，改编为同名电影，北京电影制片厂出品。

《六六镇》（长篇小说）：1994年，陕西人民出版社出版。2007年重新修订，易名《最后的民间》由文汇出版社出版。

《丹华的故事》（系列散文）：发表于《深圳风采》1994年第10、11期，约稿编辑：吴重龙。

《马镫革》（中篇小说）：发表于《小说家》1995年第2期，约稿编辑：闻树国。

《女人的要塞》（散文）：发表于《女友》1995年第2期，责任编辑：孙琪。

《古道天机》（长篇小说）：1998年，中国文联出版社出版，责任编辑：叶梅珂。2007年重新修订，易名《最后的远行》由华龄出版社出版。2011年，陕西人民出版社再版。

《愁容骑士》（长篇小说）：1998年，中国文联出版公司出版。2000年，广州出版社再版。2000年，台湾逗点公司出版繁体版。

《我在北方收割思想》（散文集）：2000年，四川文艺出版社出版，责任编辑：林文询。

《穿越绝地——罗布泊腹地神秘探险之旅》（散文集）：2000年，湖南文艺出版社出版，责任编辑：龚湘海。2014年，修订后易名《罗布泊档案：罗布泊腹地探险之旅揭秘》由陕西师范大学出版总社再版。

《白房子》（小说集）：2002年，陕西师范大学出版社出版。

《西地平线》（散文集）：2002年，上海人民出版社出版。

《惊鸿一瞥》（散文集）：2002年，群众出版社出版。

《胡马北风大漠传》（散文集）：2003年，上海东方出版社出版。2008年，在台湾地区发行繁体版。

《刺客行》（小说集）：2004年，太白文艺出版社出版，责任编辑：韩霁虹。

《狼之独步：高建群散文选粹》（散文集）：2008年，东方出版中心出版。

《大平原》（长篇小说）：2009年，北京十月文艺出版社出版。2016年该出版社再版。2012年，台湾风云时代公司出版《大平原》（繁体版）。2014年，陕西师范大学出版总社出版《大平原》（手稿版）。

《统万城》（长篇小说）：2013年，太白文艺出版社出版，责任编辑：韩霁虹，2016年该社再版。2013年，台湾风云时代公司出版《统万城》（繁体版），责任编辑：陈晓琳。2014年，陕西师范大学出版总社出版《统万城》（手稿版）。

《独步天下》（书画集）：2013年，陕西人民出版社出版。

《生我之门》（散文集）：2016年，未来出版社出版。

《我的菩提树》（长篇小说）：2016年，北京十月文艺出版社出版。

《相忘于江湖》（散文集）：2017年，北京时代华文书局出版。

《大刈镰》（长篇小说）：2018年，三秦出版社出版。

《我的黑走马——游牧者简史》（长篇小说）：2019年，陕西师范大学出版总社出版。

《来自东方的船》（散文集）：2020年，陕西旅游出版社出版。

《丝绸之路千问千答》（文化读本）：2021年，西北大学出版社出版。

《最后一个匈奴（30周年纪念版）》：2022年，陕西师范大学出版总社出版。

# 社会评价

我劝大家注意，高建群是一个很大的谜，一个很大的未知数。

——著名作家 路遥

我一直想找机会请教一下高先生，匈奴这个强悍的骁勇的游牧民族，怎么说消失就从人类历史进程中消失得无影无踪了。

——著名作家 金庸

大家说高建群骄傲、自负、目空天下。我这里想说的是，中国这么大，有这么多人口，如果没有几个像高建群这样自信心极强的作家，那才是不正常的。

——中国社会科学院文学研究所研究员 蔡葵

春秋多佳日，西北有高楼。

——著名作家 张贤亮

高建群是一位从陕北高原向我们走来的略带忧郁色彩的行吟诗人，一位周旋于历史与现实两大空间且从容自如的舞者，一个善于讲庄严"谎话"的人。

——中国作家协会副主席　高洪波

高建群的创作，具有古典精神和史诗风格，是中国文坛罕见的一位具有崇高感和理想主义色彩的写作者。《大平原》把家族史兜个底掉，看后让我很感动，也很心痛，唤起我对故乡、对农村的情感，唤起我强烈的根的意识。我没想到高建群在"潜伏"多年之后突然拿出如此有分量的作品。

——中国作家协会副主席　高洪波

《大平原》有内在的惊心动魄，写家族的尊严、生存的繁衍史，实际上是写我们民族强韧的生命力。这部长篇淋漓尽致地发挥了书写"命运"的优势，不是写一个人的命运，而是写了三代人的命运，厚重感非常强。

——著名评论家　胡平

高建群对《大平原》中的女性人物都满怀敬意和温情。为了家族立足，高安氏骂街骂了半年，成为一道风景。用这种方式起到的威慑作用，来捍卫高家人生存的权利。顾兰子是书中的灵魂式人物，也是这部书苍凉的体现。

——著名评论家　雷达

《大平原》基于高安氏、顾兰子等乡村女人的坚韧形象，这部新"乡土女性小说"中女人比男人强，乡土文明决定了女性在乡土生活里面所具有的支配性。

——著名评论家　孟繁华

《最后一个匈奴》进京的盛况如在目前。27年了，它远远跳过速朽期！27年了，它的风采依旧！27年了，人们——特别是陕西读者没有忘记它，了不起啊！

——著名文艺评论家　阎纲

作为延安的一位文艺战线上的老战士，听到介绍，《最后一个匈奴》这部长篇小说写了大革命时期以来的三代人的命运，直到现在的改革开放时期，这还是过去没有人写过的重要题材，我很高兴！我祝贺这部作品出版，并获得成功！

——原文化部副部长、中国文联党组副书记　陈荒煤

27年前，《最后一个匈奴》在北京引发轰动一时的"陕军东征"，至今在文学界仍是一个历史性的重要话题，一段难忘的记忆。

——《人民文学》杂志原常务副主编　周明

高建群的《遥远的白房子》，给我们许多启示，它也许预兆了小说艺术未来发展的某些趋势——难道，小说艺术在经过了几百年的艰难探索，它又回到讲故事这个始发点上了吗？

——北京师范大学教授、中国当代文学研究会理事　蒋原伦

如果不把《最后一个匈奴》这部中国当代文学的红色经典，变成一部电视剧，那是我们影视人的羞愧。

——央视著名制片人　李功达

《大平原》能拍一部大电影。我把中国的导演，脑子里过了一遍，最合适的这个导演叫吴天明。《大平原》中描写的那些事情，我全经历过。我父亲是解放后第一任三原县委书记，我自小就是在那一片土地上长大的。

——著名导演　吴天明